D1574899

SV

Band 1542 der Bibliothek Suhrkamp

Dmitri Prigow
Katja chinesisch

Eine fremde Erzählung

Aus dem Russischen
und mit einem Nachwort
von Christiane Körner

Suhrkamp Verlag

Die vorliegende Übersetzung von *Katja kitajskaja* folgt der Ausgabe
Dmitrij Prigov, *Monady. Sobranie sočinenij v 5 tomach*,
die 2013 im Verlag Novoe Literaturnoe Obozrenie (NLO), Moskau, erschien.

Klimaneutral
Druckprodukt
ClimatePartner.com/14438-2110-1001

Erste Auflage 2022
Deutsche Erstausgabe
© der deutschsprachigen Ausgabe Suhrkamp Verlag AG, Berlin, 2022
Alle Rechte vorbehalten. Wir behalten uns auch eine Nutzung des Werks
für Text und Data Mining im Sinne von §44b UrhG vor.
Umschlaggestaltung: Willy Fleckhaus
Druck: Pustet, Regensburg
Printed in Germany
ISBN 978-3-518-22542-4

www.suhrkamp.de

Katja chinesisch
Eine fremde Erzählung

Es war 1944 oder 1945. Genau, 1945. Das Mädchen ist fünf Jahre alt. Nein, eher vier. Also dann doch 1944. Es ist Krieg. Irgendwo weit weg ist Krieg. Hier dagegen Besatzung. Japanische. Wie jeder weiß. Allerdings geht sie schon dem Ende zu. Natürlich mit all den jedermann erinnerlichen unglaublichen, schwer vorstellbaren Grausamkeiten und Gewalttaten sowie purem, kaltem, kalkuliertem menschlichem Irrsinn. Wie das üblicherweise so ist. Doch hier liegt trotz allem etwas Besonderes vor. Etwas Außerordentliches.

Die Erinnerungen allerdings gingen wohl am ehesten auf die zahlreichen besorgten Geschichten und Berichte Erwachsener zurück, die beim Anblick des aufmerksam lauschenden Mädchens die Stirn runzelten und verstummten. Wozu muss das Kind das wissen? Stopp, was soll das heißen – wozu? Es wissen doch ohnehin alle alles. Und sie auch.

Im Allgemeinen aber – das übliche, gleichmäßig fließende Leben. Nur dass vor dem riesigen weißen, zurückhaltend und flach mit einem allgemeinpflanzlichen Rankenornament geschmückten Alabastertorbogen, dem Eingang zum Territorium der ausländischen Konzessionen, ein ungewöhnlich braunhäutiger, knäblich wirkender japanischer Wachsoldat steht. Regungslos. Quasi glasartig. Verglast. Bolzengerade, klar umrissen. Seine schier marmorglattpolierten Wangenknochen sitzen wie bei Katzen weit auseinander. Manchmal scheint es gar, als überzögen sie sich plötzlich blitzschnell mit dicht anliegendem schimmerndem Pelz. Ein junger Fuchs vielleicht, ein kleiner Bär?

Er ist winzig. Ein richtiger Winzling. Nicht größer als das Mädchen, was ihr auch die Gelegenheit gibt, ihn aufmerksam zu betrachten. Indessen ist er mit seiner fast bestialischen Ausrüstung und gleichsam jenseitigen Unbeteiligtheit an diesem Leben hier geradezu irrsinnig und schreckerregend.

Das Mädchen starrte ihn verblüffend durchdringend an. Die Eltern führten sie besorgt und eilends weg. Verständlich. Sie drehte sich noch lange um und hatte ihn trotz allem ziemlich gründlich gemustert. Man verstand nicht, ob er zurückgeblieben war oder ein Kind. Oder einfach ein fremdes, außerdimensionales Wesen, das eine ganz normale menschliche Gestalt angenommen hat. Na ja, fast menschlich. Vorübergehend. So was gibt's. Was dann später passiert, weiß Gott allein. Der Mensch sollte es besser nicht wissen.

So hatte ihn das Mädchen in Erinnerung. Behielt ihn in Erinnerung. Ja, ja, wie Billardkugeln mattglänzende, straffe Wangenknochen, mit einem Hauch von Rosa mitten auf der Wölbung. Man hatte den Eindruck, dass außer ihnen gar kein Gesicht da war. Aber ein Lächeln. Es schien zu lächeln.

In der Erinnerung des Mädchens flammten auf seltsame Weise Bilder aus längst vergangenen Tagen auf. Womöglich sogar aus der Zeit vor ihrer Geburt.

Irgendwelche brettflachen, in unerhörte Weiten ausgedehnten, geschlossenen, bedickten bläulichen Schneedecken. Vergnügte, übermütige, weißzähnige, rotwangige Leute mit zottigen, keck auf der Seite sitzenden Pelzmützen. Glänzende städtische Goldkuppeln in Frostdunst unter gleißendem Sonnenlicht. Leiser, hoch oben schwebender, alle sichtbaren oder gemutmaßten Konturen gleichmäßig nachschreibender samtener Glockenklang. Sie konnte ihn hören.

Ruhige, beschauliche Flüsse an langen Dämmerabenden – na, das ist ganz sicher schon im viel reiferen Alter aus literarischen Texten herausgelesen. Vermutlich von Iwan Sergejewitsch Turgenjew. Oder Gontscharow.

Natürlich, man könnte all das ihrer Empfänglichkeit zuschreiben, den zahllosen Erzählungen des Vaters und der zahlreichen Gäste. Ebenjenen stundenlangen Unterhaltungen bei Tisch, die endlos um das unwiederbringlich entschwindende, ferne Vaterland kreisten, das im schwächelnden Gedächtnis der alternden Erinnerer unrettbar dahintaute. Das ihnen jedoch gleichzeitig in unwiderruflicher Klarheit und Unausmerzbarkeit direkt vor Augen stand. Ja. Für sie war das so. Und für das Mädchen auch.

Die Mutter saß normalerweise ruhig, aufrecht, schweigend dabei. Was man verstehen kann.

Das Mädchen nun erinnerte sich mit einer für ihr Alter unfassbaren Gewissheit an zahlreiche Details der Hauseinrichtung, an die Lage der Zimmer und die Stellung der Möbel. An die unterschiedlichen Gewänder der Menschen. An Gesichter. Geräusche und Stimmen. Das seltsame Tages- und Abendlicht. An Gäste bei Tisch. An das ganze flirrende Phantom des Lebens, das sich aus dem Gedächtnis auch der unerschütterlichsten Zeugen verflüchtigt. Ja, das tut es. Fast immer und bei fast allen. Gut, es kann auch erhalten bleiben, jedoch nur in gewissen geheimen, verborgenen Gefäßen überirdischer Erinnerung und ewigen Lebens. Freilich ist das nur eine Ahnung, eine Vermutung. In der sich der unausrottbare Wunsch aller menschlichen Wesen zeigt, den unabwendbaren Tod und das vollständige Verschwinden ihrer selbst und des reizvollen Seins um sie herum zu überwinden. Verzeihlich, aber leider durch nichts garantiert außer durch einen unausrottbaren Glauben. Wobei der für viele Menschen eine weit stärkere Garantie darstellt als alle unsere primitiven lebenspraktischen oder naturwissenschaftlichen Beweise und Widerlegungen. Je nun, nehmen wir auch das zur Kenntnis.

Vor dem Mädchen entsteht mit unübertrefflicher Präzision das idyllische Bild einer sommerlichen Tischrunde. Der Monat ist in Vergessenheit geraten. Juli wahrscheinlich. Oder Anfang August. Sie sitzt im dicht beschatteten geräuschlosen Garten auf dem Schoß eines imposanten, jugendlich aussehenden Mannes mit prächtigem Schnurrbart, bekleidet mit einem weit offenstehenden und ständig von der rechten Schulter gleitenden Leinenhemd. Schneeweiß ist es. Und vermutlich doch eher aus Seide.

Dazu Sonne. Das starre Laub durchbrechende schmale und grelle Strahlen. Lichtblitze auf den scharfkantigen, purpurschillernden Facetten der Kristallschale, die mit dicker Kirschmarmelade gefüllt ist. Das weiße Tischtuch blendet. Das Mädchen kneift die Augen zusammen.

Das war doch so! Genau so!

»Die reinste Gedächtniskünstlerin«, bemerkte die Mutter in einem Tonfall, der zwischen Billigung und Argwohn schwankte, und warf einen raschen, fast vorwurfsvollen Blick auf das Mädchen. Die starrte unverwandt zurück.

»Ja, ja! Und Onkel Nikolai hatte so einen großen Ring, auf dem war noch ein Löwe mit aufgerissenem Maul.«

Und wirklich, der vor vielen Jahren in der Blüte seines sich so glücklich gestaltenden erwachsenen Emigrantenlebens plötzlich und unerwartet verstorbene Onkel Nikolai hatte einen solchen Ring mit einem klotzigen Löwen in der Mitte besessen, der gleich nach seinem tragischen Tod flöten gegangen war. Das beschäftigte auf seltsame Weise alle, die an Totenmesse und Beerdigung teilnahmen. Er wurde auch nie gefunden. Seltsam. Doch alle erinnerten sich an ihn.

Als ob es nicht genug seltsame Dinge gäbe. Nehmen wir zum Beispiel seinen Namen. Die Chinesen staunten nicht schlecht darüber – Nikolai! »Ni« bedeutet auf Chinesisch »du«. Und »guolai« »komm her«. Wer denkt sich denn einen so sonderbaren Namen aus? Dabei haben die Einheimischen ebenfalls sprechende Namen, wie Blühender Zweig oder Wilder Strom. Chuan dong – Östlicher Fluss. Chunxia – Frühlingsabendröte. Na ja, das leuchtet ein. Und ist sehr schön. Darum erschien gerade diese konkrete inhaltliche Füllung eines Namens sonderbar: »Komm her!« Das ist wirklich sonderbar.

Wobei er, wie dieselben Chinesen bemerkten, zweifellos als Kompensation für diese Ungereimtheit im Jahr des Schafes geboren war, dem Zeichen für Edelsinn, Ausgeglichenheit und Anstand, was im Grunde durchaus dem wahren Charakter des charmanten Nikolai entsprach. Umso mehr, als sein Horoskop zwei Zehnen enthielt – der zehnte Tag des zehnten Monats. Freilich, das verhieß schon einen gewissen Hyperüberfluss an Fülle, der offenbar zur Ursache seines allzu frühen Todes wurde. So sagte man. Oder dachte es, wenn man dazu schwieg.

Äußerlich war Nikolai das absolut klassische Bild eines blühenden russischen Mannes, das durch nichts an die Umgebung seines jetzigen, vielmehr damaligen Wohnorts erinnerte. Er war ein entfernter Onkel oder Neffe zweiten oder dritten Grades. Beziehungsweise Onkel und Neffe gleichzeitig. Ein Mitglied des riesigen Verwandtschaftsclans, der in ganz Russland, das es bis zu den traurigen Ereignissen des Oktoberumsturzes immer gut mit ihnen gemeint hatte, ins Kraut geschossen war.

Noch als Kind in die Emigration geraten, hatte er sich perfekt im hiesigen Dasein eingelebt, das diesen seltsamen internationalen, vielmehr, wie man damals sagte, kosmopolitischen Persönlichkeitstyp hervorgebracht hatte, der in der ganzen Welt umherzog und sich überall wohl, aber nirgends zu Hause fühlte. Was übrigens nicht immer einherging mit den aus Memoiren und Emigrantenliteratur bekannten tragischen russischen Migrantenleiden und ihren noch tragischeren Folgen. Allerdings wusste das Mädchen aus den Gesprächen der Erwachsenen, dass er unter unbegreiflichen, furchtbaren Zornesausbrüchen litt und, unberechenbar, während solcher Anfälle weiß der Teufel was anstellen konnte. Und anstellte. Ein Russe trotz allem. Solches tritt auch oft in den heimischen Breiten auf, ohne bei Ort und Zeit wählerisch zu sein. Zornmütig sind sie – und basta. Da ist nichts zu machen.

Seine junge chinesische Frau nahm diese Attacken unerklärlichen Jähzorns ergeben hin. Ging bloß aus irgendwelchen Gründen zum ihr gänzlich unbekannten Russisch über und wiederholte leise:

»Ist es gut, ist es gut.«

Er beruhigte sich. Alles wurde tatsächlich wieder gut.

Derlei und Derartige waren üblich in ihrer Familie. Männer und Frauen ihres Blutes waren über die Maßen zornmütig. Bisweilen geradezu bis zum momentanen Verlust jeder Besinnung. Doch schnell versöhnt. Schnell. Freilich war es dem Mädchen nicht beschieden, das mitzuerleben, sonst hätte sie, die Gedächtniskünstlerin, sich unbedingt daran erinnert. An so etwas erinnert man sich. Doch sie erinnerte sich nicht. Wobei nein, nein, irgendwelche Erinnerungen gab es da doch.

Auch ich erinnere mich. Lärm, Gebrüll, fuchtelnde Hände, rote Gesichter. An die Wand fliegende Gegenstände. Ein Krachen, dann Scherben. Aufspringen, Fortstürzen, Geschrei:

»Es ist aus! Es ist aus! Ich gehe! Du siehst mich nie wieder!«

»Geh doch! Ich gehe selber weg von euch! Das hält ja keiner aus!« Und knallt mit der Tür. Seitab knallt eine andere. Irgendwo weit hinten eine dritte, eine vierte.

Eine Stunde später sitzt man bereits wieder mit angespannten Gesichtern im geräumigen und hellen Wohnzimmer am Tisch und trinkt stumm Tee, schlürft mit gereckter Oberlippe aus einer knallbunten tiefen Untertasse oder aus einer fast durchsichtigen bläulichen Schale mit kaum sichtbarem absonderlichem Muster. Schweigt lange. Dann spricht man miteinander.

Sowas kam vor. Und kommt auch vor.

Das Mädchen setzte sich auf seinen Knien zurecht, die riesig waren wie ein Bollwerk oder besser wie ein Modell abgerundeter Gebirgsterrassen. Schmiegte sich mit dem Rücken an den mächtigen weichen Körper, fühlte, wie dort drinnen ein geheimnisvolles Leben pulsierte. Durch das Laub drang sonderbar aufwühlend die Sonne. Das Mädchen kniff, das Gesicht mit der kleinen Handfläche beschattend, die Augen zusammen und schmiegte sich noch enger an Onkel Nikolai. Er wusste wahrscheinlich von seinem baldigen plötzlichen Tod, dachte das Mädchen, weshalb er auch so still und sanft war. Irgendwie versöhnt und deshalb unbekümmert.

Und er starb also.

Dem Mädchen ging das sehr nah.

Etwas Ähnliches hatte sie schon einmal erlebt. Sie war noch ganz klein, als man ihr eine entzückende amerikanische Puppe schenkte. Eine blonde, rosenwangige, die

»Mama« und »wäh-wäh« sagen und mit ihren langen harten Schmachtwimpern die glänzenden Porzellanaugen beschatten konnte. Dem Mädchen war sie so lieb wie nichts auf der Welt.

Und da – fiel sie runter und zerbrach! In tausend Stücke! Ihr Porzellankopf zersprang in eine Unzahl von Teilen, die ein unvorstellbares Wirrwarr spitzer Scherben bildeten. Es war furchtbar! Die reinste Tragödie! Das Mädchen war untröstlich.

Damals begriff das Mädchen die ganze Zerbrechlichkeit des vergänglichen Lebens. Soweit ein Kind das verstehen kann. Sie konnte es.

»Na, na«, die Mutter schüttelte den Kopf.

Das Mädchen aber überlegte, dass sich, wenn alle Erwachsenen stürben, niemand auf der Welt mehr an den lieben Onkel Nikolai erinnern würde. Niemand! Sie sterben, überlegte sie. Verschwinden. Und zusammen mit ihnen verschwindet auch er aus der Welt – dieser große und fröhliche Mann. Das Mädchen nahm sich fest vor, sich an ihn zu erinnern, damit wenigstens ein Mensch auf der Erde seiner gedachte. Und sie hat es wirklich getan.

* * *

Dann erinnerte sich das Mädchen noch daran, wie dieses trockene Knallen anfing. Ununterbrochen ertönte, allmählich vorrückte. Es hallte, kam, näherte sich von allen Seiten. Das war die berühmte Invasion der Japaner.

Die in ihrer stillen Straße aufgetauchten kleinen japanischen Soldaten ließen sich gewandt auf ein Knie nieder und streckten schwarze Stöcke nach vorne. Okay, das waren Gewehre. Auf ihren Köpfen saßen riesenhafte grüne Helme, überzogen mit ebenfalls grünen grobmaschigen Tarnnetzen. Dem Mädchen kamen die Soldaten vor wie mechanische Aufziehfiguren mit grünen Riesenköpfen.

Klar, einem fixen Kind der Gegenwart käme dergleichen vor wie eine Invasion der heute so populären Außerirdischen. Aber groß- und grünköpfige Aufziehfiguren – das ist auch nicht ohne. Nicht ohne.

Die Mutter schüttelte erneut den Kopf.

Doch am meisten hatten sich dem Mädchen natürlich die Neujahrsfeierlichkeiten eingeprägt, die mit der traditionellen Begrüßung unbegüterter Besiedler unbegüterter chinesischer Viertel aus der Verwandtschaft ihrer Njanja und des Kochs begannen: Gongxi facai (Wir wünschen euch viel Geld!). Als Antwort neigten alle bescheiden den Kopf und lächelten dankbar. Und tatsächlich, viel Geld wäre nicht verkehrt gewesen. Wenig übrigens auch nicht. Aber irgendwie ergab es sich nicht.

Dann folgte ein allgemeines Tohuwabohu. Ein richtiger Massenirrsinn. Das Mädchen und die Njanja rannten auf die Straße zum nächstgelegenen Platz. Ringsum tat sich Unglaubliches. In der Nähe, ganz dicht, direkt über ihren Köpfen, explodierten mit ohrenbetäubendem Krach blindwütige Knallkörper. Sie hatten die unvorhersehbarsten Ausmaße – von winzig klein, fast wie die rührende Handfläche des Mädchens, bis riesig, mehr als doppelt so groß wie sie selbst. Überall schlugen rasselnd gewaltige Trommeln, um die allgegenwärtigen bösen Geister zu verjagen. Die schienen noch schlimmer zu sein als die Japaner mit ihrer derzeitigen Okkupation, die ja nur jetzt und vorübergehend stattfand. Jene hingegen waren überall und ungezählte Jahrtausende hindurch da. Für immer. So stellte es sich das Mädchen wenigstens vor. Und nicht nur sie.

Während eines Jahres ungestraften Wirkens hatten die Übeltäter sich den menschlichen Heimstätten so sehr angenähert, ja angeschmiegt, dass ihr schweres Atmen und schreckliches Schnüffeln, wie dasjenige zähnefletschender Riesenhunde, mit unbewaffnetem Ohr mühelos zu hören war. Viele nahmen sogar den süßlichen Brandgeruch wahr, vielmehr den Geruch ihres angesengten, durch ein grausiges inneres Feuer verflüssigten nichtmenschlichen Fleisches. Das Feuer versengte sie von innen, freilich ohne ihnen auch nur den geringsten erkennbaren Schmerz oder Schaden zuzufügen. Doch Gott bewahre, dass es eine Menschgestalt berührte! Ein einziger Tropfen der vernichtenden Säure, und der Unglückliche verglömme im Nu bis zur völligen Auflösung. Zu einem Fädchen Dampf, leicht aufschwebendem Rauch, der schwach an die Umrisse des aufgelösten Körpers erinnert. Da hat ein Mensch gelebt – und ist nicht mehr! Viele wurden zufällig zu Zeugen solcher Episoden. Jedenfalls wussten viele davon zu berichten.

Das Mädchen schmiegte sich an ihre – nicht weniger als sie selbst verschreckte – winzige Njanja, die ihrem Zögling seit frühester Kindheit Schühchen und Mützchen mit einem zähnebleckenden Tigerkopf als Schmuck anzog, der vor alledem Schutz bot. Angeblich Schutz bot. Aber er hat sie ja wirklich geschützt!

An ihnen vorbei strömte eine lange Prozession seltsam gekleideter, barfüßiger und hüpfender Leute. Feine Staubwölkchen stoben um ihre unaufhörlich tänzelnden Füße, die unter schwingenden vielfarbigen Tüchern dunkel schimmerten. Sie kamen aus dem nahegelegenen Tempel des Feuergottes, des schreckerregenden und hochverehrten, da die Häuser der chinesischen Bezirksarmut allesamt aus Holz waren und im Brandfall augenblicklich von den Flammen erfasst wurden. Alles brannte stracks und mehr als einmal nieder. Versteht sich, dass der Feuergott hier uneingeschränkter Herrscher war, da er gleichzeitig Gefahr und Rettung brachte.

Dutzende dunkelhäutiger sehniger Männer in knöchellangen Gewändern trugen ihn auf einer riesigen buntbemalten Sänfte an dem Mädchen vorbei. Er thronte in einem gewaltigen Purpursessel, bärtig, haarig, mit schrecklichen roten Händen, bereit, jeden zu ergreifen, der ihm gerade unterkam.

Das Mädchen schmiegte sich an die Njanja.

Die Löwen und Untiere seines Gefolges brachen durch die Menge, streiften dabei die Umstehenden, versengten sie und warfen sie beinahe um. Musiker und Tänzer versetzten sich mit ihren irrsinnigen Sprüngen und Klängen in Raserei.

Doch eine Figur erschütterte das Mädchen besonders. Entsetzliche Angst erfasste sie. Ein Grauen. Das war, hinten auf dem Trittbrett eines ultralangen Traggestells, ein winziges schneeweißes kraushaariges Lamm, an dessen Zunge mit einer riesigen Zange zwei schwarze haarige Dämonen zerrten. Ach, das arme, arme Lamm! Es hat vielleicht eine unschuldige Lüge geäußert, jemanden angeschmiert. Hat sich versprochen. Verplappert. Und jetzt gab es kein Erbarmen und keine Rettung! Ja, ja, man sollte nie jemanden anschmieren! Ist schon besser so.

Und da erschien direkt vor dem Gesicht des Mädchens ein furchterregender Drachenkopf, geschmückt mit Hörnern und zwei riesigen, in der gleißenden Sonne aufblitzenden Porzellanaugen. Den grellroten halbgeöffneten Rachen säumten endlose Reihen funkelnder und klackender Zähne. Eine Art knöcherner Schnabel, der mitten aus der Stirn des Ungetüms hervorbrach, wippte wild vorneweg und drohte jeden zu durchbohren, der es wagte, sich auf Armeslänge zu nähern.

Das Mädchen fuhr zurück. Aber es gab keinen Weg zurück – die Njanja und sie waren von einer Mauer zusammengedrängter Gaffer umstellt. Der Drache wich keinen Schritt von ihr. Offenbar war er, wie alle Besiedler des Himmlischen Reiches der Mitte, fasziniert, ja geradezu magnetisch angezogen von dem goldenen Haar des Mädchens. Es war Provokation und Rettung zugleich.

Der gigantische reptilienhafte Drachenkörper wand sich, so weit das Auge reichte, die Straße entlang und verschwand in einer durchscheinenden Staubwolke. Zimbeln, Gongs und Trommeln erfüllten die Umgebung mit unerträglichem Donnern. Es war, als wäre die Luft, wie ein Sack Erdnüsse, prall gefüllt mit einzelnen dicken Tönen, die sich nicht zu einer Harmonie fügten. Und doch war sie dabei leicht.

Der Drachenkopf beugte sich mal zur Erde nieder, mal reckte er sich gen Himmel. In dem Moment unterschied das Mädchen darunter die unaufhörlich trippelnden und huschenden dunkelhäutigen bloßen Füße eines Tänzers. In gewisser Entfernung schritt neben dem Drachen ein scheinbar an dem ganzen Irrsinn unbeteiligter hochgewachsener Mann mit einem großen grünlichen Fischriesen, der sich von Zeit zu Zeit am Drachen festsaugte, ihn biss und wieder wegschnellte. Aus dem schweren Leib lösten sich leichte Bläschen, stiegen spielerisch in der warmen Luft auf und verschwanden in der fahlen Bläue. Der Drache warf wilde Blicke um sich. Der Mann mit dem Fisch reagierte überhaupt nicht. Der Drache beugte sich erneut zu den Füßen des Mädchens herunter.

Zahllose bloße Tänzerfüße huschten unter dem Körper des Ungeheuers her, wirbelten kleine Staubsäulen auf. Ein feiner weißlicher Dunst verhüllte die ganze Erscheinung und verlieh ihr den Anstrich eines irrealen, dabei aber gut erkennbaren Bildes.

Den gigantischen Zug in der zerstiebenden staubigen Umgebung beschlossen langsam schreitende Reihen verschiedenartig gekleideter Menschen. Alle trugen verschiedenfarbige kleine Papierpropeller. Die bei einzelnen Windstößen einmütig erzitterten und mit dem gleichmäßigen Surren einer Riesenhummel rasend schnell losrotierten, so dass jeder von ihnen sich in einen leuchtenden durchscheinenden Nimbus verwandelte. Eine Gloriole.

Ein Gloriolenmeer. Der Wind legte sich. Die Propeller hielten inne und nahmen erneut die Form winziger Hakenkreuze an. Kreisten erneut in rasendem Tempo. Und standen von neuem still.

Langsam entschwand die Prozession.

Alles geriet wieder in seine unorganisierte, chaotische, regellose Bewegung.

Die Njanja umfasste den Kopf des Mädchens, und beide erstarrten vor Angst, versuchten, so nah wie möglich bei den explodierenden Knallkörpern und irrsinnigen Trommeln zu bleiben, obwohl die hocherschreckend waren. Aber dann doch nicht so sehr wie die von allen Seiten herandrängenden Ungeheuer, Drachen, Bestien und die besonders scheußlichen und hässlichen unsichtbaren, jedoch eindeutig zu spürenden Geister und Dämonen. Hinweg mit euch!

Der Anfang des neuen Jahres war wenigstens in gewissem Maße garantiert. Und versprach die allerdings keineswegs ferne und andauernde Verbannung der Dämonen von den menschlichen Behausungen.

Gab es in meinem Leben etwas Vergleichbares mit dem oben Beschriebenen? Ich strenge mein Gedächtnis an. Ich weiß es wieder.

Das Einzige, was das Gedächtnis hergibt, sind langsam über den dämmrigen, allmählich bis zur völligen Schwärze dunkelnden Himmel dahingleitende finster-silbrige Flugzeugkreuzchen. Und dann – ein unvorstellbares Krachen und Zusammenbrechen alles Lebendigen, das schwächlich auf der bebenden Erde steht und gleichsam fortgetragen, vielmehr von seiner restlichen Lebenskraft emporgetragen wird, nach oben, gen Himmel, in Gestalt der schnurgeraden Strahlen der Suchscheinwerfer, die sich irgendwo dort schneiden, in der unbestimmten Tiefe des bodenlosen schwarzleuchtenden Raumes.

Logisch – das sind die Bilder des lange vergangenen, kaum noch jemandem erinnerlichen Krieges, der das Mädchen und ihre Familie so glücklich ausgespart hat. Sie nur, wenn man sich so ausdrücken darf, in dekorativer Hinsicht tangiert hat. Also durch einen gewissen Wechsel des Dekors der allgemeinen Lebensroutine.

Für die einheimische Bevölkerung brachte er natürlich unerhörte Leiden und ungezählte Opfer mit sich. Wenn man etwa an Schanghai am Tag des japanischen Einmarsches denkt. Irrsinnig gewordene Massen von Chinesen und eben auch Europäern stürzten unter dem Kugelhagel der straflos ausgehenden Okkupanten zum Hafen – der einzigen Rettung! –, wobei sie sich gegenseitig totdrückten und alles auf ihrem Weg hinwegfegten. Und von hinten näherten sich drohend der gemessene Tritt dreier von verschiedenen Seiten in die Stadt einmarschierender japanischer Militärkolonnen und das Grollen der Panzer, die kleine Menschlein, rare Autos und klapprige Häuschen unter ihren erbarmungslosen Metallkörpern zerquetschten. Ja, so war das.

Doch das Mädchen, ihre Eltern und ihr gesamtes Umfeld lebten hier, im Norden, quasi ein paralleles, mit den einheimischen Ureinwohnern wenig in Berührung kommendes Leben. So etwas gibt es.

* * *

Die Sonne ließ die äußerste Spitze des langen flachen japanischen Bajonetts aufblitzen. Es ragte hoch über dem Kopf des Wachsoldaten empor, der regungslos vor dem Eingang zu den ausländischen Konzessionen strammstand. Hinter seiner linken Schulter hob sich, langsam schwankend, wie die riesige gelbe Sonne seiner fernen Heimat der runde Kopf eines seltsamen menschenähnlichen Wesens. Dann zeigten sich zur Gänze das schaurige Gesicht und die massige Gestalt des hiesigen Geistes von Wohlergehen und Gedeihen. Vielmehr nicht des hiesigen, sondern jenes fernen, der mit dem Soldaten aus dessen weit entferntem ständigem Wohnort hergekommen war. Wobei nein, nein, eher wohl doch des hiesigen. Die ganze Sache passiert doch hier. Dies ist sein Territorium. Ja aber, könnte man entgegnen, die Dortigen sind imstande, die siegreichen Ihrigen wohin auch immer zu begleiten und eingenommene und eroberte fremde Gebiete für ihre Zwecke zu besiedeln. Kurz, mit ungeübtem Auge ist das nicht zu unterscheiden. Und der Soldat wies nicht mit der kleinsten Regung seines Gesichts auf eine derartige Unterscheidung hin.

Die grimmige Expressivität der Grimasse entsprach in keiner Weise den profanen Funktionen, die dieser Geist von Anstand und Zufriedenheit ausübte. Nun ja, es versteht sich, dass die fehlende Entsprechung lediglich den nicht daran gewöhnten und nicht darin versierten Europäern auffiel, verorten sie doch jede emotional expressive visuelle Hyperüberfülle in der Sphäre von

Übeltäterei oder diabolischer Manifestation. Aber für den Soldaten und auch für die Einheimischen, die Aborigines sozusagen, war alles in Ordnung. Hatte alles seine Richtigkeit.

Nachdem er ein bisschen dagestanden, geschwankt, wunderliche Grimassen geschnitten hatte, blickte der Geist nach rechts und entdeckte dort einen ebensolchen anderen, ernst und stirnrunzelnd. Ein unerwartetes Visavis unbekannter Tätigkeiten und Verpflichtungen. Oder ein erwartetes, ja in seiner kompensatorischen Funktion sogar erforderliches. Das ist nicht ganz klar? Tja, den Einheimischen wiederum ist alles sonnenklar, was diese von oben und ganz oben, sagen wir, aufgezwungene Erforderlichkeit der einander bedingenden Präsenz betrifft. Diese Unausweichlichkeit. Akzeptieren wir das einfach als Tatsache.

Es entstand nun die Spannung eines eindeutigen Machtkampfs, der sich jedoch auf dem unbewegten Bronzegesicht des Soldaten in keiner Weise widerspiegelte. Außenstehende verfolgten beunruhigt das ungewöhnliche Bild eines theatralisch-dramatischen Konflikts. Der ungerührte Blick des Soldaten war nach wie vor in die Ferne gerichtet, strikt geradeaus. Die Passanten bemühten sich, nicht in sein Gesichtsfeld zu geraten.

Der linke stürzte los, streifte mit einer unvorsichtigen Bewegung die hochaufragende Spitze des Bajonetts und zerplatzte lautlos. Wie ein Luftballon. Gleichsam zweifelnd wiegte sich ein wenig und verschwand dann langsam, ohne sichtbare Gründe, auch sein Opponent. Tja, unsichtbar für uns. Aber sonst, für die Wissenden, war alles sichtbar und vollkommen einsichtig.

Der Wachsoldat stand nach wie vor regungslos und leicht lächelnd.

Das Mädchen erstarrte. Und da entdeckte sie zu den Füßen des Soldaten ein breit grinsendes Löwenjunges aus durchscheinendem Alabaster. Das heißt, kein Löwenjunges, sondern definitiv einen Löwen. Doch so klein, dass nur das Mädchen ihn erkennen konnte. Er schien vorher nicht da gewesen zu sein. Nachher auch nicht. Er hatte sich als lautloses Fazit des ebenfalls lautlosen Machtkampfs der Geister quasi gebildet. Oder kristallisiert. War herausgefallen wie ein Tropfen. Vermutlich bestand er auch gar nicht aus Alabaster. Aber woraus dann? Wer kann schon dergleichen unter derartig ungewöhnlichen Umständen ausrechnen und festlegen.

Von Kopf bis Fuß mit allen möglichen Schnörkeln bedeckt, sah er nicht furchterregend aus, sondern irgendwie sogar gutmütig. Er war ein Verbündeter des Mädchens. Dankbar nickte sie ihm unmerklich zu. Er erwiderte das Nicken. Der starre Japaner schaute über all das hinweg in die Ferne.

Die Passanten warfen einen raschen Blick auf den japanischen Wachsoldaten und eilten, da sie nichts Unziemliches zu bemerken oder zu entdecken schienen, ängstlich vorüber.

Das Ganze wurde beleuchtet von einer riesigen tiefstehenden, rötlichen Spätherbstsonne und eingehüllt von der verschwommenen Zauberluft des chinesischen Reichs der Mitte, freilich in einem Augenblick unerhörter Schwäche. Fast im Augenblick des Sterbens. Davon freilich wurde der Zauber nur stärker.

Genau so sah die Erinnerung aus. Sie war ja noch ein kleines Mädchen! Die Mutter hob wieder den Blick zu ihr und wandte die Augen dann schnell ab.

* * *

An einem anderen, einem klaren sonnigen Tag, als sie über die schwankende Holzbrücke des still schimmernden, durchsichtigen, nicht sehr breiten Flusses Haihe lief und die geschnitzten Geländerpfosten mit den großen Abständen dazwischen antippte, glitt das Mädchen zufällig …

Stopp, wieso eigentlich zufällig? Wer weiß – vielleicht nicht ganz so zufällig. Vielleicht sogar mit voller Absicht.

Doch, doch, in ihrem Leben gab es allerlei Einfälle, Ereignisse und Erlebnisse, die solcherart Erwägungen und Verdächtigungen nahelegten. So starrte sie zum Beispiel, reglos auf der Innentreppe des großen Kolonialhauses sitzend, häufig hoch auf die schräg herabführenden Stufen des oberen Treppenlaufs. Starrte lange und beharrlich. Beharrlich und lange.

Während sie schon das Bewusstsein verlor, in Ohnmacht fiel, lächelte sie beinahe zufrieden. Nein, eher befriedigt. Die arme Njanja, die sie auf den Stufen liegend fand, war entsetzt:

»Ganädige! Ganädige!«, schrie sie mit dünner Kinderstimme.

Die Mutter lief herbei, hob das Mädchen auf und trug sie ins Schlafzimmer.

Das passierte immer wieder.

Die Mutter hegte sogar langsam den Verdacht, dass sie mit einer gewissen Absichtlichkeit zu Werke ging. Und war nicht weit von der Wahrheit entfernt.

Also, das Mädchen glitt ruckzuck durch den ausreichend großen Zwischenraum oder Abstand zwischen den erwähnten Holzpfosten und stürzte hinab. Nein, sie stürzte eben nicht, sondern glitt, definitiv. Ohne Platsch, ohne aufspritzende Tropfen. Eine Ruhe und Stille sondergleichen.

Ja, ja, gut möglich, dass es tatsächlich mit Absicht geschah. Auf eigenen grillenhaften Wunsch. Ihre Wünsche und Einfälle waren, das wurde schon deutlich, bisweilen extrem unberechenbar, wie es so schön heißt. Tja, ein Kind eben! Jedenfalls erzählten die Eltern nachher mehrmals in ihrem Beisein, rasche Blicke wechselnd, mit einer speziell gesenkten Stimme und einem spezifisch besorgten Tonfall jene seltsame Begebenheit Bekannten. Worauf wollten sie hinaus? Sie erwähnten auch ihre unerklärlichen, regelmäßig auftretenden Ohnmachten. War ein medizinischer Sachverständiger anwesend, und man sah Sinn und Nutzen darin, ihm diese Einzelheiten mitzuteilen? Vielleicht wollte man sich auch einfach Luft machen, den ständigen Ängsten Ausdruck verleihen, die sich im Übrigen etwas später auf höchst unvorhergesehene Weise als begründet herausstellen würden. Doch dazu, auch hier, später mehr. Geduld.

Das Mädchen lauschte den Erzählungen, wandte sich ab und lächelte. Worüber?

Damals aber folgten sommerlich durchscheinend gewandet, ohne Eile und ohne jeden Verdacht, in einiger Entfernung die Erwachsenen als sonntäglich herausgeputzte Gruppe. Die Mutter trug ein leichtes weißes enganliegendes Kleid im Schnitt der 30er, der Vorkriegsjahre. Dabei hat sich all das Mitte des Jahrhunderts abgespielt. Schon Ende der 40er Jahre. Selbst der Krieg war schon lange aus! Leider, leider erreichten Nachrichten und Moden aus Europa, das versteht sich, die hiesigen so weit entfernten Orte mit beträchtlicher Verspätung. Man war ja ungeheuer weit weg, zieht man die Langsamkeit der damaligen Verkehrsmittel und entsprechend des Informationsverkehrs in Betracht.

Das Mädchen erinnerte sich bis zu den kleinsten Pailletten und Knöpfen an die schmückenden Details der mütterlichen Kleidung. Am interessantesten fand sie die riesigen Damenhüte, die in ausreichender Menge im oberen Fach einer großen altmodischen, auf den Treppenabsatz zwischen erstem und zweitem Stock verbannten Kommode aufbewahrt wurden. Das Mädchen stellte einen Stuhl davor, und während sie sich am Rand festklammerte, fast daran hing, öffnete sie langsam die tonnenschwere geschnitzte Tür, geschmückt mit Schnitzereien von idyllischem, gebirgsnatürlichem und mythologisch besiedeltem chinesischem Dasein. Spähte in das schwül-aromatische Schrankfinster. Erstarrte für einen Moment. Alles verschwamm, wich kreiselnd ins Innere. Langsam gewöhnten sich die Augen an das samtige Halbdunkel, das in dem riesigen abgeschlossenen Eichenraum herrschte.

Eines Tages sah sie, als sie den hohen dunkelbraunen Schranktürflügel aufklappte, in einem hellerleuchteten Fleck am Boden die schwachen Regungen winziger, rosafarbener, fast durchsichtiger Kügelchen. Das Mädchen hatte sich kaum runtergebeugt, um das rührende Gewimmel zu betrachten, als sie hinter sich die dünnen Rufe der Njanja hörte:

»Laoshu! Laoshu! Mäuse! Mäuse!«, wehklagte sie, während sie mit ihrem schmächtigen kleinen Körper das ziemlich stämmige und dickköpfige Mädchen vom Schrank wegdrängte. Ja, es waren neugeborene Mäuse. Buchstäblich vor einer Minute zur Welt gekommen. Sie wurden zusammengeharkt und weggebracht. Ins Unbekannte.

Das Mädchen holte vorsichtig einen der Prachthüte aus dem oberen Fach, setzte ihn auf, sah sich kokett nach den geschnitzten Drachenungeheuern um und tauchte dann, der Gang ein klein wenig geziert, die Lippen zusammengepresst und mit einem speziellen Gesichtsausdruck, bei der Mutter in der oberen Küche auf. (In der Küche im Untergeschoss herrschte, nebenbei bemerkt, uneingeschränkt ein dicker chinesischer Koch.)

Das Mädchen spazierte lange auf und ab, der Mutter graziös mal die eine, mal die andere Seite zugewandt. Mal den Rücken. Die Mutter ließ die Küchenroutine für kurze Zeit ruhen, um ihr lächelnd mit dem Blick zu folgen. Dann nahm sie ihr sachte den Hut ab und brachte ihn wieder zurück.

Auf den Kopfbedeckungen türmten sich gewisse sonderbare, exotische, ja fast paradiesische pflanzliche Aufhäufungen. Hin und wieder funkelten dort plötzlich schmale Katzenaugen, ließ sich Geraschel und Gepiepse hören. Gleich war's wieder weg. Verschwunden, als wäre nichts gewesen. Dann wieder da. Wahrscheinlich diese Mäuse, dachte das Mädchen. Es schüttelte sie. Mäuse und Nagetiere aller Art ertrug sie einfach nicht.

Das Mädchen lief vorneweg, sie trug einen luftigen blassrosa Sarafan und Schuhe, dessen Riemchen von einem winzigen Perlmuttknopf mit zwei Löchlein festgehalten wurde, angenäht mit rotem Seidengarn. Sie war schon oft über diese Brücke gelaufen und hatte ihrem beständigen zarten Knarren gelauscht. Man konnte hören, wie in der Tiefe unter Wasser leise die Fische plauderten. Jedes Mal stellte sie sich vor – noch ein bisschen, ein Moment, und ihr wird alles absolut klar. Das Mädchen erstarrte. Unten jedoch nichts mehr, Stille.

Die Damen wiederum, die nichts hörten und nichts spürten, setzten ihr endloses Schwatzen fort. Vielleicht, so schien dem Mädchen, rauschte aber auch bloß der Wind im hohen Flauschgras. Oder das Rascheln kam von den heftigen Bewegungen der Köpfe plus der darauf sitzenden, diffizilgebauten wunderlichen Kopfbedeckungen mit ihren erwähnten geheimnisvollen Aufhäufungen.

Später verspürte das Mädchen mehrfach tiefste Nostalgie, wenn sie sich europäische Filme aus den 30er Jahren anschaute – sie hatte all das in lebendiger Erinnerung. Das heißt, in Erinnerung hatte sie die realen Episoden aus der Nachkriegszeit, den 40er und 50er Jahren, als sie selbst, ihre Eltern, deren Freunde dieses in der stillen Halbprovinz, weit weg von den Epizentren elektrisierter westlicher Lebensart und Mode gleichsam gestrandete, prachtvolle europäische Vorkriegsdasein der 30er Jahre weiterführten.

Dieselben Gefühle flößten ihr die hochgewölbten vergilbten Fotografien ein, die die fülligen Schönheiten jener denkwürdigen Zeit, Frauen und Männer, im Bild festhielten. Schon lange tot, blickten sie sie mit einem außergewöhnlich ernsten oder innigen Lächeln an, versiegelt von der kühlen Glanzoberfläche der Abbildung.

Eine der sonderbarsten, die das Mädchen schon als kleines Kind beeindruckt hatte, war die Fotografie eines leicht abgezehrten, schlaff in einem Klappsessel lagernden Jungen in Matrosenbluse. Er schaute sie direkt an. Sogar durch sie hindurch. Das Mädchen rückte ein wenig zur Seite, um seinem direkten Blick auszuweichen. Das war der letzte russländische Zesarewitsch.

Die Fotografie hatte das Mädchen, als sie im Bücherregal ihres Vaters stöberte, in einem merkwürdigen Zeichenalbum entdeckt, das von ungeschickter Hand mit plumpen Skizzen gefüllt worden war. Dazwischen hatte jemand in fast noch schülerhafter Schrift fein säuberlich bekannte Gedichte und weißgardistische Kampflieder notiert.

Kühn hebt unser Kampf nun an:
Heil'ge Rus', fass Mut!
Wir vergießen wie ein Mann
unser junges Blut.

Aber definitiv jung! Und definitiv Blut!

Apropos, zur selben Melodie haben wir in unserer Kindheit, weit weg von den Orten der nahezu paradiesischen Heimstatt des Mädchens und wider die Sympathien des unbekannten Chronisten, der mit seinem Geschreibsel die Blätter jenes zerfledderten Notizbüchleins bedeckt hatte, folgende etwas veränderte Zeilen gesungen:

Kühn hebt unser Kampf nun an:
Für die Sowjetmacht!
Ja, wir sterben wie ein Mann
in gerechter Schlacht.

Doch unausweichlich und erschreckend ähnlich hieß es, furchterregend und unerbittlich, in der einen wie der anderen Variante: »Wir vergießen wie ein Mann unser junges Blut« und »Ja, wir sterben wie ein Mann in gerechter Schlacht«. Doch wir haben das gesungen. Und die anderen auch.

Ob das Mädchen gesungen hat, weiß ich nicht.

Am häufigsten indessen stiegen die jenseitigen magischen Geister dahingegangener Leben und Zeiten, unhörbar oder unter den matten Klängen knisternder Stimmen, von der schwarzweißen Leinwand in die dunklen Räume kühler Kinosäle herab. Sie wanderten zwischen den still gewordenen Sitzreihen umher, fanden das Mädchen, neigten sich ihr zu, umarmten sie mit kühlen rundlichen Armen, schmiegten sich mit zarten Wangen an und wisperten, wisperten, beschworen. Baten inständig um etwas. Drängten sie mitzukommen. Flehten sie an. Wozu? Was erwarteten sie? Wer weiß. Obwohl, man kann sich's denken.

Das Mädchen in dem halbleeren, fast leblosen Saal erstarrte. Lauschte nur und lächelte selig, ohne zu antworten. Fügte sich aber nicht. Gab nicht nach. Sie warteten ab. Zögerten. Zauderten. Und flogen dann wieder in ihr unbekanntes, unaufhörliches, unausmerzbar-halbewiges rückwärtiges Leben.

Ich habe diese Filme auch gesehen. Ja, ja, genau dieselben. In den fernen dürftigen und schäbigen, doch unschlagbar frohen Nachkriegsjahren meiner Moskauer Außenbezirkskindheit. Obwohl eine direkte Analogie zu meinem eigenen anspruchslosen Kommunalalltag fehlte, konnte der Zauber dieses längst toten und gleichzeitig quasi ewig lebenden prachtvollen Leinwanddaseins mich nicht ungerührt lassen. Wie übrigens uns alle nicht, verloren in der Tiefe des engen, überfüllten halbverlumpten Zuschauerraums, in dem sich lauter solche Leidens- und Begeisterungsgeschöpfe mit glänzenden, und zwar nicht nur kindlichen Augen drängten.

Das Licht flammte auf. Ich rieb mir die plötzlich erblindeten Gucker und ging auf entkräfteten Beinen ins

Freie. Mit einem Mal stürmte das ärmliche und, ohne Umschweife gesagt, schäbige Leben in Gestalt des lebhaften Lärms und der Energie seiner allgegenwärtigen Manifestation und Besiedelung auf mich ein.

Die Eltern schritten daher und plauderten heiter. Hinter und neben ihnen folgten, ähnlich festlich gewandet, langsam ihre aufmerksamen Freunde. Zu ihren Füßen wuselte der fuchshaarige Tobik (eigentlich Sir Toby), dem die Kinder heimlich unterm Tisch den ihnen verhassten Brei ins Maul löffelten, für dessen Zubereitung Milch von weit entfernten Bauernhöfen hergeschafft wurde, wo seltsame archaische russländische Besiedler lebten. Kosaken.

Sir Toby leckte sich mit Appetit den langen schütteren beschmierten Schnauzbart, dessen künstliche graue Tönung das sträfliche Tun des Mädchens und seines jüngeren Bruders bisweilen preisgab. Die Njanja sah sie dann vorwurfsvoll an und warf gleich darauf einen Blick zur Tür – ob die Gnädige nicht einträte. »Gnädige!« Dieses Mal ging es gut ab. Na ja, Kinder eben! Wir wollen nicht zu streng über sie urteilen.

Ansonsten versuchte das Mädchen, beseelt von dem Anspruch, erwachsen zu sein, und angeblich dazu angehalten, den jüngeren Bruder zu beaufsichtigen, ihm ebenjenen Brei eigenhändig in den Mund zu stopfen. Der Bruder, mager, seiner knotigen Knie und Ellbogen wegen Gandhi genannt, blickte sie mit starr hervorquellenden Augen an. Ja, genau, eine altindische Demut war es, gepaart mit Weltschmerz, die sich in seinem Blick und im fügsam-willenlosen Ausdruck seines Gesichts mit den schlaff verzogenen Lippen erhaschen ließ. Der harte Rand des Metalllöffels schabte reichlich schmerzhaft über seine zarten Wangen und Lippen. Das Mädchen kratzte dem Bruder Essensreste vom Kinn und fuhr ihm dabei mit dem Löffel fast hinter die Ohren. Der erstarrte, fing aber doch nicht an zu weinen.

Du lieber Himmel! Ich habe ja selbst, das weiß ich noch, den mir ebenso verhassten, allerdings nur mit Wasser gekochten Grießbrei voller ekelhafter unaufgelöster Klümpchen an die Wand beim Tisch geschmiert. Vielmehr hinterm Tisch. Naiv schirmte ich die von mir angerichtete Schweinerei mit dem Ellbogen vor meiner alles wissenden und scheinbar nichts sehenden herzensguten Großmutter ab, die mir manchmal die armen hungernden Kinder aus kapitalistischen Ländern vorhielt, die ohne Zaudern alles aufessen würden. Sogar gekochte Möhren und Zwiebeln, die mir bis zum Brechreiz verhasst waren. Wie übrigens auch Leber. Und alles Gemansche, etwa ein Omelett, das zu essen mir übrigens in dieser Phase meiner Kindheit gar nicht beschieden war. So eine seltsame Aberration war das: nie gegessen, trotzdem nicht gemocht!

Ja, das kam vor. Alles kam vor.

Jeder wird, wenn er an die eigenen derartigen Kindervergehen denkt, mich und das Mädchen verstehen und ihren Bruder auch. Und wird uns, wie ich hoffe, nicht verurteilen. Wird bloß die unschuldigen Fehltritte und Streiche der ins Unbekannte entschwundenen Kindheit belächeln, die indessen wie ein quirliges Tierchen schon auf einen anderen übergehüpft ist. Und erneut auf einen anderen. Während die Ex-Wirte verstört und mit schweren Zweifeln zurückbleiben. War da was gewesen? Oder nicht?

Die Ärmsten, ach die Ärmsten! Und das tückische und unbeständige Tierchen wartet nur auf den geeigneten Moment, um auf den dritten überzuhüpfen. Den vierten. Den fünften, den fünfzehnten … Ich sehe, wir verstehen uns.

Angst hatte sie nicht. Das Mädchen versank im Nu fast bis zur Mitte der Achtmetertiefe des Flusses. Ringsum gleißte und funkelte es. Das Wasser war erstaunlich warm. Zärtlich sogar. Fast Körpertemperatur, weshalb die gedankliche, nein, in erster Linie die sinnliche Grenze, sozusagen die Wasserscheide zwischen Wasser und Körper, sich nur mit Mühe ziehen ließ. Es schien, als dehnte sich der Körper bis in die Dimensionen und Distanzen der ganzen Flusswassermasse.

Kleine spaßige Bläschen sprangen aus den fest geschlossenen Mundwinkeln und aus der Nase und stiegen in ungestümen spielerischen Schwärmen empor, zur Welt der Eltern und aller dort Zurückgelassenen. Zur Welt, die noch vor kurzem ihre eigene Heimstatt war. Dort war es heiter. Aber dorthin zog sie nichts.

Angst, wiederhole ich, hatte sie nicht. Das Wasser war so durchsichtig, dass sich in unereilbarer Entfernung, in welche Richtung auch immer, alles betrachten ließ. Bis hin zum in der Ferne blauenden und, den Geschichten des Vaters zufolge, ersehnten und geheimnisvollen Russland, das er einst verlassen hatte.

Viele Jahre später, aber auch noch in reichlich unschuldigem Alter, saß das Mädchen, während sie endlose russische Schneeflächen durchquerte, am Waggonfenster und beobachtete das unablässige Vorbeiflimmern der unzähligen Fichten und Kiefern, die in dem komplett geweißten endlosen Raum dicht an dicht aufgestellt waren.

* * *

»In China, isst man da Eier?«, fragt ihre Abteilnachbarin mit echter Neugier. Die ältere Frau wirkt durchaus umgänglich, allerdings sehr erschöpft. Sogar ausgezehrt. Ihr Gesicht, von zahlreichen Runzeln so tief durchschnitten, dass sie fast schwarze Linien ziehen, strahlt Rührung und gleichzeitig Mitgefühl aus. Das Mädchen hat das schon bemerkt und sich in den langen Stunden der gemeinsamen Reise daran gewöhnt.

Ihre Beobachtungsgabe ist gut. Sehr gut sogar.

Von klein auf hat sie die Ansichten und Absichten der Eltern mit Leichtigkeit erraten. Die ganzen Erwachsenentricks und -schliche im Voraus gewusst. Über einen Gast, der ihr übrigens eine gewisse übermäßig-zärtliche Aufmerksamkeit schenkte, sagte sie zu ihrer Mutter:

»Der lügt.«

»Warum das denn?«, fragte die Mutter, während sie in einer ihrer Routinebeschäftigungen innehielt.

»Er hat dünne Lippen.«

»Nun ja«, reagierte die Mutter unbestimmt.

Logisch, von wem das Mädchen Derartiges aufge-
schnappt hat. Von der Njanja, und die, ganz klar, hat das
überladene und ziemlich primitive System physiognomi-
scher Beobachtungen von ihren zahllosen Vorfahren und
Urvätern geerbt. Übrigens unterscheiden sich die europäischen Varianten ähnlicher Konstrukte wenig von der
östlichen, vieles wurde höchstwahrscheinlich schlicht
und einfach von dort übernommen.

Struppige Brauen – Veranlagung zum Totschlag. Logisch! Dreiecksaugen – ein Betrüger und Verräter. Was
denn sonst?! Breite Nasenwurzel – neigt zu Jähzorn und
Irrsinn. Nichts gegen zu sagen! Gewölbte Stirn – träu-
merisches Wesen. Und so weiter.

»Dummes Zeug«, bemerkte die Mutter. Sie glaubte
nicht an derlei Dinge, von denen das lokale Dasein bis
zum Irrsinn angefüllt war, was ihr das Leben und die
Beziehungen zur chinesischen Dienerschaft häufig er-
schwerte.

Das Mädchen antwortete nicht.

Die Mitreisende richtet ihr getupftes dunkles Kopftuch,
schiebt dabei eine störrische Strähne ausgetrockneten,
farblosen Altershaars zurück, mümmelt stumm mit den
dünnen trockenen Lippen und fragt noch einmal:

»Isst man in China …?«

»Ja.« Das Mädchen wendet sich ihr mit verständlicher
Überraschung zu.

»Na, dann iss doch ein feines Ei, mein Häschen. Hart-
gekocht. Kannst du dich denn noch an Mama und Papa
erinnern?« Ihre Stimme klingt unübertrefflich mitfühlend.

Die Tränen steigen ganz von selbst in die Augen. Sich verschluckend, nach Luft ringend, würgt das Mädchen das hingehaltene, schon abgepellte hartgekochte kalte Ei hinunter und vermeidet es, die Mitreisende anzusehen, auf dass ihre Schwäche sich nicht kundtäte. Sie ist ja wirklich noch ein Mädchen! Ein Kind!

Das Ei krümelt in ihrer Hand. Sie nimmt die auf den Rock gebröckelten Eigelbkrümel ordentlich auf, häufelt sie auf ein Tischeckchen und wendet sich zum Fenster.

Zwischen den vorbeihuschenden endlosen Stämmen der unendlichen Wälder, dort, weit weg, hinter den Bäumen, setzt einer dem Zug nach. Wer? Das Mädchen presst die Nase an die kalte Scheibe und hinterlässt einen großen milchigen Fleck unvorsichtigen Atmens. Wischt mit der Hand übers Fenster. Wischt mit dem Rocksaum die Brille sauber. Schaut genau hin. Nein, erkennen kann sie nichts – das ist einer, den das Auge nicht erfasst.

Was man erfasst – bloß dunkles Vorüber und Verschwinden. Zurück bleibt er aber nicht. Überholt sogar. Es kommt vor, du erreichst die Endstation – und da steht er schon, grinst sonderbar. Holt er jemanden ab? Oder einfach so. Steht neben den einsamen Gestalten von Tante Katja und Onkel Mitja, die sie, das Mädchen, auf dem fast geleerten Bahnsteig in Taschkent erwarten. Das Mädchen lächelte vor sich hin, als sie sich dieses Bild vorstellte.

Und sie auch – sie stehen, gucken, lächeln.

Alle lächeln.

Wer ist nicht mit derartigen Zügen gefahren? Vor den rasch überanstrengten Augen, die sich durch das vogelartige Zuklappen der ermüdeten Lider immer wieder schließen, entrollen sich phantasmatische Bilder vom Weglaufen, Vorlaufen, Überlaufen, Mitlaufen hinter Stämmen, Durchlaufen unter den Zugrädern und Verschwinden hinter dem Horizont. Wegfliegen in unbekannte Weiten. Komplettes Verschwinden. Und augenblickliche blitzschnelle Wiederkehr. Ans kalte Fenster gepresst ein riesiges bleiches Gesicht, übers ganze Glas zerflossen als ununterscheidbarer milchiger Fleck. Rauszusehen ist da nichts.

Und genauso war es auch.

Das Mädchen wendet sich vom Fenster ab. Die Mitreisende betrachtet sie still. Beide schweigen.

* * *

Das Mädchen schaute empor und sah den klaren Himmel und Sterne, die sich ganz schwach an ihm abzeichneten, fast unsichtbar am helllichten Tag. Nur von der geheimnisvollen, verborgenen Flusstiefe aus wahrnehmbar. Sowie eine bleiche Mondsichel bei ruhigem, hierher, unter die unbewegliche Wasserglocke, nur halb vordringendem Tageslicht.

Ein Zustand der Friedlichkeit füllte quasi wie ein Elixier unendlicher Dauer die Gegenstände und den Raum ringsum bis zum Rand. Ein fast schon gläserner, starr gewordener Stillstand. Der Zustand einer an diesem Ort und zu dieser Zeit vollzogenen Ewigkeit. Nichts war, entgegen landläufiger Vorstellung, im Fluss oder veränderte sich. Selbst das lokale Ungeheuer aus der Familie der Großdrachen verriet sich nur durch das flüchtige momentweise Kräuseln, das den hyperfeinen weißen Flussgrundsand durchzog, durchlief, überlief.

Von den monotonen Gesängen des alten Blinden auf dem Markt hatte das Mädchen erfahren, dass jener groß war wie der Himmel. In seinem Maul stak eine riesige Perle, aus dem Himmlischen Jadepalast geraubt. So hieß es. Ach was, so war es.

Man erzählt sich, auf den inneren Wandflächen des mittlerweile irdischen Palastes der Himmlischen Reinheit in Pekings Verbotener Stadt seien von ihnen, den Drachen, seit Urzeiten 13 946 oder 13 948 Stück abgebildet gewesen. Und ihre Zahl wuchs stetig weiter an. Allein an der Decke gab es 2711 Ungeheuer, die flogen, sich aalten, den Rachen aufrissen, tollten, Rauch und Ruß spien, herabkamen und die armen, genauer gesagt, die gar nicht armen Bewohner der Verbotenen Stadt vernichteten. Die entsprechende Zahl der Eunuchen einmal beiseitegelassen, die innerhalb der Mauern der Verbotenen Stadt unter den zahllosen kaiserlichen Frauen und Konkubinen pausenlos intrigierten und ihre heimtückischen Taten verübten. Doch an denen hatte das Mädchen weniger Interesse.

Der Drache hielt den Atem an und blickte aus matten, tief malachitgrünen, fast mädchenhaften Augen unter immer wieder zuklappenden zolldicken Lidern in die Höhe. Hier und da erhob sich, vom unruhigen, schläfrigen Sichregen eines entfernten Teils seines ungeheuerlichen Leibes, ein trüber Strahl. Dann wieder tiefste Ruhe und Transparenz. Noch war es nicht so weit. Man konnte ohne Furcht nach unten schauen. Oder auch gar nicht. Sie tat es gar nicht.

Das Mädchen erinnerte sich an die Erzählungen des Vaters über die gigantischen uralten silbrigen Karpfen, die in dem riesigen Palastteich des japanischen Kaisers in Tokio schwammen. In dem nicht sehr großen Park in der hintersten Ecke ihrer Konzession wiederum lag ein winziger grünlicher Teich, den mäßig große Karpfen und noch kleinere Goldfische bewohnten. Das Mädchen fütterte sie. Betrachtete sie genau. Beeindruckend fand sie an ihnen nichts außer dieser ihrer Unterwasserexistenz – seltsam und verführerisch.

Das Alter der Kaiserkarpfen wiederum war unbestimmt. Einige waren hundert Jahre alt. Andere zweihundert. Wieder andere stolze fünfhundert Jahre. Entsprechend hatte man sie beringt – mit Eisen-, Silber- und, besonders prominent, mit Goldringen –, um sie, umgeben von unzähligen allzu ähnlichen Hautfalten und Schuppen, die sich im Laufe der Jahrhunderte ansammelten, wenigstens irgendwie zu unterscheiden. Bei einigen ungeheuerlich alten entblößte die abblätternde Haut graurosa angewelktes, poriges Greisenfleisch.

Von ein paar Glöckchen gerufen, strömten sie seit etlichen Jahrhunderten routiniert unveränderlich an einer bestimmten Stelle zusammen, wo zahllose einander abwechselnde Generationen ununterscheidbarer buddhistischer Mönche sie mit einem speziellen Futter fütterten. Dem Mädchen hatte das Bild dieser faltigen trägen Monster, die langsam die willenlosen Perlmutt-Mäuler aufsperrten und hin und wieder mit den dicken, fleischigen Lidern zwinkerten, den Blick direkt auf ihre Augen gerichtet, immer Angst eingejagt. Sie sah sich um. Nein – hier waren sie nicht, waren nicht einmal vorgesehen. Alles war durchsichtig und verlassen. Niemand da, außer ihr und dem verborgenen Drachen.

Worüber sie sich seinerzeit gewundert hatte: Wie konnten die gigantischen Fische durch die solide grüne Wassermasse hindurch den feinen Ton der Glöckchen hören? Das begriff sie jetzt.

Hoch oben, über der straffen und alles spiegelnden Wassermembran, in der Welt anderer Maßstäbe und Brechungen, auf der schwankenden und knarrenden Holzbrücke, gewahrte sie eine gewisse Hektik und Unruhe. Unruhe und zähflüssige Dauer zugleich.

Was auch einleuchtete. Ihre Eltern und weiteres Volk eilten zum Ort ihres Sturzes. Ihres Verschwindens. Nur alles lautlos, verlangsamt. Doch was hätte sie unter dem vielschichtigen Festkörper des Wassers außer Glöckchen schon hören können? Und wer hätte in einer solchen Situation daran gedacht, eins zu Hause einzustecken? Und besaßen sie überhaupt welche?

Endlich warf sich einer der Diener ins Wasser. Glitt der schwarze, lautlose Boden eines irgendwo aufgetriebenen Bootes heran.

Ein Chinese mit übermäßig langem schütterem

Schnurrbart, der schier in ein einziges spärliches Haar auslief, ähnlich dem, das jenem Flussgrunddrachen aus der Nüster ragte, sprang dem unbeholfenen Diener bei.

Sie zogen sie heraus, schauten immer wieder aufs Wasser – wer fände das nicht furchtbar? Von oben verfolgte man das Ganze mit allmählich abnehmender Panik und gab mit lauter Stimme nützliche (die Männer) oder nutzlose (die Frauen) Ratschläge (oder umgekehrt – wer versteht das schon in einer solchen Situation?). Oder schrie einfach bei jeder Etappe der Rettung auf.

Aber Schluss damit, Schluss! Alles vorbei, Gott sei Dank! So ein Kind aber auch! Ein richtiger Tollkopf!

* * *

Ja, ja, das Mädchen machte sich also klar, dass schließlich alles im Leben vonstattengeht. Vorbeigeht. Mit dem einen oder anderen Ergebnis endet. Alles unmäßig und leidenschaftlich Erwartete oder durch seine Unbekanntkeit, seine Unausführbarkeit Schreckende rückt im Endeffekt näher und vollzieht sich. Wird bekannt, passé und abgelebt. In seiner möglichen Fülle erfüllt. Zum Gegenstand inniger und trauriger nostalgischer Erinnerungen.

Wie auch ihre lange, merkwürdige, am Anfang endlos erscheinende Reise, als das Mädchen, dann doch am Ende angelangt, sich schließlich mit einer Vielzahl kleiner, auf seltsame, nicht auf die hiesige Art verpackter und verschnürter Sachen und Sächelchen auf dem Bahnsteig des Taschkenter Bahnhofs wiederfand. Sie stand da, blinzelte in der grellen Sonne, sah sich ratlos um. Zahlreiche der Passagiere, die auseinander- und fortgingen, warfen ihr verstohlene neugierige Blicke zu. Musterten sie.

Da erblickte sie auf dem leer gewordenen Bahnsteig in weiter Ferne eine winzige magere Tante Katja, so genannt zu Ehren ihrer Mutter, der Großmutter des Mädchens, der zu Ehren man auch das Mädchen, obwohl sie nicht die erstgeborene Tochter war, so genannt hatte. Die Tante stand da, bekleidet mit einem leichten kleingeblümten sogenannten Kittelkleid aus Satin, das von oben bis unten mit einer endlosen Reihe glänzender kleiner Knöpfe geschlossen war. Sie funkelten wie geschmolzene Tropfen Perlmutt unter der sengenden asiatischen Sonne. An den Füßen trug sie eine Art Hausschlappen. Ja, das hier ist Taschkent! Süden! Hitze! Mattigkeit!

Neben ihr stand, mit einem besorgten Lächeln auf dem buddhistischen (na ja, halbbuddhistischen) runden Gesicht, der untersetzte Onkel Mitja.

Ja, so ging es vor sich. Aber wann! Natürlicherweise in der fernen, fernen Vergangenheit der real und rhythmisch verflossenen, schon fast zur Neige gegangenen Lebenszeit, aber in der noch undurchdringlichen Zukunft unserer gemächlichen Erzählung.

Das Mädchen wurde mit etwas abgetrocknet, was gerade zur Hand und trotzdem grellfarbig und flauschig war. Wurde eiligst nach Hause getragen. Zum Glück war die Sache ganz in der Nähe des Familienheims passiert. Ja, im Grunde lag hier alles in der Nähe. Alle Entfernungen in der damals von ihr besiedelten Welt waren noch mäßig groß und überschaubar.

Fröhlich und schon trocken, wurde sie sorgsam ins Haus getragen, in ihr Zimmer im ersten Stock gebracht, gleich aufs Bett gelegt und mit einem Berg weicher, großflächiger, hochknautschbarer quadratischer Decken zugedeckt. Stopp, stopp, natürlich wurde sie vorher noch erneut mit riesigen, hubbeligen, gleißend gelben und purpurroten Handtüchern abgetrocknet, bestickt mit ebendiesen grellschockierenden, nein, eigentlich gar nicht furchterregenden, sondern sogar fröhlichen Drachen mit aufgesperrten Schnauzen, ausgebreiteten Flügeln und zu Knoten gebundenen knolligen Schwänzen. Ein einziges Staunen und Schmunzeln!

Wie mir gerade einfällt, füllte sich das Moskau der 50er und 60er Jahre des letzten Jahrhunderts mit allerlei ähnlicher grellbunter, fröhlich-furchteinflößender chinesischer Ware: Handtücher, Bettdecken, Vasen, Wandschirme, Fächer, Geschirr, Kittel und Regenschirme. Drachen, Tiger, Denker, Kirschblüten, Paradiesvögel, Hochgebirgsflüsse! All das von schon damals fast einer Milliarde genügsamer und geschickter chinesischer Hände gefertigt. In die zu jener Zeit noch freundschaftlich verbundene Sowjetunion geliefert. Ebenso von zahlreichen unserer Landsleute nach Hause mitgebracht, nachdem sie zwecks Beistand für das asiatische Brudervolk kurz fortgewesen waren.

Und, was noch? Ach ja, Pantoffeln. Tennisbälle. Tischtennisschläger. Irgendwelche Regenmäntel und Jacken. Wand- und Bodenteppiche. Die kurbelten die Fantasie an und peppten das farblose Dasein auf, das das wiedererstandene, sowjetische Kleinbürgertum (positiv gemeint!) damals führte.

Und dann gab's da noch dieses, wie hieß es gleich? Ach ja – der sogenannte chinesische Pilz. Ein formloses Etwas, das die glücklichen Besitzer dieses Halbgewächses-Halbgeschöpfs gegen einen soliden Preis in Umlauf brachten. Kurz und gut, eine wässrig-quallenhafte Angelegenheit, die sich unangenehm glitschig anfühlte, im Nu aus der Hand rutschte, in einem Dreiliter- oder besser noch einem Fünfliter-Einmachglas mit abgekühltem abgekochtem Wasser schwamm, dem eine riesige Menge damals noch nicht defizitären, nicht normierten, nicht derartig strenger Rationierung und staatlicher Kontrolle unterliegenden Streuzuckers zugefügt war, der es, das Wasser, in ein säuerlich-giftiges und schäumendes Etwas verwandelte. Wir labten uns daran. Ein unirdischer Genuss! Freilich gehörte in jenen segensreichen Zeiten nicht viel dazu, uns zum Staunen zu bringen.

Nach einiger Zeit starb der Pilz. Man musste sich um den Erwerb eines neuen kümmern. Na ja, natürlich nur, wenn man wirklich musste. Aber man war doch daran gewöhnt! Schon konnte man sich ein Leben ohne ihn kaum noch vorstellen.

Ob es in China selbst etwas Derartiges gab und das Mädchen es also kannte, weiß ich nicht. Ich glaube kaum.

Man rieb sie mit dem einen oder anderen wärmenden Balsam ein, bei deren Herstellung die Chinesen bekanntlich wahre Großmeister sind. Die verstörten Eltern bemühten sich, das volle Ausmaß ihrer Bestürzung zu verheimlichen, die sie indessen den ganzen Abend nicht mehr verließ. Und auch später nicht, noch lange Tage und Monate nach jenem Ereignis.

Doch vorerst scherzten sie, etwas nervös, angespannt und viel zu viel, am ehesten wohl, um sich selber aufzumuntern. Liebkosten das Mädchen, nahmen vorsichtig heiße Getränke und diverse Packungen aus den Händen der höflichen und achtsamen Dienerschaft entgegen. Das Mädchen, halb sitzend in ihrem Bett, in riesigen weichen Kissen versinkend, musterte alle aufmerksam und verstehend und schwieg. Sie taten ihr leid. Es herrschte eine sonderbare Atmosphäre, angespannt und gelöst zugleich.

Die älteren Schwestern standen starr zu beiden Seiten an den Türrahmen des Schlafzimmers gelehnt, halbfragenden Karyatiden ähnlich. Mit geneigtem Kopf blickten sie, schuldbewusst lächelnd, auf das ganze Tohuwabohu. Man schickte sie weg. Schmollend und sich immerzu umwendend, verschwanden sie in der dunklen Türöffnung. Die Mutter setzte sich auf die Bettkante und begann, ein Märchen zu erzählen, was im Grunde genommen ein Privileg des Vaters war. Nur wenn das Mädchen kränkelte oder wegen etwas Unerklärlichem, aber eindeutig Vorhandenem und Spürbarem bockte, schickte die Mutter alle weg, blieb lange im Schlafzimmer und wärmte ihr mit ihren weichen warmen Händen die kalten Füße. Streichelte sie bedächtig und summte oder murmelte leise, um Überflüssiges und Fremdes zu verscheuchen. Verscheuchte es. Das Mädchen beruhigte sich. Die Augen fielen ihr von selber zu.

Meistens fand sich jedoch der Vater auf geheimnisvolle Weise (im Grunde aber stets erwartungsgemäß) in ihrem Zimmer ein, nachdem er seine unzähligen lärmenden Abendgäste im geräumigen Saal unten zurückgelassen hatte. Dieses unerwartete Erscheinen erschreckte das Mädchen nicht. Anfangs unterschied sie immer nur die lichte Gloriole des schlohweißen Haars, das gar nicht zu seinem Alter passte. Dann trat der ganze Umriss seiner nicht sehr großen, feingliedrigen Gestalt hervor.

Sorgsam nahm er auf der Bettkante Platz. Er roch angenehm nach aromatischem Tabak. Der Vater war Pfeifenraucher, und in seinem Arbeitszimmer ruhten auf offenen Bücherregalen eine Menge Pfeifen. Die lustigste und lockendste hatte die Form eines Affen. Sein leicht gedrehter Schwanz diente als Mundstück, das weit geöffnete Maul entließ elegante Rauchringe. Der Vater benutzte sie nur selten. Doch wenn er es tat, schielte die Meerkatze zum Mädchen hin und blies die Backen auf. Das Mädchen rückte weg. Sah zum Vater. Der war konzentriert, war völlig in die sich lange hinziehende Beschäftigung des Rauchens vertieft. Das Mädchen beruhigte sich – wenn der Vater in der Nähe war, hatte der Affe nicht die Macht, sich aufzuspielen.

Trat das Mädchen aber allein in das abgedunkelte Arbeitszimmer des Vaters, warf sie als Erstes einen Blick auf das niedrige Bücherregal, das während seiner erzwungenen Muße die Heimstatt des Äffchens war. Das jedoch erwies, wenn unbeschäftigt, der Umgebung nur die allergrößte Gleichgültigkeit. Das Mädchen ging an ihm vorbei.

Der Vater beugte sich fast bis zum Gesicht des Mädchens herunter und fing an, mit monotoner Stimme endlose Verse von Lermontow zu flüstern. Aus dem *Dämon*. Wie der flog, flog und, ein Leidender, keinen Frieden finden konnte. An keinem Ort. Niemand verstand ihn, niemand fühlte mit ihm. Als er, von allen verlassen, fahl und schmachtend, in Gestalt des väterlichen Stimmgeknisters schon das ganze Zimmer bis in den letzten Winkel erfüllt hatte, rückte das Mädchen ein Stück von ihrem Vater ab. Der warf den Kopf zurück und ging zu anderen Gedichten über, von denen er eine unerhörte Anzahl auswendig wusste. Eine irrsinnige Menge. So war es in seiner Jugend üblich gewesen. Und hat sich, wenn auch in geringerem Maße, in unseren Breiten bis heute erhalten.

Eine Zeitlang bildete sich der Vater ein, dass die leidvollen Verse »Wolken am Himmelszelt, ewige Wanderer« von ihm selbst stammten. Als er auf die wahre Urheberschaft stieß, war er weniger getroffen oder gekränkt als unangenehm überrascht. Selbst dass sie gerade Lermontow zugeschrieben wurden, den er maßlos verehrte, vermochte das Unangenehme der Entdeckung nicht abzumildern. Wenn er später davon erzählte, tat der Vater das stets und unfehlbar mit einem kuriosen Lächeln, das nahelegte, dass er von der Richtigkeit der fremden Urheberschaft bis auf den heutigen Tag nicht restlos überzeugt war. Na, sei's drum.

Mir wurde gesagt, dass viele junge Leute in dieser berüchtigten Zeit etwas Derartiges erlebt haben, und zwar exakt mit ebenjenen »Wolken am Himmelszelt«. In diesen schlichten, aber berückenden Zeilen liegt offenbar etwas Magisches – Fliegen, Flucht, Verlust der einzigen und heißgeliebten Heimaterde! Verschwinden und Vergessensein in unbekannten fernen Gegenden. »Wolken am Himmelszelt, ewige Wanderer!« Einsamkeit, Leere und Stille! Fast das Grab.

Es muss betont werden, dass derartige Gefühle von vielen mit einer so unglaublich starken seelischen Verzweiflung durchlitten wurden, dass es zuweilen zu einem tragischen Ausgang kam. Ich meine die Empfindung von Einsamkeit und Verlorenheit aufgrund der gänzlichen Unmöglichkeit, die unbefristet aufgegebene Heimaterde je zurückzugewinnen. Oder wenigstens dorthin zurückzukehren. Im Übrigen wurde über diesen Punkt nicht wenig berichtet und geschrieben. Was den ohnehin enormen emotionalen Effekt des Gedichts extrem verstärkt hat.

Für uns dagegen, die kleinen, krüppligen Besiedler ebenjenes Landes, das der Vater des Mädchens etwa in unserem Alter verlassen hatte, also im Alter des schulischen Büffelns dieser und weiterer dichterischer Reimereien, besaßen die betreffenden Zeilen den erwähnten magischen und schmachtenden Reiz natürlich nicht. Wir, Vertreter der Siegerkindheit der Nachkriegsjahre, mochten Lermontows heroisches »Borodino« lieber. »Sag, Oheim, nicht umsonst in Flammen …« Oder glaubten, wir würden es mögen. Oder taten so. Wobei uns natürlich auch die erwähnten »Wolken« nicht erspart blieben. Wir kannten sie. Und zwar auswendig.

Unter dem Rauschen der magischen Wörter lag das Mädchen mit weit aufgerissenen Augen da. Die Augen des Vaters wiederum schimmerten seltsam in der Dunkelheit. Es schien, als quöllen Tränen auf seine Wimpern. Auch dem Mädchen war nach Weinen zumute. Sie schluckte einen Kloß herunter und schluchzte kaum hörbar.

»Na, na, nicht doch«, murmelte er hastig in der Dunkelheit, küsste sie schnell und kehrte zu den zahlreichen Gästen zurück, die seine lange Abwesenheit gar nicht bemerkt hatten.

Das Mädchen wiederum sah, wie große Vögel schweigend über dem Haus dahinjagten. In der Stille konnte man das kaum zu erhaschende Schwingen der widerständigen Luft hören, wenn sie von den gewaltigen Flügeln geteilt wurde, und ein gerade noch wahrnehmbares Rauschen.

Die grauen Vögel verhielten ein wenig überm Haus. Standen quasi starr an einer Stelle, bildeten überm Dach eine hohe Pyramide mit einem hyperweit entfernten, nicht mehr erblickbaren Gipfelpunkt. Verhielten. Und flogen, indem sie die strenge, fast geometrische vertikale Struktur durcheinanderbrachten, davon.

Und alles wurde still.

Manchmal stieg das Mädchen, von einem sonderbaren Gefühl getrieben, fast schlafwandlerisch aus dem Bett und ging in ihrem weißen Nachthemd, das mit allerlei Fältchen und Rüschen besetzt war, dem Vater nach. Hätte jemand Außenstehendes sie zufällig gesehen – er wäre unweigerlich gerührt gewesen von diesem ergreifenden Bild. Doch es war niemand da.

Auf dem Treppenabsatz des zweiten Stocks stand die lebensgroße Bronzefigur eines vornehm ausstaffierten Herrn. Der Vater hatte sie vor langer Zeit in einem der zahlreichen hiesigen Kolonialwarenläden gekauft, weil sie ihn an seine Kindheit erinnerte. An welche Kindheit? Woran genau? Eine gescheite Erklärung hatte er selber nicht. Sie weckte die Erinnerung, und basta.

In der Dunkelheit bekam das Mädchen einen Schreck, wenn sie beinahe gegen den ausgestreckten Metallzeigefinger lief, der ihr, von den vielen gedankenlosen Berührungen der Hausbesiedler und ihrer Gäste auf Hochglanz poliert, fast einen Stich versetzt hätte. Das Mädchen fuhr zurück und erstarrte. Sah genau hin. Zuerst flirrten ungeordnet Lichtreflexe, dann trat langsam die ganze bekannte Figur des in keiner Weise bemerkenswerten Herrn, quasi ihrer aller eiserner Ahnherr, aus dem Dunkel hervor. Das Mädchen erkannte die Statue. Manchmal zeigten sich auf ihrem Gesicht die Züge des Vaters. Wenigstens kam es ihr so vor. Die Bronzehand wies immer noch auf sie. Das Mädchen wandte sich ab.

Stieg zum nächsten Stock herunter. Unbemerkt, durchs Treppengeländer hindurch, den Kopf auf die Seite gelegt, beobachtete sie eine Zeitlang stumm den hellerleuchteten Salon und die dort flanierenden würdigen Gäste in Abendtoilette. Das Mädchen erkannte viele. Fand den Vater und die festlich ausstaffierte Mutter. Auf der Brust der Mutter blitzten die kleinen Steine raffinierter Schmuckstücke im hellen Licht. Die scharfgeschliffenen Diamantfacetten schickten grelle Strahlen zu dem Mädchen hoch. Sie beschattete die Augen mit der Hand.

Unten, unter dem mit einem einfachen weißen Leinentuch bedeckten und mit allerlei Speisen und glänzenden Getränken vollgestellten langen Tisch, erriet das Mädchen in den kleinen Vertiefungen der verschnörkelt geschnitzen Beine aus schwarzem und rotem Holz, als hätten sie sich auf Äste verteilt, zahlreiche kleine Wodkapinnchen. Während der Vater seine Gäste listig betrunken machte, verbarg er die eigenen Pinnchen in den wie dafür geschaffenen eleganten Eintiefungen der Tischbeine. Keine schlechte Idee! Im Laufe eines Abends sammelten sich bis zu zwanzig solcher Pinnchen an. Einmal, inmitten allgemeinen Frohsinns und entsprechender Nachlässigkeit den Kindern gegenüber, probierte das Mädchen, nachdem sie den jüngeren Bruder unter den Tisch gelotst hatte, mit ihm zusammen so maßlos von dem dort Versteckten und Verborgenen, dass man die beiden nach langer Suche mit einem Lächeln der Rührung, Überraschung und gleichzeitig der Sorge in halbbewusstlosem Zustand unter dem Tisch hervorziehen und ins jeweilige Schlafzimmer tragen musste. Eine frühe Erfahrung der Bewusstseinsveränderung durch Alkohol.

Der Vater jedoch setzte seine heimtückische Abstinenzpraxis fort.

Gewöhnlich beobachtete das Mädchen die geheimnisvolle Abendgesellschaft nicht lange. Sie gähnte, machte kehrt und ging leise in ihr Schlafzimmer zurück.

Die Gäste brachen auf. Einige blieben bis zum Morgen.

Es war schon mitten in der Nacht, wenn sie von unten die gedämpfte, erregte Stimme ihres Vaters hörte:

»Aber er ist doch ein Genie! Ein Genie!«, natürlich ging es wie immer um seinen geliebten Lermontow. Das Mädchen wusste den ganzen nun folgenden Plot auswendig wie die Gedichte des Dichters.

»Ein Genie, na schön! Und, sollen wir uns jetzt alle überschlagen?«, kommentierte Onkel Nikolai in aller Gemütsruhe. Stopp – welcher Nikolai? Er war ja schon gestorben, als das Mädchen noch ganz klein war. Also hatte jemand anders widersprochen. Das Mädchen versank in Gedanken. Jemand, der fade und ewig war. Unnachgiebig und unnachsichtig. Solche gab es hier.

Apropos, etwas Ähnliches bekam ich eines Tages in den schmutzig-gräulich schneebedeckten Moskau-Beljajewo-Weiten aus dem Munde eines beschwipsten Männchens zu hören. Das war zu der denkwürdigen, ruhmreichen, aber zugleich dramatischen Zeit, als in Chile der dem Herzen eines jeden damaligen Sowjetbürgers so teure Präsident Salvador Allende gestürzt wurde. Es gab da so einen. Und es gab auch Augusto Pinochet – seinen Widersacher. Wer kann sich jetzt noch an sie erinnern.

»Chile, Chile! Und, sollen wir uns jetzt überschlagen?!«, murmelte unser beschwipster Held und versuchte, mit unsicheren zitternden Händen die dritte nicht mehr reinpassende Flasche bekannten Inhalts in seine kleine platte Plastikeinkaufstasche zu stopfen. Oder nein, vermutlich, ja sogar höchstwahrscheinlich drückte er sich, wobei er dasselbe meinte, etwas expressiver aus:

»Chile, Chile! Gefickt werden viele!«, brummelte er stur, wobei er kein Stück vorwärtskam mit seiner beharrlichen, erfolg- und trostlosen Tätigkeit, die mit einem ganz und gar tragischen Schlussakkord zu enden drohte. Will meinen, das schwache Plastik konnte einfach reißen, weil es das Gewicht der kostbaren Last nicht aushielt. Oder die Flasche konnte den gedankenlosen, ungeschickten Händen des Notleidenden entgleiten und auf dem verdreckten Kachelboden voller Schmutzstapfen zerschellen, um den ganzen Raum augenblicklich mit dem wohlbekannten, intensiven Geruch des hochverehrten Schnapses zu füllen. Ja, dann würde es tatsächlich heißen: »Chile, Chile! Gefickt werden viele!«

Womöglich ist es genau so passiert. Sogar mit ziemlicher Sicherheit.

Und all das mitten in Beljajewo.

Das Mädchen lag einige Zeit da, blickte an die weit entfernte Decke und schlummerte langsam ein.

Inmitten einer ebensolchen Stille und Dunkelheit hatte das Mädchen einmal unversehens begriffen, dass das Leben vergänglich ist. Dass alle sterben. Sie auch. Gleich fiel ihr Onkel Nikolai ein.

Eines Tages würden alle auf dieser Erde ihr gänzlich unbekannt und fremd sein und sich nicht an sie erinnern. Für einen Moment kam es ihr plötzlich so vor, als würde sie an eine vollkommen durchsichtige Trennwand aus Glas klopfen, die sie von allen anderen absondert, von Menschen, die lachen, sich küssen, über eine Waldwiese mit bunten Blumen laufen. Sie schreit, schlägt erfolglos und trostlos mit den Fäusten gegen das harte Hindernis in dem Versuch, ihre Aufmerksamkeit zu wecken. Das dicke Glas verschluckt jedes Geräusch. Die anderen, die dahinter, laufen jenseits der durchsichtigen Wand direkt an ihrem Gesicht vorbei und bemerken sie nicht.

Das Mädchen erstarrte in der Dunkelheit ihres Zimmers.

Sie schlief.

Ihr träumte die berühmte Lermontow-Kiefer im wilden fernen Norden. Das Mädchen steckt seinen Arm tief, bis zur Schulter in den porösen feuchten Schnee, versucht, an die Wurzeln zu kommen, schafft es aber nicht. Der Arm ist eiskalt. Der ganze Körper überzieht sich mit Eistropfen wie das Gesicht jener armen russischen Dame, die bei ihnen im Haus gestorben ist und in den geräumigen Eiskeller im Hinterhof gelegt wurde. Der Körper des Mädchens weint dieselben großen kalten Tropfen.

Das erinnert an den berühmten heiligen Sebastian aus dem Mittelalter, der, den festen, rundlichen Körper ruhig an die Säule gelehnt, über und über mit unangetrockneten purpurroten Blutpünktchen bedeckt ist. Einige gefiederte Pfeile wippen in seinem Körper, oberflächlich in der dicken Haut verhakt. Das Mädchen hat die Darstellung in einem der dickleibigen Folianten im Arbeitszimmer des Vaters gesehen.

Das Mädchen möchte um Hilfe rufen, doch nur ein jämmerliches Piepsen löst sich von ihren gefrorenen Lippen. Alle gehen vorbei, keiner bemerkt sie. Klar – sie ist klein, kaum zu sehen, piepst und ähnelt sich überhaupt nicht mehr.

Lange nach Mitternacht, fast schon gegen Morgen verteilten sich die dagebliebenen Gäste und die Gastgeber dann auf die zahlreichen Zimmer des geräumigen Hauses. Alles wurde still bis zum Morgen.

* * *

Am Fenster sitzend, wunderte sich das Mädchen beim Anblick der vorüberhuschenden Dörfer und öden Siedlungen über deren unvorstellbare Trübheit, ja Tristheit. Und über die Flachheit. So etwas wie Uneinprägsamkeit. Offenbar lag es an Winter, Frost, Schnee, Verlassenheit. Und dazu an ihrer eigenen fehlenden Gewöhnung an andere Maßstäbe, andere Farbskalen, andere Sitten. Man muss sich ja an alles erst einmal gewöhnen. Eine entsprechende Optik ausarbeiten. Das erfordert eine besondere Aktivität. Eine Arbeit der Seele und des Sehsinns, für die der überwiegende Teil der Erdbevölkerung zu faul ist. Das Mädchen ist anders. Indessen braucht auch sie Zeit dafür. Und nicht zu knapp.

»Ja, der Winter«, bemerkt die Mitreisende. »Da kannst du nichts raussehen.«

Tatsächlich. Nichts. Wie schon erwähnt, muss man sich in alles einsehen. Einfinden. Dafür ist Zeit erforderlich. Und jetzt deckt auch noch einer da draußen wie mit großer, weitgespreizter Hand das Fenster zu. Die Hand strafft sich, versucht, das Doppelglas einzudrücken. Etwas Dunkles und Lautes brach über den Waggon herein. Das Mädchen schrak zurück. Und alles verschwand.

Sie flogen aus dem krachenden Tunnel ins offene Land hinaus. Auf der großen, hingestreckten Ebene, die an den grauen Himmel stieß, der sie beschnitt, war nichts zu entdecken. Besser gesagt, beide – die bläslichen endlosen Felder und der graue, wie mit nicht ganz ausgewaschener handgesponnener Wolle gestrickte Himmel – beschnitten sich unschmerzhaft gegenseitig. Gingen ineinander über. Wuchsen eins ins andere hinüber. Wuchsen ineinander. Wer weiß, welche Abgründe, Einbrüche und Höhlungen sich unter den Falten dieser gleichmäßigen weißen Leintuchhülle verbargen …

»Hier, Kleines, iss etwas Hühnchen«, die Mitreisende zog aus einem voluminösen grauen Einkaufsnetz eine fettdurchtränkte Zeitung, in der ein kaltes gelbliches lebloses Hühnerwesen eingewickelt war. Die Frau riss ein riesiges bepickeltes Bein ab und hielt es dem Mädchen hin. Die lehnte taktvoll ab.

Sie erinnerte sich daran, wie ihnen auf einer Zugreise nach Mukden vor langer Zeit auch Huhn ins Abteil gebracht worden war. Ein taktvolles Klopfen an der flachen Tür. Man öffnete. Ein lächelnder chinesischer Steward in roter Uniform und mit einer Mini-Konfederatka auf dem Kopf hielt ein kleines Tablett durch den Türspalt. Das Mädchen beugte sich weit von der oberen Koje herab und betrachtete den auf einem Teller liegenden, wie poliert und lackiert glänzenden Vogelkörper. Mit seinem braunen Glanz erinnerte er an die Möbel zu Hause in

Tientsin und an die Holzbeschläge in ihrem gegenwärtigen Waggonabteil.

Das Huhn wurde fortgeschickt.

* * *

Alles Vergangene, Zurückgelassene blieb dem Mädchen wie aufflammende, rausgerissene, grell und festlich beleuchtete, nahezu theatralische Szenen und Teile einer Art Feenschauspiel im Gedächtnis.

Sie wohnten auf dem grünen, immerzu blühenden, zu unterschiedlichen Jahreszeiten mit unterschiedlichen grellbunten Blumen unterschiedlich gefärbten Gelände der ausländischen Konzessionen mitten im Zentrum der relativ großen chinesischen Stadt Tientsin. Auf der einen Seite bildete die mäßig breite London Road die Grenze. Auf der anderen lag ein eher kleiner runder Platz mit einem Denkmal des berühmten Boxeraufstands. Ebenjenem, dessen Zeugen (die, als das Mädchen geboren wurde, schon fast alle tot waren) ihn als irrsinniges blutiges Bacchanal in Erinnerung haben, vollzogen von unklar was für rasenden Horden, die unklar woher von allen Seiten in die großen Städte strömten. Die daraufhin überhäuft waren von den Leichen unschuldiger Einwohner und überschwemmt von deren hellem Blut.

Tja, wir kennen das zur Genüge. So was ist vorgekommen.

Die Namen der Geheimgesellschaften klangen verlockend und erschreckend – Rote Turbane, Lange Haare, Heruntergelassene Ärmel. Das Mädchen hatte von ihnen gehört. Besonders faszinierend fand sie letztere. Sie stellte sich vor, wie diese langen heruntergelassenen Ärmel Winzgegenstände wie Hälmchen, Fläumchen und Stäubchen in sich aufsaugten, die ihnen unterwegs unterkamen. Dann auch größere Kleinigkeiten – Insekten, Fliegen, Kriechgetier. Dann Mäuse und sogar Hasen. Und ihnen auf dem Fuße stürzte sich die ganze Umwelt blitzgeschwind in jene wie ein Windkanal heulenden Ärmel. Freilich, von Windkanälen konnte das Mädchen damals noch kaum etwas gehört haben.

Das erwähnte Denkmal dagegen war einfach – eine schlichte geballte Bronzefaust, allerdings recht groß. Wieder war ihr, als würde sich diese, ihre Ängste bestätigend, mit ebenjener fürchterlichen Kraft ebenjener geheimnisvollen Teilnehmer blutiger Bacchanale wie der erwähnten Heruntergelassenen Ärmel zusammenballen und so die ganze Umgebung in sich aufsaugen. Die Faust war ja denn auch in der heutigen Welt der einzige Vertreter und Gesandte jener unglaublichen Zeit.

Das Mädchen ergriff die Flucht, um rechtzeitig aus der Zugriffszone zu entwischen. Klar, heute könnte man das wissenschaftlich als die Wirkung eines Schwarzen Lochs beschreiben, ließe sich in der Sache wenigstens das allerkleinste Element Wissenschaftlichkeit finden. Sowie Signifikanz. Obwohl – wer weiß.

Ringsum gab es so mancherlei, was all und jeden im Visier hatte, der zufällig herkam, auftauchte, einfach vorbeischaute. In der Nähe oder um die Ecke siedelte. Vielerlei, was anlockte, ansaugte und unerbittlich in sich aufsaugte, und zwar gar nicht mal auf die oben beschriebene blutig-tragische Art und Weise. Sogar unmerklich für die betreffende Person. Scheinbar hat sich nichts geändert, indes – verändert hat sich alles, vollständig und unumkehrbar.

Und das Mädchen wusste das.

Allerdings muss um der Korrektheit und Vollständigkeit des Bildes willen vermerkt werden, dass in geringer Entfernung auch ein intim-bescheidenes Bronzedenkmal für die englischen Soldaten aufragte, die in dem ruhmlosen Opiumkrieg so unsinnig ihr junges Leben gelassen hatten. Anders als bei der Bronzefaust fielen bei dieser Bronzeplastik keinerlei Eigenschaften und Qualitäten außer den skulpturalen auf. Und auch die nicht gerade übermäßig. Ein bescheidenes Standbild eben.

Hinter dem Platz begann die dichtbesiedelte, niedriggebaute, geräuschvolle und verlockende chinesische Stadt.

Streng genommen hatte das Mädchen Tientsin natürlich nicht ganz oder in einer mehr oder weniger zufriedenstellenden Vollständigkeit wahrnehmen können, insofern sie die Stadt in noch völlig unschuldigem Alter verließ.

Manchmal freilich ließ man sie mit der städtischen Trambahn fahren, die die einzige Schienenstrecke der Stadt entlangpolterte. Und den geradezu archaischen Anblick eines sich langsam vorwärtsbewegenden gigantischen Eisengeschöpfes bot, begleitet von unerhörtem Knirschen in den Kurven, Rasseln auf den Schienenstößen und überhaupt einem monströsen metallischen Dröhnen.

Von der Endhaltestelle aus, die unweit von ihrem Haus lag, unternahm das Mädchen eine Reise über die Hauptstraße der Stadt, bebaut mit durchaus soliden zwei- bis dreistöckigen Steingebäuden europäischen und traditionell chinesischen Stils – Bankvertretungen, staatliche Einrichtungen, Geschäfte und Restaurants. Häuser in noch soliderer Bauweise waren bisweilen dazwischengewürfelt.

Die Trambahn glitt langsam und schwerfällig dahin, ohne abzubiegen. Die Passagiere stiegen während der Fahrt ein und aus.

Vom Oberstock aus betrachtete das Mädchen, fast in gleicher Höhe mit den Wipfeln von Baumriesen dahingleitend, die unten wuselnde Menge. Sie sah disziplinierte chinesische Schulkinder mit kleinen Rucksäcken auf dem Rücken, Frauen, die mit kurzen Tippelschritten zum Markt eilten, gravitätische Männer. Mitten auf der Straße, den chaotischen Verkehr regelnd, stand ein Polizist in Khakiuniform und mit Pistole an der Seite. Die spärlichen Autos drängten, ja drückten sich geradezu unter unaufhörlichem Hupen durch die dichte Menge und schenkten dem selbstzufriedenen und quasi selbstgenügsamen Ordnungshüter kaum Beachtung.

Später nahm sich das Mädchen mehrmals vor, die Stadt ihrer Kindheit zu besuchen, um sie endlich in ihren realen Maßen und Dimensionen zu überblicken. Doch irgendwie ergab es sich nicht. Klappte es nicht. Wie sollte man auch dorthin kommen? Besonders zu jenen feindseligen Zeiten endloser sowjetisch-chinesischer ideologischer Kämpfe, politischer Konfrontationen, manchmal sogar direkter militärischer Konflikte. Doch, doch, die gab es!

Entsprechend bot sich keine praktische Möglichkeit, zu diesem Dort zu kommen. Die bietet sich auch heute nicht. So blieb denn alles im Bereich der Träume und der abgebrochenen Unvollständigkeit kindlicher Erinnerungen.

Mir wiederum war es beschieden, die Stadt ihrer Kindheit zu sehen, die sie damals verlassen hatte. Ein paar Stunden Fahrt von Peking aus in einem überfüllten Zug, in dem sich unscheinbar gekleidete dunkelgesichtige Bewohner von Vororten und entlegenen Dörfern drängten – und ich lief durch die Straßen von Tientsin. Doch ohne Führer, ohne ein einziges chinesisches Wort in meinem Wortschatz. Höchstens nin hao (danke). Und das Wörtchen wangbadan (Schildkrötenei) – ein chinesisches Schimpfwort von unfassbarer Kränkungskraft. Dass Sie das um Himmels willen nicht im Beisein eines erwachsenen Chinesen aussprechen! Dann passiert was Grässliches! Es ist nicht ratsam. Mir jedenfalls wurde davon abgeraten.

Ja, und noch ein Ausdruck: Diu nage ma! Eine recht grobe Beschimpfung, deren Bedeutung ich hier nicht wiedergeben werde.

Außerdem muss man noch in Betracht ziehen, dass die einheimische Bevölkerung weder das Englische noch irgendeine andere Fremdsprache auch nur in Ansätzen beherrschte. Ausgenommen ein paar vereinzelte, sorgfältig (bei den unklaren heutigen Zeiten) vermiedene russische Wörter und Wendungen, die die ältere Generation noch in der denkwürdigen Epoche der unirdischen Freundschaft zwischen zwei großen Völkern, dem chinesischen und dem sowjetischen, gelernt hatte. Doch auch das half mir in keiner Weise weiter.

Was also konnte ich wahrnehmen und in Erfahrung bringen? Ich streifte durch die üblichen gesichtslosen Straßen einer modernen Großstadt und versuchte, die alten Viertel zu finden. Auf einmal schien mir, dass ich nun doch in die Zone der früheren europäischen Ansiedlungen geraten war. Die Einzäunung fehlte freilich. Das ganze Gelände war mit deprimierenden riesigen Verwaltungsgebäuden bebaut, auf denen dem Zweck und Inhalt der betreffenden Bauten geziemende staatliche Flaggen wehten. Es war ja auch so viel Zeit vergangen! Und dann die vielen historischen Perturbationen!

Hinter ein paar Gebäuden entdeckte ich die erwähnte Bronzefaust. Sie war aber nicht so riesenhaft wie in der Vorstellung des Mädchens. Eines Kindes damals ja noch! Wie lange war das her. Womöglich hatte ich auch eine andere, ähnliche alte Faust entdeckt. Oder eine brandneue, jüngsten Datums. Fäuste über Fäuste! Dazu gibt es noch zahlreiche andere Plastiken, über die Stadt und das ganze denkmalreiche China verteilt. Monumente, bei deren Herstellung sehr eifrig Anatomie, Kleider- und Waffendetails berücksichtigt werden, die die einheimischen Schöpfer mit geradezu unstillbarer Lust nachbilden. Mit Wollust geradezu.

In dieser Könnerschaft wurden die modernen chinesischen Plastiker an den Höheren Bildungseinrichtungen für Kunst in der ihnen damals freundschaftlich gesinnten Sowjetunion unterrichtet. Ich bin ihnen dort begegnet, in ebenjenen Bildungseinrichtungen (ja, das kam vor!), zu ebenjenen Zeiten, in denen die Unterrichtenden sich auf Derartiges verstanden. Aber es muss erwähnt werden, dass die chinesischen Könner ihre Lehrer in alledem übertrumpften. Zugegebenermaßen.

In meinen Erwartungen und Nachforschungen nicht bestätigt, aber auch nicht enttäuscht, verließ ich die Stadt Tientsin wieder.

* * *

Teil des städtischen Umfelds, genauer, des Lebensraums, noch genauer, der damaligen Welt des Mädchens war auch das viele Kilometer vom Elternhaus entfernte warme Gelbe Meer mit seinem endlosen Strand aus feinstem, seidigem, heimlich die Haut kosendem, fast unspürbarem Sand.

Wenn futian – eine Hitze, so ungeheuerlich, als schlüge sie aus dem Backofen – über die Stadt hereinbrach, wenn nicht einmal mehr Heuschrecken und irrsinnige Zikaden sich regten, fuhr die ganze Familie für ein, zwei Tage oder gleich für eine Woche ans Meer.

Und das war richtig. Der Hitze auf dem Fuße folgte dafeng, der große Wind, der Dächer abriss, Bäume umstürzte und mit den Stämmen und Ästen dieser umgestürzten Bäume die schmalen Gassen der städtischen Armenviertel verstopfte, ebenso mit jedem nur denkbaren

Müll, durch den sich barfüßige Rikschakulis und Händler, die überladene zweirädrige Obst- und Gemüsekarren hinter sich herzogen, mühsam ihren frühmorgendlichen Weg bahnten.

Es kam auch anderes vor. Mal dies, mal das.

Im Gebirge gingen hyperschwere Schneelawinen ab und vernichteten wandernde Pechvögel und einfache einheimische Ansässige mit ihren Häusern und ihrem dürftigen Vieh. Erdbeben spalteten fürchterlich die Erde, und in den gigantischen Klüften verschwanden ganze Ortschaften mit Menschen und all ihrem friedlichen, jahrhundertealten Dasein, ohne dass jemand ein solches Ende geahnt hätte. Wobei nein, nein, natürlich ahnten sie es. Waren sich sogar ganz sicher. Hatten sogar mehr als einmal dergleichen erlebt. Und siedelten wie bisher an genau den Orten, die eine Wiederholung des Geschehens in sich bargen. Und es geschah tatsächlich wieder. Und wieder siedelten sie dort. Und wieder geschah es. Dem ist einfach nicht beizukommen!

Oder es brach ein wilder Steinschlag los, der alles ringsumher zertrümmerte. Straßen wurden überflutet. Flüsse und Gewässer traten über die Ufer. Allerlei Unterwassergeschöpfe kamen an Land, krochen zu den menschlichen Behausungen, blickten hinein, betrachteten schwer und konzentriert deren Besiedler. Ein Graus!

Manchmal breitete umgekehrt eine Dürre ihre braune, huckelige Decke über die ganze Erdoberfläche. Na, zu solchen Zeiten stand den Unterwasser- und Landgeschöpfen natürlich nicht der Sinn nach schwachen Menschenwesen.

Einmal war es dem Mädchen beschieden, einen Hurrikan von nie dagewesener Stärke zu erleben. Der Regen stürzte donnernd aufs Dach ihres fest gebauten Hauses, das unter der Wucht der tobenden Windstöße trotzdem in seinen Grundfesten erzitterte. Nässe drang durch die massiven Fensterrahmen und überschwemmte den Boden. Die Scheiben zitterten und winselten zum Erbarmen. Der Dienerschaft gelang es nur mit Mühe, das Wasser aufzunehmen. Die Mutter rief alle Kinder in den zentralen Saal und hielt sie von den Fenstern fern, deren Scheiben unter dem irrsinnigen Druck des Windes drohten jeden Moment in kleine Splitter zu zerbersten, in zartes kindliches Fleisch zu dringen und es gänzlich zu durchbohren.

Dennoch bekam das Mädchen ein seltsames schockierendes Bild draußen vorm Fenster mit. Ein Pechvogel von einem Passanten kämpfte, seinen Körper fast horizontal über der Erde dahinschleppend, gegen den gewaltigen Wind an. Hinter ihm flog mitten in der Luft ein zerzauster kleiner Hund, den nur die starke Leine seines Herrchens in dieser auseinanderbrechenden Welt festhielt. Wie lange noch? Es war fürchterlich, doch zur gleichen Zeit absurd und lächerlich.

Dann wiederum kam auch vollkommen anderes vor.

Einmal wanderte das Mädchen langsam eine schattige Allee entlang. Die Baumkronen griffen hoch oben lückenlos ineinander. Das erweckte den Eindruck eines langen, leicht von Gegenwind durchwehten Tunnels. Es war still und dämmrig.

Und da stürzte mit einem Mal ein Trupp kleiner Nagetiere ihr geradewegs vor die Füße. Das Mädchen sprang zur Seite. Sah sich um. Daraufhin hüpfte in der Ferne ein Rudel gestreifter Tierchen auf den Weg, die kleinen Frischlingen ähnelten. Womöglich, sogar sehr wahrscheinlich waren sie gefährlicher als die Nager, doch bei ihrem Anblick verspürte das Mädchen keine Angst. Vielmehr keinen Ekel. Doch auch sie verhielten nur eine Sekunde, dann stürzten sie ebenfalls davon.

Da fiel dem Mädchen auf, dass das Vogelgezwitscher, das normalerweise den ganzen Alleeraum von der Höhe einer riesigen Bahnhofshalle aufs Intensivste anfüllte, plötzlich verstummt war. Üblicherweise nahm man es schlicht nicht mehr wahr, wie eine Art neutralen Geräuschhintergrund von universaler Präsenz. Doch jetzt war absolute Stille eingetreten, wie abgeschnitten. Und genau das fühlte sich an, als klänge die Umgebung auf die falsche Weise.

Das Wehen wurde kühler. Auf eine gewisse fremde Weise sogar kalt. Dem Mädchen ging durch den Kopf, dass, kröche jetzt in der Nähe eine Schlange vorbei, sich eine Schar Gefiederter ganz im Gegenteil mit einem gewaltigen vereinten Flügelrauschen, als atmete ein riesenhafter unsichtbarer Alleebesiedler, in die Lüfte erheben würde. Doch nein – absolute Stille und die leichte, fast jenseitige Kühle.

Das war das Vorzeichen eines Erdbebens.

Später, zu Hause, wachte das Mädchen tief in der Nacht seltsamerweise mitten im Zimmer auf. Ihr Bettchen war ein tüchtiges Stück von der Wand weggerutscht. Von den Borden purzelten die Bücher. Das Mädchen begriff sofort, dass dies die Possen böser Geister waren, die zwecks derartiger Spektakel und wilder Streiche gewohnheitsmäßig nachts die Wohnungen von Menschen heimsuchten. Die Häuser von Europäern allerdings nur selten. Sie mochten sie nicht. Oder hatten sie Angst? Anscheinend ja – vor Gegenmaßnahmen der unbekannten Schutzmächte dieser fremdländischen Wohnstätten. Und sie begnügten sich mit den dürftigen übervölkerten Behausungen der chinesischen Armut.

Das Mädchen sprang aus dem Bett, doch sogleich warf eine Hand sie brutal zu Boden. Das Wüten der Geister ging entschieden zu weit. Sie kriegte praktisch keine Luft mehr, konnte keinen Laut hervorbringen. Von neuem sprang sie auf, und wieder warf es sie zur Seite.

Das war schon das Erdbeben selbst. Und ein recht starkes. Wobei das Epizentrum ziemlich weit von ihrem Wohnort entfernt lag. Sie hatten nur die schwachen fernen Ausläufer mitbekommen. Am Epizentrum dagegen waren die Folgen fürchterlich. Wie man sich vorstellen kann.

Am Morgen erklärte die Njanja laut und deutlich, der große unterirdische Yan Luo sei in Wut geraten. Er missbillige nämlich menschliche Handlungen, die gegen uralte überlieferte Gesetze und Vereinbarungen verstießen. Man müsse mit Opfergaben in den Tempel gehen und eine Menge Papiergeld verbrennen, um ihn zu besänftigen. Genau das tat sie auch am nächsten Tag.

Und sie fuhren ans Meer.

Das Mädchen bekam nie einen Sonnenbrand, sondern bedeckte sich leicht und rasch mit der gelbschimmernden Membran einer matten Bräune. Nicht, dass sie einen brünetten Teint gehabt hätte. Eher im Gegenteil. Doch ihr fast ebenso weißhäutiger Bruder wurde bei den ersten Strahlen der Frühlingssonne knallrot wie ein glückloser Krebs, und seine Arme und Beine überzogen sich allmählich mit winzigen Wasserpöckchen, die aufplatzten und unerträglich juckten. Der arme Kleine!

In weiße Gewänder mit langen Ärmeln und weiten Hosenbeinen gehüllt, saß er, geschützt von einem Schirm, am Strand und zog klägliche Grimassen, weil jede Bewegung oder Anspannung ihn schmerzte. Dem Mädchen war es eine Qual, sein schmerzverzogenes Gesichtchen zu sehen, das von den genannten und sogar noch schlimmeren Wasserblasen bedeckt war, die unter seinen ungeduldigen Fingern aufplatzten. Dass er die entzündeten Stellen nicht anfassen durfte, war ihm einfach nicht beizubringen. Sie haben ja vermutlich selber einmal Derartiges erlebt. Wie bringt man das jemandem bei?

Danach bedeckte sich all dies Feuchte und Tränende mit einer harten Kruste, mit Grind, der, nachdem er ebenfalls erbittert abgepult worden war, zarte neue rosa Haut entblößte. Der arme, arme Kleine!

Das Mädchen wandte sich ab, rückte ihren Strohhut zurecht, auf dem genau in der Mitte eine weinrote gefüllte Blüte prangte. Glättete den Sand, nahm den Hut ab und legte ihn auf das gesäuberte Plätzchen neben sich. Zurückgelehnt betrachtete sie konzentriert den Kopfputz.

Wenn sie lange hinsah, begann die Blüte auf dem Hut sich allmählich zu bewegen und gleichsam zu wachsen. Die Blütenblätter zwirbelten sich endlos nach innen und saugten einen in sich auf. Das geschah jedes Mal. Das Mädchen riss sich mühsam los und richtete den Blick aufs ruhig daliegende, friedvolle Meer. Aber natürlich – friedvoll! Da gibt es nur ein Wort – friedvoll. Und wie viel liegt in diesem Wort.

Das Mädchen wusste das.

Oft ließ sie einen leuchtend bunten Drachen steigen. Die Schnur spannte sich, die Füße sanken tief in den nachgiebig ausweichenden, quasi unterwürfigen Sand ein. Doch darunter umfasste jemand Zartes und Beharrliches sanft ihre Knöchel und zog sie langsam und unerbittlich in die Tiefe. Zog sie zu sich. Der äußere Drache und jener aus der Tiefe überwältigten einmütig und schweigend den wohlig ermatteten Organismus. Das Mädchen überkam Schläfrigkeit. Sie war schon bereit aufzugeben, sich anheimzugeben, als jemand Starkes sie von hinten erfasste, aus dem Sand zog und herumschwenkte. Das Mädchen drehte sich um. Das heißt, sie drehte sich nicht einmal um, sondern wusste, dass es ihr Vater war. Sie fing an zu lachen. Lachte laut und konnte gar nicht mehr aufhören. Der Vater ließ sie auf den Sand herunter. Noch lange kniete sie da und schluchzte. Dann wurde sie still.

Gewitzt durch einiges an Erfahrung, hielt sie die mageren Ärmchen des Bruders fest, die beim gemeinsamen Sandburgenbauen bis zum Ellbogen in der Tiefe verschwanden. Das Mädchen sah ihn stumm und streng an. Der Bruder erstarrte mit weit aufgerissenem Mund.

In der Ferne fuhren vereinzelte Dampfer vorbei. Die feuchtigkeitsübersättigte Luft ließ die Silhouetten der Schiffe diffus erscheinen. Ein heftiger Wind umspülte ihre Konturen, flog herbei und traf auf das Mädchen, trug die letzten Lautreste der undeutlichen Gespräche, das Knarren der Takelage, der hölzernen Beplankung von dort nach hier. Er bewegte leicht die Haare, kühlte die Haut. Und flog weiter.

Das Mädchen wandte sich um, verfolgte seinen Weg zu den bläulichen Silhouetten verschwimmender Hügel und der vereinzelten Bauten, die ihrerseits auf den abgeflachten Gipfeln standen. Anscheinend öffnete jemand die leichte Holztür eines weißen schwankenden Bauernhauses, trat mit gebeugtem Rücken heraus und sah lange in Richtung Meer. Bemerkte das Mädchen. Sie wandte sich ab. Jener lenkte den Blick wieder aufs Meer. Ging dann zurück ins Haus.

Der Wind verwischte alle Silhouetten.

Eines Tages machte das Mädchen mit ihren Eltern eine Schiffsreise auf einem der südlichsten chinesischen Meere. Heute weiß keiner mehr, auf welchem. Es ist auch nicht wichtig.

Das Deck bebte ununterbrochen ganz leicht, wie das

Fell des Hauskaninchens unter ihrer vorsichtigen Hand. Das Mädchen lächelte, während sie sich das Schiff als riesiges, leicht zitterndes Kaninchen vorstellte. Die Beine des Mädchens stimmten nun auch in das Beben ein, als wären sie zu einem Teil des Riesenwesens geworden, abgelöst von ihr selbst, die es nicht vermochte, dem aufgedrängten, wir wollen nicht sagen, quälenden, aber bereits ermüdenden, Müdigkeit erzeugenden Rhythmus mit ihrem ganzen Körper zu folgen. Zu spüren war also eine Art unaufhebbare Dissonanz. Na ja, nicht gänzlich unaufhebbar. Nicht komplett.

Das Schiff wiederum, höchstwahrscheinlich von jemand Unsichtbarem dort in der Tiefe erfasst, erschauderte vor Schreck, hatte es doch keine Möglichkeit, in andere, wohlwollende Räume zu entfliehen. Es erstarrte und begann dann von neuem zu zittern, jetzt sogar schon, könnte man sagen, vor Wonne.

Mir fällt ein, dass ich in einem Film gesehen habe, wie ein hagerer, gleichsam aus festem Ebenholz gedrechselter, langgestreckter Afrikaner blitzschnell unter einem riesenhaften, schreckerregenden Krokodil hertauchte. Einige Zeit später kam der furchtbare Korpus an die Oberfläche und erstarrte. Die Krokodilsaugen waren gläsern vor Wonne. Eine ölige Träne entquoll ihnen. Man zog das Tier an Land, unfähig zum geringsten Widerstand oder auch nur zum Begreifen dessen, was ihm geschah. Da haben wir es – überwältigende Wonne! Bewusstseinserweiterung! Nirwana! Man fesselte das Krokodil und trug es weg. Es kam zu sich und fing an, sich mit seinem ganzen gewaltigen Körper vom Kopf bis zu dem großpockigen Schwanz zu winden. Vergebliche Liebesmüh!

Das hast du nun von deinem Nirwana!

Endlich gelang es dem Mädchen, vollends zu verschmelzen, den ganzen Körper im Beben des Metallwesens mitschwingen zu lassen. Sie konnte nicht mehr aufhören. Ihre Gesichtszüge schienen sich zu verwirren und zu vermischen. Schwer zu sagen, ob sie in der Lage war, ob es überhaupt noch in ihren Kräften lag aufzuhören, sich selbst getrennt von diesem universalen Zittern wahrzunehmen.

Nein, sie konnte es nicht mehr.

Die Mutter umarmte sie von hinten, den großen Körper, der sich der allgemeinen mysteriösen Verstörung nicht fügte, an sie geschmiegt.

Das Mädchen entspannte sich und spürte, als zöge man eine Ölschicht von ihr ab, wie die ganze Kolonie von Kribbeldingern sich mit einem Mal davonmachte. Gen Himmel? Ins Wasser? Wie jene denkwürdigen bösen Geister. Stopp – was denn für böse Geister? Wozu denn bitte solche Übertreibungen. Schlicht eine Schwäche und ein leichtes Zucken der gesamten Haut.

Das Mädchen beugte sich über die Bordwand und betrachtete das Wasser, das, so der Vater, durchsichtig war wie Wodka. Sie sah kleine Haie vorbeihuschen. Von hier aus machten sie keine Angst.

Etwas Flaches, Blasses, wie ein riesiges verschwommenes Gesicht, schimmerte in der Tiefe auf und verschwand unter dem Schiffsboden. Ein Manta, erriet das Mädchen. Sie kannte ihn von Bildern in allerlei naturwissenschaftlichen Büchern. Hatte auch kleinere in dito kleineren Aquarien gesehen. Doch dieser war von einer schlechterdings unverhältnismäßigen Größe. Das Mädchen lief zur anderen Bordseite und sah zu, wie das gigantische Wesen langsam durch die durchsichtige Tiefe schwebte, als stellte es sich selbst zur Schau. Als weidete es sich an seiner eigenen Gestalt.

Das Mädchen fand das sympathisch. Sie dachte sogar, dass sie sich genauso verhalten würde, wenn sie ein Manta wäre. Über all die Lehren der Metapsychose, der unaufhörlichen Wiederkehr, der Seelenwanderung, der Wiedergeburt in Körper und Gestalt aller möglichen Lebewesen, Insekten und sogar Pflanzen wusste das Mädchen Bescheid. Das jagte ihr keinen Schrecken ein.

Obwohl der Manta recht furchterregend aussah, wusste das Mädchen genau, dass nicht er jenes verborgene Unterwasserscheusal war. Bei all seinem monströsen Äußeren ernährte sich das gigantische Wesen friedlich von Plankton. »So wie ich von Brei«, lächelte das Mädchen vor sich hin.

Apropos, eines Abends am Meer rief die Mutter sie zu sich ins Wasser. Das Mädchen stand unwillig auf und schlurfte zum Rand des Meeres. Etwas hielt sie gleichsam zurück.

»Schnell, schnell«, trieb die Mutter sie an. »Guck mal.«

Sie schlug leicht aufs Wasser, und schon sprühte es bleiche, grünlich leuchtende Körnchen. Tröpfchen. Die

Mutter fuhr energisch mit der Hand durch die Wasseroberfläche, und die erstrahlte in bleichem grünlichem Licht. Dem Mädchen fielen die Erzählungen der Njanja ein: Das seien die Seelen Ertrunkener, die, aus der Tiefe emporgestiegen, sich als durchsichtige Phantome an leichtsinnige Schwimmer hefteten und sie, eingeschläfert und in Ohnmacht und Willenlosigkeit gehüllt, mit sich hinabzögen. Das Mädchen fühlte, wie ihre Füße langsam in dem ausweichenden Sand des Meeresbodens versanken.

»Es ist das Plankton, das leuchtet«, die Mutter zog sie näher zu sich heran. »Versuch mal.«

Das Mädchen wedelte unentschlossen mit der Hand. Und wirklich – alles ringsum leuchtete auf.

Ebendort, auf dem Schiff, sah sie vom offenen Deck aus die leichten Dschunken der Fischer. Über den Booten, weit weg, blitzte weiß etwas auf, funkelte in der Sonne und verschwand im nächsten Moment unter Wasser. Nach einiger Zeit schoss das weiße Leuchten wieder plätschernd aus dem Wasser empor. Das Mädchen schaute genau hin und erkannte recht stattliche Vögel, etwa entengroß. »Sampane«, erklärte die Mutter. Mit ihrer Hilfe fingen die Fischer ihre Fische.

Die Vögel verschwanden ohne Unterlass im Wasser und tauchten wieder auf. Das Mädchen starrte zu ihnen hin, denn sie erwartete, an ihnen Spuren des mysteriösen, furchterregenden Unterwasserwesens zu entdecken. Im Schnabel eines aufgetauchten Vogels erglänzte ein Fisch. Doch bevor jener seine Beute verschlingen konnte, zog der Fischer den Sampan an einer Schnur, die an einem Ring um seinen Hals befestigt war, zu sich heran und entriss ihm den Fisch. Der Vogel flatterte erschrocken mit den Flügeln und tauchte nach der nächsten Beute.

Das Mädchen verfolgte das Gewusel von Vogel und Fischer eine ganze Weile, konnte aber nichts raussehen, was ihr dabei geholfen hätte, das Geheimnis des verborgenen Meereslebens zu entschlüsseln.

Sie richtete den Blick auf die schimmernden Delphine, die offenbar von derselben Hand aus dem Wasser gestoßen wurden, die das Schiff zum Beben brachte. Sie waren aber vollauf heiter und verspielt. Offenbar war doch nicht alles so eindeutig.

Auf derselben Reise stieß das Mädchen, mit den Eltern an einem kleinen Hafen an Land gegangen, auf einen Riesenberg frischgefangener Meeresgeschöpfe, glitzernd, in allen Regenbogenfarben schillernd, eine kompakte, fast unteilbare, wimmelnde und bebende Masse. Da waren grüne und bläuliche Krabben, himmelblaue Hummer, schwarze Aale, Zitterrochen, Seesterne, Oktopusse und eine zahllose Vielfalt aller nur möglichen großen und kleinen Fische. Ebenfalls lag dort am Rand mit geschlossenen Augen und zugeklapptem Rachen ein mächtiger Hai.

Und plötzlich riss sich der tote Rachen auf zu einem riesigen schwarzen Krater, eingefasst von einer irrsinnigen Anzahl glänzender Fayence-Zähne. Das Mädchen konnte gerade noch zur Seite springen und verharrte starr vor Schreck in gefährlicher Nähe.

Ein Fischer, der in der Nähe stand, briet dem Hai mit einem kolossalen Eisenstab eins über. Der gab einen zischenden Laut von sich wie ein Fußball, aus dem die Luft entweicht. Der Fischer steckte ihm den Stab in den Rachen und zog ihn ruckartig zur Seite. Heraus fielen einige große Zähne mit Kanten, scharf wie Messer. Der Fischer hielt dem Mädchen zwei davon hin. Die nahm sie vorsichtig mit zwei Fingern und steckte sie ordentlich in die Tasche ihres Kleids.

Das Mädchen lag im weichen Sand des endlosen leuchtendgelben Strandes und schaute in den Himmel. Sie begriff plötzlich, dass sie unerträglich einsam war, verloren im Weltall. In dem unübersehbaren und unbewohnten, von dem der Vater erzählt hatte. Ihr wurde unendlich traurig zumute. Tränen traten ihr in die Augen. Sie erstarrte und lag stockstehif da.

Bald darauf verspürte sie unter dem Sand irgendwelche Regungen, ein fremdartiges Ankriechen. Womöglich sogar jemandes seltsames Ansinnen. Ein trockenes Geknister und das Rieseln bröckelnder Sandschichten, die in unbekannte Leeren und Tiefen absackten. Man konnte auch unverständliche Rufe heraushören. Jemand wurde in die Tiefe gezogen, erriet das Mädchen. Das leuchtet ein. Das kann hier passieren. Das wissen alle. Die ewig kichernden hiesigen Sandeidechsen, diese Früchtchen, waren berühmt für ihre Heimtücke und derartige Possen. Eh du dich's versiehst, wanderst du, den Kopf tief gesenkt, durch trüb beleuchtete, lange, enge, dumpfe unterirdische Sandkorridore fast völlig ohne Luftzufuhr. Schwankende gespenstische Schatten kreuzen deinen Weg und verschwinden in Nebengängen. Deine Stimme fliegt nur zwei, drei Schritt von dir weg, gerinnt zu einem klebrigen Klümpchen und fällt dir direkt vor die Füße. Dein Schreien hört man nicht. Dein Weinen auch nicht.

Das Mädchen glättete das Leintuch unter sich und überzeugte sich noch einmal von dessen Unzerreißbarkeit.

Apropos, wenn sie auf dem Stachelgras des Englischen Klubs lag und den Vater beobachtete, der voller Elan in Shorts über den Golfplatz schritt, bemerkte sie fast ganz genauso flinke magere behaarte Händchen, die ungestüm aus der Tiefe der Löcher schnellten, sich fest um die Bälle schlossen und sie hinab in rätselhafte unterirdische Räume zogen. Freilich gaben sie sie später, irgendwelche offenbar noch heimtückischeren Hintergedanken hegend, wieder zurück. Das Mädchen grübelte.

Die Erwachsenen, mit ihren endlosen Problemen und dem Berechnen von Schlägen und Punkten beschäftigt, bemerkten kaum etwas. Oder sie bemerkten etwas, aber nicht das Wahre. Nicht das Nötige. Doch das Mädchen sah alles Derartige unfehlbar und in beeindruckender Klarheit. Fand, bestimmte und sonderte es mit Leichtigkeit. Wusste es sogar im Voraus. Der Vater hatte vermutlich auch Kenntnis davon. Wahrscheinlich ahnte er es, ließ sich aber nichts anmerken. Das Mädchen blickte schnell zu ihm hin, und ihr schien, als antwortete er ihr mit einem ebensolchen verstehenden Blick.

Insgesamt aber spielte für sie im Gebäude des Golfklubs, wo es drei Bars, ein Restaurant, Schlafapartments und ein Billardzimmer gab, die weitaus wichtigere Rolle der große dunkle Kinosaal, wo sie, wenn sie auf den Vater wartete, endlos lange wie erstarrt die Abenteuer grellbunter wagemutiger Trickfiguren verfolgte. Zum Beispiel die von Tom und Jerry, die gerade erst die Welt beehrt hatten. Das Mädchen, okay – aber auch riesige baumstarke amerikanische Soldaten, vom Wind des Weltkriegs für kurze Zeit hergeweht, verfolgten mit offenem Mund die schlichten Irrungen und Wirrungen der gezeichneten Wundertiere.

Ach ja, da fällt mir ein, dass viel, viel später auch in meinem Vaterland, das von allem Amerikanischen, Energischen und Grellen weit entfernt war, ja ihm sogar mit aller zur Verfügung stehenden ideologischen Straffheit entgegentrat, trotzdem schließlich ebenfalls die äußerlich unschuldigen Helden der Disney-Fantasien auftauchten. Aber eben nur äußerlich unschuldig. In Wirklichkeit …

Und als Erstes wurde *Schneewittchen und die sieben Zwerge* gezeigt. Oder *Eis-Fantasia*? Oder doch *Schneewittchen*? Das weiß ich schlicht nicht mehr, da will ich mich nicht festlegen. Doch der Effekt war entsprechend. Ich kann nicht einmal sagen, ob es sich lohnt, ihn hier zu beschreiben. Anscheinend nicht.

Das Mädchen lauschte. Niemand. Und gerade als sie anfangen wollte zu weinen, tauchte aus dem Wasser die Mutter auf, an der unzählige funkelnde Wasserströme gluckernd und plätschernd auf ihre Füße herabflossen. In dem ihren massiven Körper eng umschließenden schwarzen Badeanzug sah sie aus wie ein großes glänzendes Meerestier. Sie schüttelte sich, warf dabei ihr goldenes Haar nach hinten. Mit dem einzigartigen Farbton, den das Mädchen von ihr geerbt hatte, Gegenstand des Neides und Verlangens der schwarzhaarigen Chinesen. Gold – das setzt man ja überall mit Glück, Gedeihen und Wohlleben in Verbindung. Was wäre dagegen zu sagen? Man muss nur die Hand danach ausstrecken, es berühren.

Die Mutter erstrahlte in einem Regen funkelnder, gläserner, in alle Richtungen fliegender Tropfen. Schlug sich ein riesiges Handtuch um und erstarrte, zurück aufs Meer blickend, aus dem sie gerade gekommen war. Als fürchtete sie, es zu vergessen. Vereinzelte Tropfen waren auch zum Mädchen geflogen, störten sie aber nicht weiter, weil sie mit einer überdimensionalen weichen Decke zugedeckt war. Na ja, höchstens ganz vereinzelte, die sie leicht kitzelten und gleich darauf trockneten, um nur ein leichtes Fleckchen weißlichen Salzes zu hinterlassen. Das Mädchen leckte sie jedes Mal vom Arm und spürte den leicht bitteren Geschmack. Doch die seltsame, etwas beunruhigende Empfindung, dass die Haut sich ein wenig zusammengezogen hatte, dauerte noch einige Zeit an.

Etwas Ähnliches erlebte das Mädchen hin und wieder, wenn sie in nicht sehr tiefem Wasser schwamm und kleine Fischchen von unten zu ihr hinstrebten, ihren Körper berührten, ihn sacht und nicht schmerzhaft zwickten. Das kitzelte und machte keine Angst. Nach einer Weile jedoch befiel den ganzen Körper eine Schwäche. Eine Form der Willenlosigkeit. Dem nachgeben durfte man nicht, auf keinen Fall! Umso weniger, als es sich höchstwahrscheinlich um den Vorboten von etwas Ernsthafterem und sogar Gefährlichem handelte. Von etwas Großem, Verborgenem und Geheimnisvollem. Das Mädchen straffte sich und hüpfte ans Ufer, während sie sich umblickte und an das Unbekannte dachte, dessen unschuldiges hilfloses Opfer sie hätte werden können. Ein starkes Zittern überkam sie. Sie lief weit weg vom Wasserrand, rieb sich rasch ab und kroch unter die große warme Decke.

Das Mädchen beruhigte sich, drehte sich auf die Seite und schaute in die Ferne, den direkt vor ihren Augen beginnenden endlosen, flachen, sich bisweilen zu kleineren Schwellungen erhebenden, gelbleuchtenden Raum entlang. Der Sandstrand erstreckte sich viele Kilometer parallel zum Meer.

In einiger Entfernung entdeckte sie die kleine, feingliedrige Gestalt des Vaters, zurückgelehnt auf einer geräumigen Chaiselongue im Schatten eines riesenhaften rosa Schirms. Vor dem tiefblauen Himmel zeichnete sich der helle Kopf ab.

Wenn man lange hinschaute, kamen Gestalt und Gesicht des Vaters allmählich zum Vorschein, trat jedes Detail in unglaublicher stereoskopischer Klarheit und extremer Umrisshaftigkeit, Feingezeichnetheit aus dem tiefen Schatten hervor. Bis zur schmalen Fassung der runden Buchhalterbrille. Bis zu jedem gekämmten Härchen des akkurat getrimmten Bürstenschnurrbarts.

Das Mädchen sah die Buchstaben auf dem ausgebrei-

teten Zeitungsblatt, wo auf Russisch, nein, wahrscheinlich und sogar ziemlich sicher auf Englisch ungefähr Fol-
gendes stand: »Heute drangen deutsche Truppen unter
Verletzung internationaler Abkommen auf das Territorium des unabhängigen Österreich vor«, was faktisch
den Beginn des Zweiten Weltkriegs bedeutete. Wobei
nein, nein, das hatte sich ja noch vor ihrer Geburt abgespielt. Eher könnte sie gelesen haben: »Heute wurde in
Berlin die endgültige und bedingungslose Kapitulation
des faschistischen Deutschland unterzeichnet.«

Ja, Deutschland hat kapituliert!

Das dokumentierte das Ende ebenjenes großen und
schrecklichen Krieges. Ich erinnere mich, o ja, ich erinnere mich! An jenen Tag in Moskau, in der Nähe der Pat-
riarchenteiche, die zur fraglichen Zeit bereits zu Pionier-
teichen geworden waren. Es war frühmorgens im Mai,
und ich rannte zum nahegelegenen Gartenring, angezogen vom Lärm und Getöse einer Menschenmenge. Sieg!
Wir haben gesiegt! Wir haben die verfluchten Deutschen
bezwungen!

Wobei nein, nein, das war ein Jahr später! Das damals
war in den ersten, vielversprechenden Frühlingswochen
des nicht mehr ganz so bedrohlichen Jahres 1944. Und
ich rannte unter der hellen, noch kühlen Aprilsonne
zum Gartenring, angezogen vom dumpfen Brausen einer
Menge, die finster auf die ebenso finsteren feindlichen
Kriegsgefangenen blickte, die durch den von fast unirdisch strahlendem Sonnenlicht beleuchteten, von hohen
Häusern eingefassten Raum des breiten Prospekts zogen.
Die Deutschen gingen stumm. Wir blickten sie stumm

an. Der Gartenring leuchtete unter den hellen Strahlen des siegreichen Frühlings.

Schon da waren wir die Sieger.

Das Mädchen blinzelte. Sie war ein bisschen kurzsichtig. Doch eine Brille trug sie noch nicht. Ihre Sehschwäche wurde erst später entdeckt. Kleine offizielle Lettern konnte sie also wohl kaum entziffern, obwohl sie in frühester Kindheit lesen gelernt hatte.

Der Vater legte die Zeitung weg und lehnte sich im gekippten Strandliegestuhl aus gestreiftem Leinen zurück. Auf dem Beistelltischchen, einer leichten, fast spinnwebartigen Konstruktion, die rechterhand von ihm stand, lag ein aufgeschlagenes Buch. Der Wind wendete leicht die gelblichen Seiten. Ja, im Grunde konnte man an jeder Stelle zu lesen beginnen, denn diese riesigen, x-mal gelesenen Folianten der großen russischen Literatur kannte man fast auswendig. Selbst das Mädchen schon. Ach, die großen russischen Schriftsteller, die einen nicht verließen, auch nicht in diesen durch Jahre und Distanzen weit entfernten, seltsam fremden und dann doch nicht mehr fremden Gegenden!

Giganten, die uns streng und ruhig aus der verschatteten Tiefe der Jahrhunderte anblicken.

Ungefähr diese Vorstellung habe auch ich mir in jenen fernen Schuljahren von ihnen gemacht. Genauer gesagt, diese Vorstellung von ihnen haben uns unsere pathetischen und pedantischen Lehrer gemacht. Wir folgten einfach strikt dem engen vorgeschriebenen Programm, während wir die majestätischen, doch gleichzeitig in äußerst schäbiger graphischer Manier ausgeführten, ernsten und unerbittlichen Porträts der Klassiker anstarrten, die von den Wänden der überfüllten Nachkriegsklassenzimmer herab unsere gedankenleeren Gesichter musterten.

Sie lehrten uns etwas. Wir lernten und studierten sie. Nützte es uns? Wer weiß. Auf jeden Fall schadete es nicht.

Von einem in der Ferne sichtbaren kleineren Holzgebäude löste sich die Figur eines chinesischen Kellners, ganz in blendendes Weiß gekleidet. Auf der ausgestreckten Hand mit den graziös in die Höhe gereckten Fingern ruhte ein kleines Metalltablett mit einem Erfrischungsgetränk. Wieder sah das Mädchen all das mit der blendenden Exaktheit aller Details und Einzelheiten. Das schaukelnde Tablett blitzte bisweilen auf, wenn die geglätteten Facetten des schlichten, an der scharfen Kante entlanglaufenden Dekors Lichtstrahlen zurückwarfen. Die Strahlen flogen bis zu dem Mädchen und blendeten sie sogar für einen Moment.

Der Kellner näherte sich langsam, war fast an den Vater herangeglitten, vollführte anmutig von links einen Bogen um ihn und setzte, sich taktvoll vorbeugend, das Glas mit dem farbigen Inhalt aufs Tischchen. Fragte leise etwas, erhielt eine Antwort, nickte zustimmend und entfernte sich in freier Haltung zum Häuschen hin.

Der Vater saß regungslos, den Blick aufs Meer gerichtet. Der Wind bewegte seine weißen Haare und blies undeutliche Stimmen und Vogelrufe in verschiedene Richtungen. Das Buch raschelte mit den Seiten. Das Mädchen hörte ihr Flappflapp, das kaum vernehmliche Plappern menschlicher Stimmen.

Zu festgesetzter Zeit erschien auf der anderen Seite des Strandes die hagere Gestalt des Obstausträgers. Vielmehr des Obstausführers, denn ihm zur Seite, die dünnen zerbrechlichen Streichholzbeinchen hebend und senkend, schritt still ein kleiner, ergebener, nahezu heiliger Esel, über dem rhythmisch eine festgeschnallte, unermesslich große Holzkonstruktion mit ihrer Obstfracht schaukelte. Auf dem Weg zu dem Mädchen und seinen Eltern musste der Händler die riesige, diffizilgebaute Bischofsdatscha passieren, die sich hinter einer hohen, in der Sonne geradezu glühenden geweißten Steinmauer verbarg. Erzbischof Viktor, der dort wohnte, wurde in der Folge auf die sonderbarste und brutalste Weise ermordet. Alle waren einfach fassungslos. Die Mörder wurden nicht gefunden. Gesucht, aber nicht gefunden. Nicht sehr eifrig gesucht offenbar.

Doch das war später.

Der Händler rief selbstsicher und mechanisch aus: »Bananen! Pafalaumen!«

Der Esel und sein Herr verschwanden im heißen Dunst aufsprühenden Wassers.

Das Mädchen wurde angerufen, aufgehoben, auf die Beine gestellt. Eine Zeitlang stand sie da, schwankte und rieb sich die Augen. Man nahm ihr die Decke ab, schüttelte sie aus und übergab sie der Dienerschaft. Wickelte das Mädchen in irgendwelche farbenprächtigen leichten Stoffe und trug sie zur Kutsche. Natürlich nicht mehr mit der Eile und Sorge wie nach dem Sturz in den Fluss.

Doch nein, nein. Vermutlich lief sie selbst, mit den biegsamen Füßen ein klein wenig im weichen feinkörnigen Sand einsinkend. Von Zeit zu Zeit blickte sie ernst nach unten und versuchte dann erneut, die Hand des Vaters fester gepackt, mit den Erwachsenen Schritt zu halten. Manchmal sah sich das Mädchen beunruhigt um. Wenn sie sich überzeugt hatte, dass das Brüderchen, an die Hand der Mutter geklammert, hinter ihnen her hastete, lief sie von neuem leicht und sorglos weiter.

Alle bestiegen die Kalesche, und der chinesische Kutscher fuhr los.

Sonderbar, dass das Mädchen bei all diesen Aktionen, Erscheinungen und Ortswechseln meist nur sich selbst vor Augen hatte, obwohl doch die Schwestern und der Bruder dabei gewesen waren. Na ja, dass der Bruder da war, wird wohl stimmen. Er fiel ihr manchmal ein. Aber die Schwestern – tatsächlich sonderbar – fast nie. Einfach erstaunlich.

* * *

Vorm Fenster zeigten sich zahlreiche niedriggebaute graue Häuser, umgeben von unansehnlichen bleifarbenen Zäunen. Dahinter, in den öden Gärten, ragten schwarz die knorrigen Äste vereister Bäume. Danach glitten festere, aber ebenso graue, besser gesagt, bordeauxbräunliche mehrstöckige Ziegelbauten heran.

Langsam fuhr man in eine Stadt ein. Offenbar eine größere. Unterm Fenster tauchte das stürmisch zurücklaufende bleifarbene Band des Bahnsteigs auf. Es wurde allmählich langsamer. Der Zug schnaufte und hielt. Ruckte und hielt endgültig.

Alles erstarrte.

Direkt gegenüber vom Fenster stand mit dem Rücken zum Waggon ein Junge, äußerst unansehnlich, um nicht zu sagen bettlerhaft gekleidet. Fast im Alter des Mädchens. Er sah sich nach allen Seiten um, als suchte er jemanden. Er wirkte unruhig, verängstigt und beängstigend. Als er sich umwandte, streifte sein Blick das Mädchen. Sie weckte seine Neugier überhaupt nicht. Interessierte ihn nicht. Er wandte sich ab. Doch sein Anblick hatte dafür das Mädchen hypnotisiert. Sie konnte sich nicht von ihm losreißen. Etwas machte sie unruhig. Sie sah, wie ein hünenhafter Milizionär in einer dunkelblauen, unförmigen, zahlreiche Falten schlagenden Uniform schweren Schritts von hinten auf ihn zutrat. Der Junge bemerkte ihn nicht. Der Milizionär war ohne Mantel und Mütze, trug nur eine Feldbluse und sich bauschende, in die Stiefel gesteckte Hosen. An seiner Seite lugte aus der dunkelbraunen Pistolentasche am Lederkoppel der mattglänzende dunkle Griff eines Revolvers. Das Mädchen hatte so etwas schon bei chinesischen Polizisten gesehen.

All das war sehr unverständlich. Und beängstigend.

Der Milizionär trat hinzu und legte dem Jungen die Hand auf die Schulter. Der fuhr zusammen, duckte sich und sah sich, wie dem Mädchen schien, kläglich zu ihr um. Das Mädchen fuhr ebenfalls zusammen und drückte sich voller Schrecken ans Fenster. Wie konnte sie ihm helfen?

»So, der macht keinen Krawall mehr. Nichts wie Krawall machen die hier. Sind außer Rand und Band. Banditenpack. Ich tät die alle einbuchten, dann hätt man seine Ruhe ...«, kommentierte die Mitreisende finster befriedigt und mümmelte mit den trockenen Lippen. »Da, jetzt nehmen sie ihn mit. Geschieht ihm recht. Der ist noch klein. Mama und Papa sind wohl verschüttgegangen ...«, und fügte nach einer langen Pause hinzu: »... oder überhaupt tot. Umgebracht. Hier haben sie, glaub ich, alle umgebracht.«

Das Mädchen drehte sich erneut zum Fenster. Der Zug war schon wieder angefahren, legte vom Bahnsteig ab, nahm Geschwindigkeit auf und ließ die immer kleiner werdenden, aneinandergedrückten Gestalten des Jungen und des Milizionärs dort zurück. Sie standen einsam und von aller Welt verlassen auf der Plattform. Es zerriss einem das Herz, wenn man diese Einsamkeit sah.

Ein wolkenähnliches Gebilde strömte von hinten auf sie zu, umfasste und verschlang sie. Verhielt einen Moment und setzte dem Zug nach. Das Mädchen rückte vom Fenster ab. Sah zur Mitreisenden hin und schaute wieder nach draußen – nichts als kahle verschneite Weiten vor den Zugfenstern, die ungestüm nach hinten rasten, während die noch fernen ihnen hektisch hinterherjagten, stolpernd und stürzend, voller Furcht, zurückzubleiben, für immer an diesen trostlosen, unschönen Orten bleiben zu müssen.

»Hach, so kommen wir nie an«, seufzte die Mitreisende und machte es sich mit angezogenen Beinen auf der Bank bequem, die Füße in dicken, grobgestrickten grauen Wollstrümpfen. Deckte sich mit einem großen, genauso graugestrickten Tuch zu und begann auf der Stelle gleichmäßig zu schnaufen. Das Mädchen betrachtete ihre kleine reglose Gestalt. Dann legte sie sich ebenfalls hin und schlummerte ein.

* * *

Ihr stattliches vierstöckiges Haus direkt im Zentrum des Konzessionsgebiets, gebaut aus leuchtend roten Ziegeln und umgeben von einer dito Ziegelmauer mit kleinen Schießschärtchen oben, war dicht umrankt von miteinander verflochtenem hartem Pflanzenwerk.

Das schmiedeeiserne arabeske Tor zum Hof war ebenfalls geschmückt mit verwickelten floralen Ornamenten. Das dunkle massive Holz der Eingangstür des Hauses fasste wie ein schwerer Rahmen ein großes Stück dicken, kleingewellten Glases, das an gekräuseltes Flusswasser erinnerte. Das Mädchen schaute lange in seine Tiefe und erblickte auf dem versteckten, bebenden Grund allerlei See- und Tiefseegetier. Fuhr mit dem Finger über die unebene Oberfläche. Erstarrte. Das Getier in der unerreichbaren Tiefe begann sich zu regen, ein schlaffes Maul zu öffnen und etwas Unklares hervorzubringen. Das Mädchen lauschte. Zu verstehen war nichts.

Vermutlich hat sie die andauernde Betrachtung des oszillierenden Türglasgekräusels denn auch zu dem erwähnten Flussabenteuer motiviert. Durchaus möglich. Wobei, endgültig festlegen will ich mich da nicht.

Hinter dem Haus begann ein dichter Garten, wo sich im Frühling leuchtend die üppig weißblühende junge Akazie abhob. Wie bei uns, genau wie bei uns in der Moskauer Gegend. Im niedriggebauten Dorf Jamischtschewo. Oder nein, nein, wohl eher doch in Swenigorod, in der Vorstadt, am anderen Flussufer, gegenüber vom Kloster, das das arabeske Auf und Nieder der Hügel und Senken mit seinen tiefroten Mauern, betont durch sattgrünes Haselgebüsch, sanft wiederholte. Im Herbst quoll die Hasel über vor unzähligen Dreiernüssen. Sie wurden augenblicklich abgesammelt.

Ausgestreckt im feinkörnigen weißen Sand am seichten, warmen, bis zu seiner geringfügigen Tiefe durchwärmten Flüsschen und zu faul, es auf der ausgetretenen Holzbrücke zu überqueren, betrachteten wir manchmal ganze Tage lang das Leben, das sich am gegenüberliegenden Flussufer vor den Klostermauern abspielte. Im Grunde das normale, in keiner Weise bemerkenswerte Leben einer kleinen sowjetischen Stadt, die das Kloster für ihre irdischen Bedürfnisse okkupiert hatte.

So ließen sich in meiner dürftigen und freien Nachkriegskindheit ganze Sommer hinbringen. Ja, auch dort erblühten Flieder, Traubenkirsche und Akazie. Wunder-, wunderschön!

Das Mädchen spähte in die Tiefe des Gartens. Es schien, als würde ihr jemand Schnurr- und Vollbärtiges aus dem Zwielicht des Gestrüpps zuzwinkern. Und sich gleich wieder verstecken. Das Mädchen sah genauer hin und entdeckte eine Vielzahl von einem Ort zum anderen laufender wunderlicher, veränderlicher Gesichter. Man konnte sie nicht im Auge behalten. Doch schließlich gewann einer die Oberhand, der Boss – groß, dichtbärtig und ernst. Grün. Der scheuchte nachts mit schrecklichen Grimassen Fremde und nicht ganz Ungefährliche, die von allen Seiten aus dem Dämmer herbeiströmten, vom Heim des Mädchens weg.

Abends wurden im Garten entlang der Wege und auf der Mauer farbige Papierlampions angezündet – gelb, blau, rosa, grün. Das Mädchen begann sich mit ausgebreiteten Armen zu drehen. Sie geriet in einen Taumel und konnte nicht mehr aufhören. Ihr Lachen klang wie Schluchzen. Es war ein sonderbarer Zustand.

Die Mutter drückte sie beruhigend an sich. Das Mädchen wurde still. Die Anwesenden wandten sich taktvoll ab, als wären sie von einer lebhaften Unterhaltung in Anspruch genommen. Oder sie waren tatsächlich ernsthaft in ihre eigenen Angelegenheiten vertieft. Höchstwahrscheinlich sogar.

Die Mutter brachte sie fort ins Schlafzimmer. Und wirklich, es war schon Zeit, ins Bett zu gehen. Auch die Gäste mussten langsam nach Hause. Alle gingen auseinander.

Manchmal hockte sich das Mädchen am Abend vor eine niedrige Lampe, die neben der hohen Veranda im Gras stand. Mit dem Gesicht fast eingetaucht ins Gras, verfolgte sie, wie riesige Insektengeschöpfe, die mit ihren gewaltigen durchsichtigen Flügeln ein unaufhörliches Sirren produzierten, angezogen wurden, zum Licht flogen. Unaufhörlich prallten sie gegen die trügerische und betörende, für sie eine unüberwindliche Anziehungskraft besitzende leuchtende Glashülle. Flogen empor und verbrannten knisternd in der heißen, aufsteigenden Luft oder in der offenen Flamme des Gaszüngleins. Bilder von Tragödien und unbezähmbaren Begierden!

Nahebei standen, wie geschnitzte Verzierungen, die aparten Köpfchen zurückgeworfen, reglos kleine dunkle Eidechsen. Mit einem Vorschnellen der dünnen zarten Zungen passten sie eine falsche Bewegung der in einer Art Trance befangenen Flügelwesen ab und verleibten sie sich blitzschnell ein.

Manchmal schnappte sich das Mädchen mit einer flinken Bewegung eine der unachtsamen Jägerinnen. Hob sie ans Gesicht, betrachtete sie, drückte sie sich an die Wange, fühlte ihre magische Kühle. Hin und wieder blieb als lebloses Überbleibsel nur ein schlüpfriger Schwanz in ihrer Hand zurück.

Das konnte lange dauern. Sehr lange. Bis die Njanja oder die Mutter sie schließlich aus dem Inneren des Hauses riefen. Wenn sie keine Antwort bekamen, traten sie auf die Veranda und entdeckten das Mädchen tief vornübergebeugt, das Gesicht fast im hohen Gras verborgen.

Übrigens passierten den Erzählungen der Erwachsenen zufolge merkwürdige Geschichten mit jedem, der zufällig tief in den Garten hineinwanderte und gewisse blassgrüne zarte Gewächse, die an dem fernen Zaun des hinteren Hofes wuchsen, versuchte oder sogar wirklich berührte. Dort gab es vielerlei.

Die Unglücklichen nun, die eines dieser Exemplare anfassten, die ihrer beispiellosen Heimtücke wegen äußerlich nicht zu erkennen waren, wurden ganz einfach verrückt. Irrsinnig. Brüllten, bissen, wälzten sich mit verzerrten Gesichtern auf dem staubigen Boden. Würgten rosafarbenen großblasigen Schaum hervor und bedeckten sich in Sekundenschnelle am ganzen Körper mit langen, harten rötlichen Haaren. Gleich danach sprangen sie auf, blickten wild um sich und entwichen in die Wälder oder in die fernen Berge. Die wenigen Reisenden in dieser Gegend gaben an, hin und wieder auf kuriose kräftige, aufrechtgehende, dichtbehaarte Wesen gestoßen zu sein, die verschreckt und argwöhnisch hinter Büschen vorlugten, mit der zottigen Hand sacht die Zweige teilend. Beim Versuch, sich ihnen zu nähern, entfernten sie sich watschelnd, aber erstaunlich schnell ins Dickicht. Niemandem gelang es, auch nur ein einziges von ihnen einzuholen.

* * *

In allen Stockwerken ihres Hauses kampierte, neben Familienmitgliedern und Dienstboten, ständig ein höchst vielfältiges Völkchen in wechselnder Anzahl und Zusammensetzung. Zeitweise verschwanden sie alle auf einmal. Waren lange weg, währenddessen sie eine Behausung fanden und erneut verloren, eine Arbeit aufnahmen, eine neue Familie gründeten, sie wieder verließen und in andere Städte zogen. Dann tauchten sie nach und nach von neuem auf. Manchmal verschwanden ein paar von ihnen auch für immer. Doch das kam selten vor.

Dabei war die Vielfalt der Unterbewohner äußerst relativ. Genauer, sie war begründet und bestimmt durch das geographisch festgelegte ethnische Kontingent des ehemaligen Russischen Reiches. Noch genauer – durch Emigranten, die einander nach Maßgabe dessen die Klinke in die Hand gaben, ob sie auf dem riesigen und fremden chinesischen Staatsgebiet irgendeine Stelle oder Chance zum Geldverdienen fanden, womit ehemalige russländische Staatsbürger nur in den zwei, drei Metropolen des ungefügen Reiches rechnen konnten. Eine davon war eben Tientsin, von dessen Territorium man seit jeher beträchtliche Stücke für alle möglichen internationalen Konzessionen und Vertretungen abgeschnitten hatte.

Die Stadt war bis auf das anständig bebaute, doch überschaubare Zentrum wenigstöckig und erstreckte sich über etliche Kilometer. Ihre Entstehung stand direkt mit dem berühmten Opiumkrieg in Verbindung, den die Engländer entfesselt hatten. Doch wozu sich jetzt noch daran erinnern!

Einst habe ich, wie schon erwähnt, Tientsin besucht. Doch letztlich sind meine Kenntnisse über China, wie die vieler von uns, bis heute im Wesentlichen auf massenhaft Literarisches oder gar nur Spätpolitisches beschränkt. Und das hilft natürlich gar nicht, wenn man jene spezifische, halbfantastische Stadt anschaulich darstellen will, die sich dem Mädchen wegen ihres kindlichen Alters damals nur zu einem kleinen Teil offenbart hatte. Vorzugsweise rund um das arabesk konfigurierte dreistöckige Haus der Familie und den ewig blühenden Garten, vor dessen Tor morgens der wohlbekannte Ruf ertönte:

»Bananen! Pafalaumen!«

Begleitet von den Seufzern und Wehklagen der auf ihren gestutzten kurzen Füßchen trippelnden Ama-Njanja, die nicht mit ihr Schritt halten konnte, sauste das Mädchen als Erste zum Tor.

Die Füße der Njanja waren seit ihrer Kindheit, der Tradition entsprechend, permanent und fest zurückgebunden. Das nannte man sancun jinlian, goldene Lilie – winzige Füße von etwa zehn Zentimetern Länge. Auf dass der Frau die Lust verginge, wegzulaufen. Aber wohin sollte sie eigentlich laufen? Obwohl, wer weiß. Besser, man schützte sich im Voraus vor jeder Art unerwarteter Exzesse. Das sind selbstredend nicht meine Argumente, sondern diejenigen traditionell denkender Chinesen. Natürlich nur, wenn sie auf diese Weise dachten. Schwer zu sagen.

Gewöhnlich ermüdete die Njanja nach jedem, auch dem kleinsten Ausflug und steckte, wieder daheim, ihre Füße in eine Schüssel mit heißem Wasser. Der Schmerz ließ nach.

Den Frauen wurden in der Kindheit, direkt nach der Geburt, auch die Schultern fest umwickelt. Breite Schultern – das schickt sich doch nicht. Sie finden das unsinnig? Was soll denn daran unsinnig sein.

Und überhaupt entsprach das infantile Bild der Frau, die mit kleinen Schritten hinter ihrem Herrn und Gebieter her trippelte, voll und ganz den archaischen Vorstellungen vom Sozialstatus einheimischer Frauen. Ihrer Tochter namens Guniang (was schlicht und einfach »Mädchen« bedeutete) hatte die Njanja Füße und Schultern schon nicht mehr gebunden, und die latschte auf für hiesige Verhältnisse riesigen Füßen daher wie die »weißen Dämonen«. Ja, genau so – »weiße Dämonen«! Allerdings auch nicht kränkender als »gelbe Affen«. Wobei »Affe« – hou – auf Chinesisch dasselbe bedeutet wie »Aristokrat«. Also doch nicht so kränkend.

Der Obstausträger wartete schon lächelnd auf der anderen Seite der Mauer. An seinen Schultern wippten mehrere Tragestangen. Auf den beiden jeweils daran befestigten flachen Tellern türmten sich eins auf dem anderen, wie ein bizarr bis zu einer ziemlichen Höhe aufragender Quasi-Eiffelturm, geflochtene Körbchen, gefüllt mit unterschiedlichen Früchten, darunter auch solchen von in Europa gänzlich unbekannter Art und Form – dreieckig, sternförmig, pyramidenähnlich mit spitzem Gipfel. Einige waren kreisrund und flach und um den ganzen Außenring herum mit einer Art spärlichem drahtigem Haar bedeckt.

Die irrsinnige Aromenmischung berauschte nicht nur das Mädchen, sondern auch zahlreiche vergoldete Wespen, die jene arabeske, nur für den fremdländischen, ungeübten Blick exotische Konstruktion umschwirrten. Sie landeten, flogen auf, ballten sich zusammen, als hätten sie etwas Hochwichtiges und keinen Aufschub Duldendes zu besprechen. Und so war es wohl auch. Gestikulierend und wild die Beinchen aneinander reibend, flogen sie auf und bildeten in der Luft sonderbare Gemeinschaftsumrisse von fast geometrischer Anschaulichkeit und sinnvoller Bedeutung. Schwirrten ein Stück weg. Und kamen wieder.

Das Mädchen, völlig angstfrei, warf bisweilen einen raschen Blick auf sie, beobachtete ein paar Sekunden ihre vieldeutigen Flugbewegungen und wandte sich wieder ab. Warum auch nicht – jeder hatte seine Beschäftigung.

Manches Mal konnte man in einem solchen Etagenkörbchen, wenn man ein Deckelchen hob, kleine Hühnerküken entdecken. Oder – noch viel rührender – winzige leuchtendgelbe, flauschig von ihrem ersten, schwachen, unschuldigen Flaum bedeckte Entenküken, die sogar auf die winzige Handfläche des Mädchens passten. Sie packte sie und trug sie ungestüm nach Hause, auf den hinteren Hof, wo in einem Nebengebäude auf diese Weise ein ganzer Hühner-Enten-Stall entstanden war. Natürlich hatte niemand vor, die Vögel zu schlachten und in heftig brodelnde Suppe zu werfen. Sie gewöhnten sich ein wie eine spezifische Art Haustierwesen und lebten hier bis zu ihrem natürlichen Tod. Entsprechend ihrer Natur begannen sie Eier zu legen, die von den Hausbesiedlern gerne verzehrt wurden.

Doch es war eine gewisse Seltsamkeit um diese Kreaturen und ihre hiesige Existenzweise. Zum Beispiel begann ein junger Hahn eines Tages plötzlich wie rasend zu gackern und legte seinerseits ein kleines Ei. Ja, ja, so etwas gibt es. Wenigstens geschah es hier. Passierte es hier. Daraufhin wurde das Ei lange aufbewahrt. Dann ging es verloren.

Apropos, mit diesem oder einem anderen Hahn, der es in seiner reifen Entwicklung (offenbar infolge der spezifischen Lebens- und Habitatsatmosphäre) zu einer wahrlich ungeahnten, unglaublichen Größe gebracht hatte, erlebte das Mädchen einen ernsthaften Konflikt. Einen richtig schweren. Einmal, mit zwei abgespreizten Fingerchen der rechten Hand eine riesige Weintraube haltend, zu der sie freilich auf nicht ganz redliche Weise gekommen war, fand sie sich, als sie über den hinteren Hof ging, wo die erwähnten Geschöpfe wohnten, Aug in Auge mit dem erwähnten Riesenvogel. Das Mädchen erstarrte vor Überraschung. Das Federtier stürzte sich, ohne einen Moment zu überlegen, auf sie, entriss ihr die Weintraube und ergriff unter wildem Geschrei die Flucht. Das Mädchen machte sich sogleich an eine rasende Verfolgung. Als sie den Vogel endlich erreichte und ihn, fast auf ihm sitzend, zu Boden presste, war die Weintraube leider, leider schon unwiederbringlich verschlungen. Der plattgedrückte Hahn wehrte sich nicht einmal groß. Wozu sich auch jetzt noch wehren?

Was soll's. Natürlich war das ärgerlich, aber mehr auch nicht. Das Mädchen klopfte ihr Kleid ab und ging ins Haus, während sie sich ein paar Mal nach dem in freier Haltung daherstolzierenden Bösewicht umschaute.

Mit der Zeit wurde dem Mädchen der Weg zur Schule vertraut und alltäglich. Plus ein bisschen von deren

Umgebung. Es war eine russische Zwergschule. Sie füllte sich mit dem maßvollen Lärm der wenigen, schon in den fernen chinesischen Landen geborenen Sprösslingen russischer Familien, die durch die bekannten Umstände der bekannten Bürgerfehde aus den heimatlichen Orten und Weiten des Russischen Reiches herausgedrängt worden waren. Einige hatten chinesische und russische Eltern und besaßen die bezaubernd-exotischen Züge der Bindungsaffinität einander unähnlicher Ethnien. Ebenso exotisch und nicht wiederzugeben war zuzeiten auch ihre russische Aussprache. Doch daran war man hier schon lange gewöhnt. Immerhin, so viele Jahre fern der Heimat! Und etliche, woran schon erinnert wurde, waren ja ohnehin bereits hier geboren, in den hiesigen Landen, die keineswegs zum Einflussbereich russischen Verhaltens oder Idioms gehörten.

Das Mädchen mit ihrer dank den Bemühungen des Vaters außergewöhnlich reinen russischen Aussprache wurde öfter als andere an die Tafel gerufen, um, quasi zu Nachahmung, Belehrung und Erbauung ihrer Mitschüler, Gedichte und Prosawerke der großen russischen Literaten vorzulesen. Alle lauschten, erstarrt. Tatsächlich liebte sie all das und las es außergewöhnlich gefühlvoll – eine russische Seele eben!

Im zarten Kindesalter dachte das Mädchen natürlich kaum darüber nach, warum sie sich hier, in diesem für Russen so ungewohnten Umfeld aufhielt. Mit den Umständen nun, die ihre Eltern beziehungsweise ihren Vater dazu gezwungen hatten, das geliebte Vaterland zu verlassen, und die der Grund dafür waren, dass die Familie an so entlegen-exotischen Orten lebte, wurde sie ein wenig später, alt genug für das Reflektieren einer solchen Situation, in etwas anderer Gestaltung und mit etwas anderen Akzenten bekanntgemacht als wir, ihre Altersgenossen und die unmittelbaren Besiedler ebenjenes Territoriums, wo sich einst das erwähnte Russische Reich erstreckte. Unter ihnen auch ich, der ich die Geschichte und die Ereignisse unseres gemeinsamen Landes aus ganz anderen Lehrbüchern und von ganz anderen Lehrern gelernt habe. Später allerdings hat sich all dieses Heterogene, Widersprüchliche und sogar Gegenreziproke irgendwie vereinigt, vermischt und verflochten zu einem einzigen Batzen, zum Bild des gegenwärtigen Russland. Ja, es gibt so allerlei. Sogar so etwas eigentlich kaum Vorstellbares.

Nicht weit von ihrem Haus stand hinter einer geweißten Mauer auch eine kleine russische Kirche mit einer etwas plumpen, tintenblauen Kuppel, die sich dunkel vor dem strahlend blauen, wolkenlosen Himmel abhob. Sie war ganz und gar mit riesigen, in der Sonne funkelnden goldenen Sternen übersät, fast wie die auf dem blauen Kleid ihrer zerbrochenen amerikanischen Puppe. Nur waren die Sterne auf der Puppe aus Alufolie. Mit der Zeit zerknitterten und verblassten sie.

Zuzeiten drang Glockengeläute von dort. Ihr schien es dicht, unaufhörlich und zähflüssig. Die schrecklichen Glocken saugten es in regelmäßigen Abständen wie riesenhafte Lippen in sich ein, sodass Klüfte zurückblieben, Pausen im Klang. Leere Lufthöhlen. Damals fürchtete sich das Mädchen, in die Nähe der Kirche zu gehen, weil sie glaubte, die großen, klirrenden, greisenhaften Kupferlippen könnten auch sie einsaugen. Das ist ja auch schrecklich.

Das Mädchen betrat die Kirche und erstarrte.

Gleich an der Seite hinter dem Eingang schimmerte im Halbdunkel eine sonderbare dunkle Ikone, von fast niemandem bemerkt. Wenn man sich ans Dämmerlicht gewöhnt, die Augen darauf eingestellt hatte, konnte man sie in allen Einzelheiten betrachten. Das Mädchen hatte die Ikone vor langer Zeit entdeckt und fürchtete sich jedes Mal beim Eintreten in die Kirche, dorthin zu blicken. Doch nicht hinschauen konnte sie auch nicht. Zwei grausame Ungeheuer mit grimmig die Zähne bleckenden Löwenfratzen zerbissen die Darstellung eines hageren ruhigen Greises in irgendwelchen Lumpen. Der wich keinen Zentimeter vor ihnen zurück, guckte nicht einmal zu ihnen hin. Er hörte nicht auf, still und ergeben zu lächeln. Die Ungeheuer gaben sich ebenfalls drein, fielen zu seinen hageren Füßen nieder und erstarrten. Es schien, als glitzerten in ihren Augen Tränenfunken. Der Greis wiegte sich ruhig über ihnen.

Das Mädchen holte tief Luft. In ihre Augen traten die gleichen feuchten Funken. Sie beherrschte sich.

Wandte sich ab. Durch die ringsum aufragenden zahlreichen Gestalten gebetsstarrer Erwachsener schaute sie empor, ins Zentrum der himmelhohen, dräuenden Kuppel und spürte – wie kann man das möglichst genau ausdrücken? – die ganze Feierlichkeit oder besser Erhabenheit der hier herrschenden Atmosphäre.

Sie warf einen Blick auf ihren betenden Vater und kannte ihn nicht wieder. Sah genauer hin, und es kam ihr vor, als begönne sein weißer Kopf geradezu unerträglich zu leuchten. Ein wundersames Licht auszustrahlen. Er selbst wiederum schien sachte, sachte, kaum sichtbar für Außenstehende, durch eine flugs geöffnete Seitentür zu gleiten. In einen unsichtbaren, engen, langen, dunkelnden Flur. Doch das Mädchen sah alles. Beobachtete ihn einige Zeit. Dann wandte sie sich ab und blickte wieder in die Kuppel.

Manchmal, wenn sie am heiligen Nikolai vorbeiging, erschauerte sie, hielt inne, weil sie an Onkel Nikolai dachte. Bekreuzigte sich rasch und gelobte sich wieder, seiner bis ans Ende ihrer Tage zu gedenken. Sie fühlte sich durchdrungen von außerordentlicher Ernsthaftigkeit und Konzentriertheit. Sogar von ebenjener erwähnten Feierlichkeit. Die Umstehenden bemerkten das durch ihre Gebetssorgen hindurch und warfen ihr rasche gerührte Blicke zu.

Während der langen Gottesdienste zu stehen fiel ihr noch schwer. Sie ging ein Stück zur Seite, weg von den schrecklichen Ungeheuern, die hinter ihr im Dunkel zurückblieben, und betrachtete die strengen Gesichter der Heiligen. Von allen Seiten erwiderten zahlreiche aufmerksame Augen ihren Blick. Das Mädchen erstarrte und verging gleichsam, löste sich auf im Kreuzungspunkt der Strahlen, die von diesen Augen ausgingen. Sie stieg allmählich auf, stieg auf, schwebte empor unter die Kuppel und von dort, aus ungeheuerlicher Höhe, sah sie die Tücher, die die Köpfe der Frauen bedeckten, und die kahlen Stellen auf den Männerschädeln. Oben war es hell und frei, wie in durchsichtigem, tiefem, ruhig daliegendem Wasser.

Heiße Tropfen geschmolzenen Kerzenwachses tropften auf ihre Hand.

Sie fand sich stehend in der langen Schlange vor der Beichte wieder. Es brannte ungeheuerlich, doch sie ertrug es, indem sie die Lippen zusammenpresste und den ganzen Körper anspannte. Sie hatte schon begriffen, was Ergebung bedeutete, und war stolz auf sich. Erwachsene beugten sich zu ihr herunter, versuchten zu helfen, wollten die Kerze aufrichten, doch sie zog die Hand weg, und wieder versengte ihr das heiße Wachs fast die zarte Haut.

Nach der Absolution ging sie mit leichtem Herzen rasch zum Ausgang. Über der Tür schwebte ein Engel mit ernstem Gesicht – vielleicht nahm er Abschied, oder er sprach eine Warnung aus. Das Mädchen blieb unter ihm stehen.

Sie hatte ihn schon einmal gesehen. In ihrem Garten. Er kniete mit dem Rücken zu ihr. Flügel hatte er keine. Er neigte sich vor, so dass nur seine glatten weißen Haare zu sehen waren, die ihm auf die Schultern fielen. Dann wandte er ihr sein langes bleiches Gesicht zu.

»Du musst die Blumen besser versorgen«, sprach er leise.

Das wusste das Mädchen auch so.

Die englische Bonne beider Schwestern, ihrer anglikanischen Natur entsprechend nicht an die langen russischen Stehgottesdienste gewöhnt, die manchmal Stunden dauerten, saß an der gegenüberliegenden schattendunklen Wand nahe beim Eingang, wo sie zwischen uralten Frauen Platz auf einer schmalen Bank gefunden hatte. Das Mädchen warf ihr einen schnellen Blick zu. Sie erwiderte ihn besorgt. Suchte mit den Augen die Eltern, die sich jedoch in der Tiefe des verschwimmenden dämmrigen Kirchenraums unter gekrümmten Rücken und vor Blicken versteckten gesenkten Köpfen verloren hatten. Sie selber hatte keine Macht über das Mädchen.

Die ging mit einem fast hochmütigen Blick auf die hilflose Bonne nach draußen und setzte sich auf die Kirchenstufen. Stützte den Kopf in die Hand und versank in Gedanken. Ringsum war es hell und festlich. Die aus der Kirche Kommenden beugten sich freundlich zu ihr herunter und fragten:

»Was ist, bist du allein hier?«

Das Mädchen lächelte zufrieden und antwortete nicht.

Doch meistens war sie in leichter und, wenn man das so sagen kann, artistischer Stimmung.

Wenn man daheim einer sattsam bekannten russischen Emigrantentradition nachging, dem tränenreich-nostalgischen Gesang des »Abendklangs«, fiel dem Mädchen die Hauptrolle zu: zum emotionalen Höhepunkt der Aufführung unter dem Tisch vorzukriechen und das sakramentale »Bomm-bomm« anzustimmen. Ja, ja, das war herzbeklemmend rührend, wenn auch nicht ohne

Humor, nicht ohne ein Sich-Mokieren über die eigene weinerliche Sentimentalität.

Entsprechend intonierte sie, wenn sie Priestergesang hörte, von keinem Zweifel angekränkelt ihre üblichen klassischen »Bomm-bomms«. Mit ausgebreiteten Armen kreiselte sie durch die Kirche und zog von allen Seiten gerührte Blicke auf sich.

Tänze wiederum wurden dem Mädchen zu zärtlich-traurigen Wertinski-Liedern und allerlei namenlosen Melodien, abgespielt von einem Grammophon namens Victrola, von der Tochter des koreanischen Gesandten beigebracht, in dessen Haus ein weiser Papagei namens Konfuzius lebte. Jeden Eintretenden streng anblickend, zitierte er aus dem Buch Sanzi jing: »Die Menschen werden mit reiner Seele geboren!« Und wirklich – was wäre dagegen zu sagen? Es gab aber auch Andersdenkende, die ihre Zweifel in Anwesenheit des Papageis allerdings nicht laut äußerten.

Nur wenig älter als das Mädchen, war die Tochter des koreanischen Gesandten in der Tanzkunst schon sehr versiert. Das Mädchen folgte seiner jugendlichen Lehrerin mit Freuden. Nur all die Walzer und Polkas von Johann Strauß konnte sie nicht ertragen. Sie konnte es einfach nicht, und basta. Sie bekam eine Art Tobsuchtsanfall, der nicht nur die wohlanständige und treuherzige kleine Koreanerin, sondern auch die Erwachsenen aus allen Wolken fallen ließ. Tja, wie auch immer.

Dann gab es natürlich den Foxtrott und allerlei schneidige Tanzneuheiten, die, von Europa herübergekommen, die Einheimischen völlig in ihren Bann geschlagen hatten.

All das wiederholte das Mädchen unter den leicht irritierten, aber auch rührseligen Blicken der Gemeindemitglieder.

Ebenfalls nicht ohne ein Lächeln ermahnte der Geistliche die Mutter nach dem Gottesdienst:

»Sie täten gut daran, Muletschka nicht mehr in die Kirche mitzubringen«, so wurde sie im Familienkreis genannt – Mulja.

Muljas, Kokas, Mickys, Jollys, Bobiks, Ljuljas, Nikas, Kissas und dergleichen mehr gab es in ihren Kreisen massenweise. Mit diesen Kosenamen nannten sie einander bis ins hohe Alter. Ich habe diese zärtlichen Altfrauen- und -männeranreden oft mit anhören müssen, leicht verlegen und jedes Mal fast unwillkürlich zusammenzuckend: Jolletschka, reich mir doch bitte ... Koka, aber nicht doch! ... Micky, vergiss nicht dein ... Keine Ahnung, was. Das Hörgerät? Das Gebiss? Wobei, was ist daran eigentlich anstößig? Nichts.

»Sie lenkt wirklich sehr ab«, fuhr der Geistliche fort, und sein Lächeln erstarb. »Alle sehen nur sie an und nicht mich.«

So war es auch.

* * *

Bisweilen war dem Mädchen auch beschieden, weit entfernte Stadtviertel zu besuchen. Die Mutter engagierte dann einen Rikschakuli namens Mazi. Den, der sie auch zur Schule fuhr. Die Mutter zahlte im Voraus. Das Mädchen und die Njanja machten sich auf den Weg.

Früher hatte Mazi bei ihnen im Kesselraum gedient, im unteren Keller des Hauscs. Es gab mehrere Keller. Der Kessel trug den seltsamen Namen Arcola. Mazi wurde gut bezahlt. Er wurde sogar reich. Logischerweise gemessen am Verdienst der einheimischen Bevölkerung.

Begonnen hatte er wie viele seiner Altersgenossen hierzulande als Schuhputzer. War mit seinem Kasten durch die Straßen gelaufen und hatte auf jeden Zuruf reagiert. Das Mädchen hatte solche Kinder in den Straßen Tientsins gesehen und konnte sich Mazi durchaus bei dieser Beschäftigung vorstellen.

Er war Schritt für Schritt seinen Weg gegangen und schon sehr bewandert und mit guten Empfehlungen von früheren Dienstherrn zu ihnen gekommen. Und nun hatte er den Schritt zum Rikschakuli getan.

Die Mutter mochte ihn sehr und flehte ihn nachgerade an:

»Ach, Mazitschka, geh doch nicht weg! Ich zahle dir auch mehr! Sag, wie viel willst du?«

»Nein, Ganädige. Mazi kann nicht balaiben.«

Er strahlte geradezu vor Stolz auf seinen neuen sozialen Status. Und natürlich war er nicht imstande, auf die gekaufte Fahrradrikscha zu verzichten oder was auch immer an ihre Stelle zu setzen.

Unterwegs blieb die Rikscha neben riesigen glühenden Öfen stehen, wo shaban gebraten wurden, mit Sesam bestreute Fladen. Daneben bereitete man guozi zu – lange flache Brote, die sich in der Hitze des Feuers mit kleinen platzenden Bläschen bedeckten. Erinnern wir auch noch an baozi, jiaozi, mianbao, shaobing und da panzi. An kleine rote Äpfelchen, wie auf einen Schaschlikspieß auf dünne Holzstäbchen gezogen und in kochendes Karamell getaucht, das an der Luft im Nu zu huckligen Kristallen erstarrte. Pingguo hieß diese Köstlichkeit. Und wanmeng waren Pfirsiche, die ein paar Tage in salzigem Meerwasser eingeweicht und dann an der Sonne getrocknet wurden. Weshalb sie gleichzeitig nach Salz und süßen Früchten schmeckten.

All dies kannte sie, unterschied sie nach Aussehen, Geschmack und Art der Zubereitung. Ja, warum auch nicht? Doch am besten gefiel dem Mädchen luobo, marinierter Rettich, den ihre geliebte Njanja zu Hause für sie zubereitete. Vom langen Dämpfen unter dem niedrigen Bett wurde der Rettich absolut durchsichtig und zerging praktisch auf der Zunge. Die Njanja tischte auf – es schmeckte unglaublich gut.

Unterwegs kam man an den weit geöffneten Türen der winzigen Lädchen einheimischer Barbiere vorbei. Die Räume waren voll von stickiger Luft, Fliegen und skurrilen Gerüchen. Während die fröhlichen Barbiere sich mit den kahlen Köpfen ihrer Kunden abmühten, sangen sie laut und vergnügt lange historische Balladen voller sagenhafter Geschichten über Helden, die mit Feinden und allen möglichen Ungeheuern ihre Sträuße ausfochten.

Die Meister für die Frauen wiederum kannten eine Riesenmenge raffinierter Frisuren – kurzer Ziegenschwanz, aufgeplusterter Vogel, sich windende Schlange, emporfliegender Drache, reißender Strom, sich neigender Kirschbaum, fallendes Laub. Sagt Ihnen das etwas?

Das Mädchen verharrte für einen Moment vor einer weit offenen Tür. Der Barbier wandte ihr sein lächelndes Gesicht zu und zwinkerte. Das Mädchen wurde nicht gerade verlegen, wandte sich aber langsam ab und ging weiter.

Wenn man durch die engen Gassen der Armenviertel lief, musste man vorsichtig sein, denn man konnte durchs Fenster mit Spülwasser begossen werden, oder es knallte einem ein Hühner- oder sogar größerer Knochen an den Kopf. Nach wie vor galt hier der Außenraum der Straße als fremdes Territorium, worum die Hausbewohner sich nicht kümmerten. Was soll's, so waren die Gebräuche! Wie in den europäischen Städten des Mittelalters übrigens. Der Mensch ist überall gleich. Nur die Zeiten sind ein bisschen anders.

Enden tat natürlich alles mit Eis – bingjilin shi haochi (»Eis ist eine schmackhafte Speise«). Das war nichts Raffiniertes, sondern schlicht gefrorener Saft in Eiszapfenform. Das fabelhafteste Eis wurde selbstredend in der deutschen Konditorei der Kieslings verkauft. Gefertigt und an die Kunden verkauft wurde es in Form von absonderlichen Tieren, gefüllt mit Schlagsahne, die zum Umfallen lecker war.

Die Konditorei befand sich auf dem Gebiet der ausländischen Konzessionen, und dort wohnten jene Kieslings auch – Emigranten aus Deutschland, die sich in diesen Breiten gar wundersam mit ebenfalls deutschen jüdischen Flüchtlingen mischten. Letztere wohnten hier seelenruhig Seite an Seite mit flammenden Anhängern der faschistischen Revolution in ihrer fernen Heimat. Was es nicht alles gibt, in jedem Moment dieses Lebens und an jedem Punkt unseres Planeten! Hier also geschah beispielsweise so etwas.

Die Schwestern des Mädchens besuchten sogar eine Zeitlang die deutsche Schule vor Ort, die mit einer Büste des tobsüchtigen Führers und einer Hakenkreuzflagge geschmückt war. Dasselbe Hakenkreuz trugen die Schwestern auch auf einer Armbinde. Grüßten morgens in der Schule mit dem bekannten Hochreißen des rechten Arms auf Schulterhöhe. Doch ihnen war der odiose Sinn des ganzen Rundherums wohl kaum bewusst. Außerdem ging das alles, wie ich schon gesagt habe, nur ganz kurz so.

Auf dem Markt briet man alles Mögliche und Unmögliche wie Heuschrecken, Zikaden, Ameisen, Würmer, Käfer, Schaben, Schmetterlinge, Libellen und weitere insektenartige Wesen. Wer flog, wurde mit langen Angelruten gefangen, deren Spitzen mit Teer beschmiert waren, woran die zerbrechlichen Geschöpfe der Lüfte denn auch klebenblieben. Manchmal stellte die Mutter fixe Experten ein, um die unsichtbaren Zikaden im Garten einzufangen, die in Sommernächten in ein einstimmiges, irrsinniges, fast stierähnliches metallisches Gebrüll ausbrachen. Es war unerträglich.

Eine Zeitlang blieb alles still. Aber nicht lange.

Als zusätzliches Honorar fiel den glücklichen Jägern auch der (nach Ansicht der Mutter) ekelhafte Fang zu, der anschließend an den erwähnten Markt geliefert wurde. Kurz, Nutzen und sofortiger Gewinn für alle.

Ebendort, inmitten der unzähligen Läden und Lädchen in der Taku Road, erblickte das Mädchen eines Tages auf einer der Verkaufstheken winzigkleine, leuchtendbunt bemalte Porzellanpüppchen. Von unwiderstehlichem Zauber. Die kleinste in ihre schweißfeuchte Faust gepresst, verließ sie, mit gesenktem Kopf und niedergeschlagenem Blick, von einer unüberwindlichen Leidenschaft getrieben, heimlich, still und leise den Raum. Vermutlich, sogar höchstwahrscheinlich hatten sowohl der Ladenbesitzer als auch die Njanja, die mit zärtlichem Lächeln verstohlen den Verlust beglich, alles gesehen, aber sie ließen sich nichts anmerken. Später schämte sich das Mädchen ungeheuerlich für dieses Vergehen. Tja, ein Kind eben! Doch nein – mit solchen Bagatellen fängt ja alles an. Wobei das, aber sicher, aber ja doch, für die Dauer ihres würdigen und ziemlich langen Lebens der einzige Fall derart inadäquaten Verhaltens blieb.

Vergessen wir es.

Wegen des goldenen Farbtons ihres Haars, von dem man glaubte, er würde Glück bringen, luden die Einheimischen das Mädchen gerne in ihre Häuser ein oder lockten sie mit Willkommensgesten in die Läden. Auch auf der Straße versuchte jeder, sie zu berühren oder ihren Kopf zu tätscheln. Sie ließ das ergeben mit sich geschehen.

In einem dieser Läden kaufte das Mädchen mit Duldung der Njanja und hinter dem Rücken der Mutter kleine Plastikkügelchen. Die warf sie den nichtsahnenden Passanten auf der Straße mit einer unmerklichen Bewegung vor die Füße. Der Effekt war immer derselbe. Die Kügelchen zerplatzten mit einem lauten Knall, was ziemliche Verwirrung hervorrief. Das Mädchen aber betrachtete mit ungerührter Miene scheinbar gleichgültig das Schaufenster eines Geschäfts. Die Njanja schüttelte nur den Kopf.

Als das Mädchen einmal die Kügelchen mit in die Schule nahm, wurden sie auf der Stelle konfisziert. Sie hießen Kirschbomben und waren verboten. Das Mädchen war also eine Rechtsbrecherin. Die Lehrerin ermahnte die Mutter und die ihrerseits das fügsam den Kopf senkende Mädchen. Nochmal gutgegangen.

Begleitet von der kaum nachkommenden Njanja stürmte sie in die Richtung, aus der fast unhörbar eine scheppernde Saite und eine schwache brüchige Stimme erklangen. Da sang der blinde Wanderzähler.

Er saß mit untergeschlagenen Beinen in dem begrenzten, freigemachten und gleichsam erhellten Raum, den sein abgewetzter Teppich vorgab. Ringsum lärmte die Menge. Überall tummelten sich Käufer, Tagediebe, Händler zweifelhafter Waren und Dienste. Auf ihren angestammten Plätzen thronten alle möglichen Zeichendeuter, Orakelleser, Phrenologen, Nekromanten und einfache Scharlatane. Wahrsager legten dünne Bambustäfelchen mit verschlungenen Hieroglyphen und Ziffern aus. Ließen knallbunte kleine Vöglein fliegen, die sich flink ein Täfelchen schnappten und zurück in ihren winzigen Käfig trugen. Der Wahrsager nahm es ihnen ab, schloss das klapprige Käfigtürchen und stand, vorgebeugt, lange Zeit wie erstarrt da, während er lautlos seine blassen Lippen bewegte.

Einer strich über den polierten Panzer einer ergebenen Schildkröte, deren runzliger und jenseitiger herausgestreckter Kopf rhythmisch von rechts nach links pendelte.

Einige der ähnlich wie die Schildkröte verrunzelten und fast bis auf die Knochen abgezehrten Zeichendeuter waren blind. Sie hoben die Köpfe, als spähten sie mit einem versteckten durchdringenden Blick in den Himmel und kriegten so die Zukunft ihrer wenigen Kunden raus. Ihre großen, leicht zuckenden Augäpfel quollen unter dünnen, rau wie Schmirgelpapier wirkenden Lidern hervor. In der Regel standen kleine Knaben neben ihnen, wachsam und auf der Hut wie die Jagdhunde, und passten auf, was ringsum vor sich ging, beantworteten die wenigen Fragen ihrer Herren und rissen den dankbaren Kunden flink die raren Gaben aus den Händen.

Kurz, ein ebenso simples wie unausweichliches Schauspiel, das an allen derartigen Orten auf der ganzen Welt zu sehen ist.

Das Mädchen hockte sich dem blinden Sänger gegenüber, nahm aus der Tasche ihrer Schürze (die man ihr angezogen hatte, um die Sauberkeit des gestärkten Kleids zu schützen) ein paar Münzen, die sie beim Bezahlen des

Schulfrühstücks eingespart hatte, und hielt sie ihm hin. In dem einen Täschchen mit einem gestickten Bären darauf verwahrte sie das Geld für den Kauf von Hühner- und Entenküken, die der Obst- und Süßigkeitenausträger direkt vors Haus brachte. Im anderen – mit einem Häschen – ebenjene abgeknapsten Silbermünzen für den Sänger.

In der Hocke und mit offenem Mund lauschte sie der hohen näselnden Stimme, die im Singsang Geschichten über dieselben Ungeheuer und Helden wie in den Balladen der Barbiere kundtat. Aber hier war alles ernsthafter, packender, schrecklicher und weitaus langwieriger.

Riesige Steine hemmten den Lauf megabreiter Flüsse, Heerscharen von Feinden rückten, unermessliche gelbe Wüsten ganz und gar bedeckend, langsam gegen die mächtige unüberwindliche Große Mauer vor. Tote Eltern bestraften ihre schludrigen Nachkommen. Mächtige Herrscher verliebten sich in unirdische Schönheiten, die erwiderten ihre Gefühle, es türmten sich jedoch unüberwindliche Hindernisse auf ihrem Weg. Ein gewaltiger Drache, der die große Perle aus dem Himmlischen Jadepalast geraubt hatte, tauchte, die Perle im Maul, in die ungeheure Tiefe eines großen Flusses hinab und erstarrte dort, eingegraben in den allerfeinsten Grundsand. Bisweilen wallte die glatte Wasseroberfläche und blitzten in der Tiefe wie grüner Malachit seine Pupillen unter den halbgeöffneten schweren faltigen Lidern. Auf seinen Lippen spielte ein seltsames Lächeln. Die Perle barg sich verschwommen in der dunklen Tiefe des riesigen Rachens.

Und um viele, viele andere Dinge ging es. Und sie verstand alles.

Einmal öffnete der Sänger plötzlich den Deckel eines kleinen Sandelholzkastens, und heraus sprang ein Äffchen, prächtig herausgeputzt als Mandarin zur Zeit der Ming-Dynastie. Es zog ein drollig-ernsthaftes Gesicht und starrte das Mädchen an. In seinem Blick lag etwas Zudringliches, Spezifisches. Dem Mädchen fielen gleich die unheildrohenden Meerkatzen ein. Sie wusste, dass sie auf keinen Fall den Blick abwenden durfte.

Das Mädchen stand regungslos, wie zur Salzsäule erstarrt.

Das Äffchen saß da, saß und verschwand. Das Mädchen hatte nicht einmal mitbekommen, wie. Als wäre sie kurz aus dem üblichen Strom von Zeit und Ereignis herausgefallen. Bestimmt unter der Einwirkung des energetischen und unnachgiebigen seltsamen Äffchenblicks. Ja, bestimmt.

Von Zeit zu Zeit glitt im Rücken des Mädchens vor dem Hintergrund niedriggebauter Häuser schaukelnd eine Karawane schwerbeladener Kamele vorüber. Die immer wieder verschwanden und von neuem in den Abständen zwischen den Gebäuden zum Vorschein kamen. Ihr Strom schien endlos zu sein. Manchmal waren über den Dächern nur die Spitzen der zitternden Lasten zu sehen. Waren viele leise bimmelnde Glöckchen zu hören. Das Mädchen drehte sich um und blinzelte ins grelle Licht. Vor dem Hintergrund der untergehenden Sonne wirkte die Karawane wie ein flacher Scherenschnitt aus Pappe, den irgendeine Anführerhand langsam vorbeischob.

Manchmal besuchte sie die Häuser der chinesischen Dienerschaft. Das heißt, ihrer kleinen sanften Njanja oder des ewig lächelnden Kochs, der üblicherweise im Souterrain ihres Hauses mit seinen Töpfen hantierte. Er beugte sich über den schweren gusseisernen Herd, lüpfte die großen flachen Deckel und wich vor den dichten Schwaden stürmisch hervorquellenden Dampfes zurück.

Im Herd waren, wie das Mädchen sich erinnerte, sechs runde Öffnungen, die mit zahlreichen immer kleineren gusseisernen Ringen, einer auf dem anderen liegend, geschlossen werden konnten. Der letzte sah aus wie ein winziges, minimal eingebogenes schwarzes Tellerchen. Das Mädchen spielte mit ihnen, setzte sie zu schweren und bei Einsturz ziemlich gefährlichen Pyramiden zusammen. Es war nicht gerade so, dass die Mutter sie zu Küchenbesuchen ermunterte.

In den niedrigen und winzigen Häuschen der chinesischen Dienerschaft fanden sich auch niedrige Türen. Zuweilen. Zuweilen fehlten sie einfach. Waren abgefallen. Wie übrigens auch die Läden vor den Fensteröffnungen. Alles war sperrangelweit offen und von allen Seiten bis in den letzten Winkel durchweht von heißen, feuchten oder kalten, bis auf die Knochen dringenden Zugluftströmen. Doch so lebte man. So waren Alltag und Ausstattung unbegüterten Lebens.

Häuser mit hohen, breiten und geschnitzten Türen

standen in anderen, angesehenen Vierteln. Der Eingang lag nach Norden hin, damit die Besiedler dieser festen und stabilen Behausungen, demütig auf den Knien, über Tausende Kilometer hinweg gleichsam geistig des Kaisers ansichtig werden konnten, der aus seiner hohen Behausung unverwandt in südliche Richtung blickt.

Im Zusammenhang mit derlei Orientierungen von Häusern, Fenstern und Eingangstüren walteten übrigens hierzulande etliche mannigfaltige Bräuche aus Volks- und Aberglauben. In ihrer Stadt zum Beispiel sah die Haupteingangstür einer grundsoliden Bank zu den fernen Hügeln hin, nicht zum Meer, auf dass nicht etwa der unheilvolle Meeresdrache ungestraft ins Gebäude einbräche und alle Wertsachen stöhle. Das wäre ja ein Ding! Kann man sich vorstellen. Dagegen galt der Eingang von der Straße aus, den die Kunden und auch die Bankangestellten benutzten, als Hintereingang. Als Hintertür. Wahrscheinlich nahm man an, dass ein Großdrache sich furchtbar gedemütigt fühlen würde, wenn er durch den Hintereingang in die Bank eindränge. Oder aber es waren für Hintereingänge ganz andere Schutzkräfte und -geister zuständig als für vordere, die derlei Exzesse weniger wohlwollend beurteilten oder überhaupt nicht duldeten. Wer weiß.

Seltsamerweise war eine derartige Vorliebe für Hintereingänge auch den Besiedlern des russisch-sowjetischen Territoriums gut bekannt. Ich weiß nicht, ob dieselben sakralen oder magischen Motive dahintersteckten, doch das Resultat, die mit Latten zugenagelten oder auf Tod und Leben verrammelten Haupteingänge vieler offizieller Einrichtungen, war ähnlich. Ein schmales Rinnsal gekrümmter Menschen, die, in Eile, bei Frost mit den Füßen trampelten, sickerte mühsam durch die nur schwer zu öffnenden Flügel der Hintertür. Auch das lädt zum Nachdenken ein.

In den kleinen Gassen zahlreicher Viertel, die für den Straßenverkehr absolut ungeeignet waren, drängten sich die zahlreichen Familien der Stadtarmut. Selbst die flinken, immer eiligen Rikschakulis kamen hier nur schwer in Fahrt. In Hunger- und Frostperioden fand man morgens die erfrorenen Leichen ausgezehrter Streuner und Bettler auf der Straße. Das weiß man ja.

Manchmal wurde das friedliche Leben dieser engen übervölkerten Wohnorte von unerwarteten Ausbrüchen unbeschreiblicher und unvorhersehbarer Raserei erschüttert. Stopp, das stimmt so nicht – vorhersehbar war sie natürlich schon. Massenschlägereien fluteten die engen Gassen. Unmöglich festzustellen, wer mit wem, wer gegen wen und warum. Es war die monatelang angestaute Überlastung durch aussichtsloses Schuften und tagtägliche Plagen, die sich in solcherlei Exzessen Bahn brach. Die ziemlich brutal waren und bisweilen nicht nur mit Prellungen, gebrochenen Gliedmaßen und eingeschlagenen Schädeln endeten, sondern platterdings mit Leichen. Und zwar nicht gerade wenigen.

Die Polizei zog es vor, sich nicht einzumischen, abzuwarten, bis zur völligen Beruhigung zuzuwarten, um dann aufzutauchen und einige oder viele Unglückliche mitzunehmen, die später nie mehr gesehen wurden. Und selbst wenn – als könnte man den früheren Nachbarn oder Vater einer Großfamilie in dem verkrüppelten zurechtgestutzten menschlichen Körper wiedererkennen, der in eine Freiheit entlassen wurde, die er nicht mehr brauchte, und jedes Denkvermögen und die kleinste Erinnerung an das auf überschaubarem Raum Vorgefallene verloren hatte. Und zudem jede Möglichkeit, mithilfe des Stummels der abgeschnittenen Zunge was auch immer klar und verständlich zu berichten.

Aber die meisten kamen nie wieder.

Am Morgen dann nach dem Geschehen leckten die Straßenhunde das Blut von der Fahrbahn, bis sie blank war, wobei sie lange und qualvoll den ihre Kehle verstopfenden Staub abhusteten.

Und für lange Zeit war alles still.

Das Mädchen trat vorsichtig in den engen, fast finsteren Raum. In der Mitte prunkte ein mäßig großer Altar mit lauter Schalen voller Speisereste, unverzehrt von den unsichtbaren Ahnen, die regelmäßig die Wohnstätten ihrer unbegüterten Nachkommen besuchten und mit Luchsaugen Verhalten und Sitten beobachteten. Und für die Missachtung jahrhundertealter Regeln und Bräuche zuweilen auch hart bestraften.

Wenn unerwünschte Fremde zu Besuch kamen, wieselten sie eilig unter die Schlafbank, schlüpften in dunkle Ritzen. Besonders natürlich, wenn oben erwähnte »weiße Dämonen« auftauchten. Selbst so winzige wie unser unschuldiges Mädchen. Wobei, was heißt das schon? Winzig hin, winzig her, sie ist nun mal ein Dämon. Als ob Dämonen körperliche Größe bräuchten! Ebenso wenig wie die Ahnen selbst.

Die ganze Komplexität und Nuanciertheit derartiger Kalkulationen sowie der entsprechenden Gefühle konnte das Mädchen wohl kaum begreifen. Aber einiges spürte sie natürlich. Zumal sie, wie wir schon erwähnt haben, ein außergewöhnlich sensibles Wesen war. Und aufgeweckt.

Mit halberschrockenem, halbverlegenem Lächeln verteilten sich die Bewohner des ärmlichen Gebäudes, den Ureltern auf den Fersen, blitzartig in die Winkel des schlichten halbleeren Interieurs, um für die kleine Gnädige Platz zu schaffen. Die Männer ließen ihre angeschmutzten Schalen stehen, aus denen sie stundenlang heißen Tee schlürften, und setzten runde »Kolonialbrillen« auf, um solide zu wirken. Die ungeübten Augen röteten sich dahinter und füllten sich mit dicken Tränen. Ihre Besitzer aber, erfüllt von Stolz und Solidität, ertrugen das. Wie war das nochmal – *noblesse oblige*? Ja, so sagt man wohl.

Stets empfing man sie mit der traditionellen und durchaus nachvollziehbaren Begrüßung Bedürftiger: »Haben Sie heute schon gegessen?« Das Mädchen wusste: Welche Speise auch immer man dir zu kosten anbietet, abzulehnen ziemt sich nicht. Das wäre der Gipfel der Taktlosigkeit. Kosten musst du, und wenn sie nicht nach deinem Geschmack ist, kannst du ablehnen und dich darauf berufen, dass du satt bist. Als bestes Zeichen der Dankbarkeit galt das Markieren eines leichten Aufstoßens. »Chi bao le«, kommentierten dann die Gastgeber mit leisem Lächeln – hat sich sattgegessen. Und alle waren zufrieden.

Das Mädchen stellte dem Greis, der ihr zunächst stand, eine höfliche Frage. Der lächelte, gab keine Antwort und wich zurück in einen fernen Winkel, wo er sich verbarg, quasi auflöste. Die Njanja beugte sich zu ihr und erklärte den Grund für sein Schweigen. Ja, ja, das Mädchen wusste selbst, dass die Japaner in ihrem brutalen Überschwang den Menschen nicht nur Arme und Beine abgehauen, sondern auch die Zunge abgeschnitten hatten. Was, oder noch wichtiger, wie soll man in einer so peinlichen und fast schimpflichen Lage denn antworten? Freilich konnte er auch ein Opfer der einheimischen Methoden sein, mit denen Recht und Ordnung durchgesetzt wurden.

Offenbar war die hiesige Bevölkerung im Laufe der Jahrhunderte imstande, sich mit derlei unablässigen fremdländischen Grausamkeiten sowie der Härte der eigenen Staatsmacht abzufinden. Diese Dinge waren fast allgegenwärtig, was denn auch deutlich in der unmenschlich expressiven Darstellung aller möglichen Geister und Ungeheuer zutage tritt. Stopp, halt, nein, das sehe ich wohl falsch. Derartiges tritt und trat überall zutage, im ganzen weltweiten Siedlungsgebiet der alldem ausgesetzten ambivalenten Menschheit. O arme, arme Menschheit! Was soll nur aus ihr werden? Gar nichts.

Einmal nahm die Njanja das Mädchen in den unter Einheimischen berühmten »Park des rasenden Tigers« mit.

Er lag am äußersten Stadtrand, gleich hinter den Armenvierteln Tientsins. Statt der zu erwartenden Pfade, Beete und Lauben, statt breiter kiesbestreuter Wege und beschatteter Teiche, besiedelt mit schweigsamen Fischen und unterschiedlich trötenden Vögeln, fanden die Besucher, sich durch das Unterholz nahezu naturgetreuer Urwälder kämpfend, zahlreiche Grotten, dunkle Unterstände und winzige Höhlen vor. Wenn sich das Auge an den Dämmer in den nicht sehr großen Nischen gewöhnt hatte, sah man in jeder bunt bemalte, in Lebensgröße wer weiß woraus geformte, geradezu naturgetreue menschliche Figuren. Doch – schockierend! – alle waren mit abgehackten Armen oder Beinen, aufgerissenem Bauch und dergleichen mehr dargestellt. In einer Höhle zerfleischte ein nahezu naturgetreuer Tiger einen nahezu lebendigen, von Kopf bis Fuß blutüberströmten Menschen. Da konnte man echt einen Schreck kriegen! Doch das Mädchen betrachtete diese mit geradezu sadistischer Passion, ja Wollust geschaffenen Darstellungen erstaunlich ruhig.

Es muss vermerkt werden, dass ich zwar in reiferem Alter, aber tiefer beeindruckt war, als sich mir ein derartiger Anblick in einem derartigen Park in Hongkong bot. Vermutlich war das eine Reproduktion ebenjenes Urbildes, die ein Hongkonger Millionär zu ähnlichen Zwecken angelegt und mit gleichartigen künstlerischen Höhenflügen ausgestattet hatte.

Die kleine Gnädige hat sich umgeschaut. Gegessen hat sie heute schon.

Die untergekrochenen Hausbesiedler folgten ihr aufmerksam mit Dutzenden von glänzenden schwarzen Augenpaaren aus ihren Ecken und Schlupfwinkeln. Die Njanja stellte sie ehrerbietig vor: Zweiter älterer Bruder, Dritte jüngere Schwester, Vierter älterer Onkel … Dritte, vierte, zehnte und zwanzigste ältere, jüngere und mittlere Onkel, Tanten, Schwestern und Brüder begrüßten sie lächelnd aus ihren Winkeln mit einem schwachen Nicken.

Dass mehrere Generationen unter einem Dach zusammenlebten, galt als tugendhaft und angesehen. In Reichenvierteln wurden manchmal sogar zu Ehren eines solchen langen Zusammenlebens Straßen benannt, etwa »Fünf Generationen unter einem Dach«. Wenn sich indessen ein Mitglied des Riesenclans gegenüber der Staatsmacht etwas zuschulden kommen ließ, wurden diese fünf ausdauernden Generationen auch alle miteinander dafür umgebracht. Wie es so schön heißt – einer für alle, alle für einen.

Die irrsinnige Ansammlung der blitzschnell verschwindenden Besiedler dieser klapprigen Behausungen erinnerte das Mädchen an die zahlreichen kleinen und unereilbaren, heimtückischen und keineswegs ungefährlichen Wesen, die nach den Erzählungen der Erwachsenen häufig die Heimstätten der jedem Einzelnen von ihnen praktisch schutzlos ausgelieferten Stadtarmut besetzten. Und es gab – o ja! – viele, die es auf den Wohnraum abgesehen hatten.

Ja, ja, die Besiedler jener Behausungen waren unschuldige und (wenn man aufwendige und kostspielige magische und rituelle Praktiken außer Acht lässt) fast wehrlose Opfer der fraglichen Übeltäter. Die zudem zahllos waren und ihre heimtückischen und grausamen Possen irrsinnig raffiniert verübten. Wobei so etwas natürlich überall vorkommt.

Rötlich, schimmernd, prunkvoll in ihren südflauschigen, verführerisch glänzenden Pelz gehüllt, näherten sich die Fuchsgeister den wackligen Türen der niedrigen Behausungen und betätigten in der Gestalt schutzloser greiser Bettlerinnen oder armer unschuldiger, in die Irre gegangener Mädchen mit bescheidenem Auftreten den Türklopfer. Sobald sich die Tür einen Spalt öffnete (und wer würde nicht öffnen?!), schlüpften sie blitzschnell, wobei sie den Einlassenden nur sacht berührten, also ihren schimmernden Pelz an ihm anrissen und mattblitzende Fünkchen statischer Elektrizität erzeugten, ins Haus und stürzten sich auf die Wiege mit dem im Schlaf pustenden Säugling. Sie aufzuhalten oder gar zu fangen lag außerhalb des Menschenmöglichen, denn sie trollten sich, auf die Größe eines winzigen Kügelchens geschrumpft, unter Bett oder Türsturz und spähten von dort mit begeistert blitzenden Augenpünktchen umher, während sie auf die nächste passende Gelegenheit warteten. Die sich, wie die Erfahrung zeigt, denn auch bot.

Nun, diese Geschöpfe waren für so etwas besonders prädestiniert.

Die gewöhnlichen schmiegten sich, wenn sie im Haus einen alleinstehenden wohlhabenden Mann gefunden hatten, mit ihrem heißen glatten verführerischen Körper an ihn und erstarrten für kurze Zeit in bestrickender Ekstase. Häufig machten sie das auch mit Verheirateten, die von großen Familien und schweren Sorgen belastet waren, und scherten sich nicht um die Gegenwart anderer, Verwandter oder einer schockierten Ehefrau. Was ist schon eine Ehefrau? Besonders eine hiesige! Ein leichtes Lächeln in ihre Richtung – und schon trug ein farbig wallender Nebel, ihm übergeworfen, das Opfer in unbekannte Fernen. Wach wurde es dann bereits unerkannt in einer unerkennbaren Gegend, vollkommen ausgeplündert, zerkratzt und zerbissen. Zwar auf zärtliche Weise. Aber was taugt diese Zärtlichkeit? Der Weg zurück ins traute Heim fand sich nie wieder. War rigoros versperrt.

So irrten Tausende solcher Wesen durchs ganze Land, allen unbekannt, auch sich selbst, wunderlich und halbunbewusst, freilich harmlos und voller Unruhe. Sie murmelten in ihren Bart, und wenn jemand auch nur den kleinsten Versuch machte, ihre Herkunft oder ihren früheren Wohnort herauszufinden, stürzten sie panisch davon. Ja, wozu auch? Wer braucht das? Der Fragende? Sie selbst? Die Leute ringsum?

Dann verschwanden sie irgendwohin. Und neue tauchten auf.

Nackte raschelnde Schlangen drangen nachts durch die Spalten jener leicht zu durchwehenden Behausungen. Krochen hinein, schüttelten sich Staub und alte Asche ab, richteten sich zu voller Größe auf, reckten die flachen schaukelnden Köpfe hoch. Mit unhörbaren Schritten traten sie über den weichen und leicht rutschigen Lehmboden ins Innere des Raums. Mit brennenden Augen blickten sie den Schlafenden ins Gesicht. Das war entsetzlich. Einfach entsetzlich! Unfassbar! Wer hätte das ausgehalten, ohne augenblicklich in tiefen, ohnmachtsähnlichen Schlaf zu fallen? Und nur noch Grabesstille erfüllte den bewohnten ebenso wie den schon unbewohnten Raum.

Was wurde aus den Leuten, was geschah danach mit ihnen – wer weiß das? Keinem einzigen Buch konnte ich Näheres entnehmen. Auch von keinem Experten für chinesische Geheimbelange erfuhr ich irgendetwas Einleuchtendes. Vielleicht sind das ja gar keine chinesischen Belange mehr, sondern jenseitige. Da müssten dann schon andere Experten her.

Übrigens ist dem Mädchen einmal etwas Ähnliches zugestoßen. Was dem nahekam.

Am helllichten Tag betrat sie ihr Zimmer im ersten Stock und erstarrte. Genau in der Mitte, auf dem Flauschteppichläufer mit dem traditionellen Drachen im Zentrum, direkt auf seinem knotigen Kopf, lag, zu immer kleineren Ringen gedreht, grauschimmernd eine riesige Schlange. Ihr spitz zulaufendes Köpfchen war angehoben. Ohne zu blinzeln, schaute sie der Eintretenden entgegen, als ob sie all die langen Stunden ihrer Abwesenheit nur darauf gewartet hätte, dass jene hereinträte. Ihr unter die Augen träte. Nein, nicht als ob – genau so war es. Offenbar hatte sie lange warten müssen.

Kaum dass sich die Tür einen Spalt geöffnet hatte, erhob sich die Schlange, deren ganzer praller Körper blitzartig dunkel angelaufen war, auf ihren Schwanz, streckte sich zu ihrer ganzen beeindruckenden Größe und blähte die gestreifte zitternde, atmende Haube zu unglaublichen Dimensionen. Sie war so groß wie das Mädchen. Sogar größer. Blickte sie gleichsam von oben, von ihrer Höhe herab an.

Starr aufgerichtet, sah sie ihr unverwandt schnurgerade in die Augen. Dem Mädchen wurde eiskalt. Unüberwindliche Kräfte zogen sie gegen ihren eigenen Willen langsam zur Schlange hin. Da, schon ziemlich nah, dicht vor ihrem Gesicht diese gelben, nichtblinzelnden Riesenaugen. Da, schon berührt ihre zarte Haut diese raue metallische Oberfläche. Da, ganz nah das von einer schwarzglänzenden Franse eingefasste schleimige, tröpfchenblitzende bräunliche Maul. Die beiden krummen, säbelförmigen Zähne mit den schmalen, durch sie hindurchgebohrten Kanälen, gefüllt mit ätzendem gelblichem Gift. Der seltsame Bittermandelgeruch, der dem im ganzen schlauchartigen Körper ausgedehnten Magen entströmt.

Und Stille.

Näher, immer näher! Millimeter um Millimeter, Zentimeter um Zentimeter!

Von außen könnte es scheinen, als wären beide erstarrt, auf ewig versteinert. Doch nein, sie kamen sich unerbittlich näher. Glitten langsam aufeinander zu. Wer von beiden das in diesem Moment mehr wollte (wollte?!) – schwer zu entscheiden.

Da rannte der chinesische Koch herbei, warf eine schwere, schwarze Riesendecke auf die Schlange und schlug mit dem Stock drauflos. Lange und brutal. Wie hatte er das spitzgekriegt? Nun, dazu kann man nur Vermutungen anstellen. Immerhin ein erfahrener Mann. Ein Einheimischer. Der kannte sowohl derlei Dinge, die hier nicht selten vorfielen, als auch praktikable Defensivverfahren. Kurz, er wurde damit fertig.

Danach packte er, ohne es aufzudecken, ohne die Decke zurückzuschlagen, all das zusammen, was reglos unter dem finsteren Tuch liegengeblieben war, und trug es fort. Der Vater stand bei dem Mädchen, umarmte und presste sie an sich. Sie spürte ihn erst jetzt. Vermutlich war er es, der die Schlange entdeckt und den Koch gerufen hatte?

Vor Angst hatte das Mädchen nichts gespürt. Oder nicht vor Angst.

Ja, grob gesprochen, ist Derartiges nirgendwo selten. Mir fällt ein, dass wir, wenn wir im Halbdämmer zum Pionierlager liefen, also auf dem Rückweg von den riesigen Kolchosfeldern waren, wo die unermüdliche Arbeitserziehung einer heranwachsenden Generation von uns durchgestanden, das heißt, von anderen mit uns durchgezogen, das heißt, von uns und allen anderen durchgemacht wurde, dass wir also auf dem Rückweg häufig auf nicht besonders flinke, graue oder gestreifte einheimische kleine Schlangen stießen. In unseren leicht düsteren und für eine vielfältige Fauna eher ungeeigneten nördlichen Breiten sind die vielleicht etwas schwerfällig und schlafmützig. Vielleicht. Na ja, logisch, dass wir die Unglücklichen mit allen möglichen Stöcken und Steinen, die gerade zur Hand waren, an Ort und Stelle totschlugen, ohne uns die Mühe zu machen, hinter ihre Natur und Bestimmung zu kommen.

Aber wer macht sich schon die Mühe? Besonders damals. Man schlägt sie tot, und basta.

Wie dumm von uns. Chinesische Dorfkinder dagegen pflanzten zusammen mit ihren Eltern riesige gelbe Palmen, um Schlangen ans Haus zu locken. Aber spezielle. Denen es oblag, massenweise Ratten zu fangen, die in den Scheunen der Bauern den so kostbaren Reis fraßen. In der Nacht hörte man bloß ein Quieken, kurz wie ein Piks. Und Stille. Lange Stille. Fast für die ganze restliche Nacht. Fürs ganze restliche Leben.

Aber das sind andere Schlangen.

Morgens konnte man sehen, wie die tückischen Schlangenkörper, dunkle elastische Stränge, reglos ein Sonnenbad nahmen.

Die Seelenfresser-Meerkatzen, vom Gebirge herabgestürzt, fuhren blitzschnell in die hiesigen mageren Rotzgören, deren Nasen der gängigen Praxis nach nicht abgewischt wurden. Dicke grüne Tropfen hingen ewig über ihren Lippen und trockneten zu braunen Flecken. Die kleinen Rotznasen koppheisterten unter wildem Gekreisch durch die krummen und holperigen Gassen der engen, mit Bretterbuden vollgestellten einheimischen Armenviertel. Hämmerten an die dünnen Wände, machten einen Höllenlärm, gaben mit ihren schwerfälligen, geschwollenen und blau angelaufenen Lippen unvorstellbare Laute von sich. Rannten gegen die Türen der eigenen, das heißt, nun schon der ehemaligen eigenen

Häuschen an und brüllten dabei vollkommen hanebüchene Dinge. Sogar regelrecht verhöhnende.

»Mama – hi, hi, hi!, Mamachen – o, ho, ho, ich bin's!«
Und die Mamas drückten ihre fragilen Körper voller Entsetzen von innen gegen den Eingang ihrer wankenden und kippenden Häuschen, stemmten sich dagegen und rutschten mit ihren gebundenen Winzfüßen, klein wie die eines sechs Monate alten Säuglings, auf dem festgestampften Lehmboden aus. Die Ungetüme draußen dagegen, angewachsen auf unglaubliche Dimensionen, heulten und heulten und rannten weiter unaufhaltsam gegen die Tür an. Entsetzlich! Erkannten die winzigen Mamas in diesen Kolossen ihre befallenen und abgefallenen Sprösslinge?

Womöglich taten sie das. Womöglich stöberten sie ihre Kinder zwar auf, fanden sie wieder, aber nicht in der irrsinnigen, vielköpfigen, wüsten und gnadenlosen Horde solcher Wesen, sondern irgendwo abseits, in Hinterhöfen, wo sie wiederum die Gestalt mickriger, wuseliger und ungefütterter grauer Tierchen angenommen hatten. Mit denen war es anscheinend leichter. Obwohl – wer weiß.

Ja, alles kam aufs Selbe heraus, einen Weg zurück gab es nicht. So will es die grausame Prosa und gleichzeitig die Fantastik des Lebens.

Doch am häufigsten wurden die bescheidenen leidgeprüften Häuser von verstorbenen Eltern aufgesucht. Stumm setzten sie sich rund um den glimmenden Herd und stimmten, die stieren blinden Augen weit aufgerissen, ihre endlosen monotonen Litaneien an. Stoppen konnte man sie nur, indem man sie laut anschrie. Also hinlief und direkt laut ins Ohr brüllte. Man hatte ja Angst. Wer würde sich auch sonst zu dergleichen erkühnen? Eben, nur besonders Verzweifelte und Freigeistige. Ein Freigeist muss man dafür sein. Denn sehen Sie – es sind trotz allem die Eltern, wenn auch schon lange tot.

In extremen, wenn auch nicht gerade seltenen Fällen musste man vorübergehend das Haus verlassen, nachdem man am kleinen Hausaltar im Eckchen behutsam alle möglichen Räuchermittel und süßen Gaben hinterlassen hatte. Eilig schlüpfte man aus dem Haus und nahm alles Notwendige mit. Selbst kleinere Haustiere. Und lief davon.

Diese Flucht auf Zeit besänftigte all die zahlreichen jenseitigen Wesen, die es auf Leben und Seele der friedlichen Chinesen abgesehen hatten. Zurück kam man nach einigen Tagen, manchmal auch Wochen. Klinkte vorsichtig die Tür auf, so es sie gab. Steckte den glattgekämmten runden Kopf durch den Spalt. Im Haus war es sauber, aufgeräumt, leer und kühl. Der einsame Lichtstrahl, der durch die geöffnete Tür fiel, beleuchtete den grellroten Rubinfleck eines zerquetschten und nicht aufgegessenen Granatapfels.

Man trat ein, sah sich um. Setzte die Haustiere auf den Boden. Die zögerten, trippelten auf der Stelle. Liefen weiter rein ins Haus. Alles war in Ordnung. Oder auch nicht.

Eigentlich musste man im Voraus, prophylaktisch

und mittels bekannter und exakt ausgearbeiteter Proze-
duren, zur Besänftigung der machtgierigen verstorbenen
Vorfahren regelmäßig etliche Zeremonien vor ebenjenen
Hausaltären durchführen. Dann ginge alles gut, ohne
auch nur einen der oben geschilderten Exzesse. Man
musste bloß präzise, unbeirrt und zu gegebener Zeit die
bekannten Vorschriften erfüllen. Die meisten haben das
auch gemacht. Haben es versucht.

Es heißt, derartige Beziehungen zu Verstorbenen sei-
en für den größten Teil des chinesischen Staatsgebiets
nicht gerade typisch. Mag sein. Ich beschreibe, was ich
gehört habe. Was mir unmittelbare Zeugen jener konkreten Ereignisse an jenen konkreten Orten berichtet haben,
um die es in unserer Erzählung geht, an denen ich mich
seinerzeit zufällig und vorübergehend aufgehalten habe.

Was in anderen Regionen und Landstrichen vor sich
ging und bis heute vor sich geht – keine Ahnung. Ich mag
nicht ohne Not etwas erfinden und erdichten.

Wer hin und wieder umging und alle und alles gleichzeitig aufs Korn nahm, war der Schwarze Eber-Berg. So
riesenhaft, dass er zuweilen nicht einmal richtig zu erkennen war, wie eine dräuende Wolke oder ein heranrü-
ckendes dunkles Kliff. Bloß sein schweres Schnaufen war
jenseits der Wände zu hören, und plötzliche Windstöße durchbrachen die lockeren Bretter der Häuschen und
drangen ins Innere, und mit ihnen sein schwerer, nach
Brandigem und verklumptem Staub riechender Atem.
Der schwere Tiergeruch von nassem Fell. Dann verging
das wieder.

Wer konnte sie schützen? Allenfalls der Weiße Eber, der Nachfolger des Mönchs Tang Seng. Oder San Dschu, der Gesandte des Herrn der Gebirgswolken. Zu guter Letzt der heilige Schildkrötengeist der Seherin Ang. Ach ja, außerdem das weiße Einhorn mit dem festen Körper eines kräftigen Esels und dem langen dünnen Spiralhorn, das genau aus der Mitte seiner steilen Stirn aufstieg. Es war pfeilschnell und unereilbar, worin es mit dem heimlichen verhüllten Mondgeist wetteiferte. Als ob ein gewöhnlicher Sterblicher auf so jemanden hoffen könnte! Allenfalls der Kaiser bekommt da Beistand und Hilfe.

Beschützer gab es also wenige. Und ob du die herbeiflehst? Noch dazu als einheimischer Armer? So lebte man also.

Ungeheuer, die fraglichen Kreaturen – okay. Aber schon schlichte Kräuter und Gewächse bargen Gefahren. Gott bewahre, dass man zum Beispiel Kerne oder Samen von einer Frucht aß. Die begannen im Innern des Organismus auf der Stelle zu gären, streiften umher auf der Suche nach einem Ausweg, fraßen, zu eigenem Nutzen und Wachstum, allmählich den ganzen Körper des Unglücklichen auf, verschlangen seine Lebenssäfte und -energien. Mit schrillen Schreien: »Ai! Ai!« durchbrachen sie schließlich den höchsten Punkt seines Schädels.

Eines Tages verschluckte das Mädchen durch Zufall einen Apfelsinenkern. Danach horchte sie tagelang voller Entsetzen auf das dumpfe Tun ihres Körpers und entdeckte allenthalben Einbuße und Auszehrung – die Arme wurden dünner, die Beine schlapp. Die ganze Zeit war ihr, als brummelte jemand in ihrem Bauch und pochte dürr und hölzern von innen an den Scheitel. Das Blut rauschte ihr in den Ohren.

Das Mädchen stellte sich vor, wie der Baum durch ihren Kopf wächst und ausladende dunkle Zweige entwickelt. Sie kann sein erhebliches Gewicht nur mit Mühe tragen, beugt sich unter dem Druck des Windes, der in den zahllosen Blättern ihres hoch aufgeschossenen Körpers rauscht, hierhin und dorthin. Passanten pflücken reife Früchte ab, kauen sie, spucken aus Vorsicht sorgsam die Kerne aus und blicken die verstummte und verkrampfte unglückselige Besitzerin schweigend an.

* * *

»Na, hast du Mama und Papa auch lieb?«, setzte die Mitreisende ihr eintöniges Selbstgespräch fort. Und antwortete denn auch nach kurzem Abwarten sich selbst: »Sicher. Geht doch gar nicht anders! Sind halt Mama und Papa«, und seufzte. Sah lange aus dem Fenster. Konnte dort nichts finden. »Während meiner, Gott verzeih mir …« Sie schwieg. »Ich komm von ihm. Als er letztes Mal aus dem Kittchen raus war«, das Mädchen wusste nicht, was Kittchen bedeutete, bewahrte jedoch taktvoll Schweigen, »als er wieder da war, ging's nur Mamachen hier und Mamachen da. Sein Mamachen war ich! Keine Kopeke hatte er.« Wieder schwieg sie. »Sonst bloß: Hau ab, alte Schlampe. Und jetzt: Mamachen. Aber nicht für lange, dann war's wieder die alte Leier. Wo sollst du auch hin bei uns im Dorf? Ach je! Wenn du nicht trinkst, gehst du bloß schneller vor die Hunde. Beim Älteren war's auch so.« Wieder wartete sie ein Weilchen. »Gestorben ist er. So vor sieben Jahren«, sie sah das Mädchen an. Die saß reglos da. »Hat sich was mit Mamachen! Ich sag ihm: ›Guck dich doch um, nach andere Leute.‹ Na ja, stimmt schon, trinken tun sie alle. Mit den Markelow-Brüdern hat er sich wieder eingelassen. Und die kennt man ja! … Ich beknie ihn: ›Geh doch zur MTS …‹« Von MTS, Maschinen-Traktoren-Stationen, hatte das Mädchen schon in einem der sowjetischen Bücher gelesen (vermutlich in *Der Ritter des Goldenen Sterns* oder *Die Kinder aus Stozhary*), die der Vater für sie in der Bücherei des neugeschaffenen sowjetischen Konsulats auslieh – seine Leidenschaft für Russland hatte er auf alles übertragen, was gegenwärtig, nachkriegssiegreich und sowjetisch war. »Ich sag ihm, wenn du was lernen würdest. Oder in die Stadt. Gut, da brauchst du einen Pass. Und komm da mal dran! Wär er bloß dageblieben nach der Armee. Aber nein, er musste ja zurück, zu seinen Säuferkumpeln und aus der Mutter Geld rausleiern. Hätt er wenigstens in der Kolchose angefangen. Nein, will er nicht. Und wie viel Geld hab ich denn, Gott verzeih mir! Kann man davon etwa leben? Na, und dann haben sie ihn wieder mitgenommen. Hat mit den verfluchten Markelows den Dorfkonsum überfallen. Jetzt fahr ich also«, sie seufzte trocken, richtete sich auf, schob ihr Kopftuch zurecht und sah dem Mädchen direkt in die Augen.

Die wusste nicht, was sie antworten sollte, denn sie hatte die Hälfte des Erzählten nicht verstanden. Die Mitreisende erwartete auch keine Antwort.

»Hab ihn beerdigt und fahr zurück. Da, sie haben mich kommen lassen. Ein Papier geschickt. Hier hab ich's irgendwo«, sie wühlte in ihren Sachen, suchte das fragliche Dokument zur Verstärkung ihrer Glaubwürdigkeit, fand es nicht, winkte ab, brachte die Sachen in Ordnung, schob ihr Kopftuch zurecht, sah aus dem Fenster, drehte sich wieder um: »Hab du mal Mama und Papa lieb. Das sind gute Menschen. Wie ein Püppchen haben sie dich rausgeputzt! Eine Brille für die Guckerchen. Richtig so, damit du besser sehen kannst«, schloss sie. »Du wirst ein kleiner Schlaukopf. Während meiner ...« Winkte ab, sprach nicht weiter.

Das Mädchen senkte den Kopf. Verständlicherweise.

In der letzten Zeit in Tientsin, direkt vor der Abreise, lehnten sich, wenn sie auf dem Schulweg an der winzigen Baracke des armen Wachmanns vorbeiging, dessen zahlreiche schmierige Nachkommen aus dem Fenster und schrien: »Sige yan de!« Das bedeutet Vierauge. Was wiederum, klar, Brillenträger bedeutet. Das Mädchen ging schneller. Die kleinen Chinesen frohlockten. Und riefen ihr etwas ganz und gar Unverständliches und offenbar Unanständiges nach. Weil sie so extrem beengt lebten, waren sie verständlicherweise recht früh sexuell aufgeklärt und demonstrierten ihre diesbezügliche, durchaus nicht immer durch einen physiologischen Zugang untermauerte Frühreife mit ein paar unanständigen Gesten, die das Mädchen indes aufgrund seiner extremen, bei Intelligenzija-Kindern üblichen Sittsamkeit überhaupt nicht verstand. Natürlich ahnte sie etwas in alledem. Erriet es aufgestört und eilte davon. Ein kleiner Schlaukopf eben.

Das Mädchen wandte sich von der Mitreisenden ab und sah starr aus dem Fenster.

Dauerhaft wohnte nur ein Mann bei ihnen. Muchtarytsch. So nannten ihn alle. Ihm machte das nichts aus, und er antwortete mit seiner gutturalen Stimme fröhlich auf jeden Ruf.

»Machataratsch!«, ertönten helle chinesische Stimmen.

»Ich kooomme!«, antwortete er dumpf, wenn er mit seinen langen, einknickenden Beinen in den weich anliegenden hohen, aber schon ziemlich abgewetzten Stiefeln langsam die knarrende Holztreppe von der obersten Etage, dem Attikageschoss, wo er in einem kleinen Kämmerchen hauste, heruntersteig, um zu Mittag zu essen.

Hinter seinem Rücken bezeichneten die Erwachsenen ihn als Fürsten. Als kaukasischen Fürsten. Einfach so kaukasisch, ohne zu konkretisieren. Ja, wer ist im Kaukasus kein Fürst? Welche Frau ist keine Fürstin, keine ruhmreiche Erbin eines kaiserlichen Geschlechts?

In der Vorstellung des Mädchens war das auch so – ein gewisser gebirgig-beschneiter Kaukasus, wie bei Lermontow, und mittendrin unser Fürst. Und in der Höhe jagt, verschwommen wie eine Anballung grauer Wolken, der *Dämon* vorbei. Wenn sie sich die furchtbaren Höhen des Kaukasus und das Bild des Dämons ausmalte, stockte ihr der Atem, und sie verspürte eine unvorstellbare Kälte, die sie in ihrem chinesischen Dasein nie erlebt hatte.

Doch das ging schnell vorbei.

Dann konnte man sich noch den strahlenden russischen Frostwinter mit Massen von schimmerndem Schnee und dem leichten Kälteknacken entblößter Baumstämme vorstellen. Alles natürlich nach den Erzählungen der Erwachsenen und nach den zahlreichen russischen Büchern, mit denen das ganze Haus gefüllt war. Auch im Russischen Klub gab es eine Menge davon. Später in Russland war es dem Mädchen nirgendwo beschieden, eine solche Vielfalt an Klassikern und weniger bedeutender russischer Literatur vorzufinden.

Und mir auch nicht. Wo hätte man bei den damaligen Verboten, Einschränkungen und Zensurbestimmungen auch eine vollständige russische Bibliothek vorfinden können? Nur in den wenigen erhaltenen Privatsammlungen und in den Geschlossenen Magazinen. Zu beidem hatte ich keinen Zugang. Kurz, dürftig waren – mit einem Wort – Kindheit und Jugend. Aber macht nichts, auch unter diesen Umständen ist ja was aus uns geworden.

Der Fürst sprach keine Sprache außer, natürlich, seiner Muttersprache, in der er aber keine Möglichkeit hatte zu brillieren, da es im Umkreis von mehreren tausend Kilometern keinen einzigen Landsmann gab. Russisch sprach er mit einem unfassbar gutturalen Akzent. Aber alle hatten sich daran gewöhnt.

Auf dem damaligen Gebiet des damaligen Russischen Reiches war er Oberst der damaligen, unvorstellbar kühnen und legendären kaukasischen Gardedivision gewesen, vermutlich mit dem Zusatz Seiner Kaiserlichen Majestät. Höchstwahrscheinlich sogar. Von der kaiserlichen Majestät hatte das Mädchen natürlich gehört. Aber Muchtarytsch war schlicht Muchtarytsch. Nach seinem ruhmreichen Offiziersdienst für Vaterland und Kaiser hing er hier nun vollkommen in der Luft – derangiert und perspektivlos, ohne die kleinsten Ersparnisse, ohne Sprachkenntnisse und irgendwelche anderen Fertigkeiten außer den erwähnten militärischen. So aß er in ihrem Haus das Gnadenbrot. Einmal gelang es ihm, eine Stelle als Packer in einer Fabrik zur Herstellung von Hühnereigelb zu bekommen. Nicht für lange. Ob das Eigelb zur Neige gegangen war, ob seine Geduld oder die Geduld des Arbeitsgebers – Muchtarytsch erschien von neuem in ihrem Haus. Zur Freude des Mädchens und ihres Bruders, die mit dem ruhmreichen Fürsten gerne ihren Schabernack trieben. Nein, diese Kinder!

Muchtarytsch, bekleidet mit einer Art Tscherkesska und seltsamerweise mit warmen Pelzstiefeln, die er hin und wieder gegen die weichen Lederstiefel eintauschte, kam, ächzend und in seiner heimatlichen, niemandem verständlichen Mundart vor sich hin murmelnd, nur zum Frühstück und Mittagessen herunter. Die übrige Zeit verbrachte er in seinem kleinen Fastdachstübchen, wo alles in der idealen Ordnung einer nahezu leeren Saklja gehalten wurde. Saklja – so nannte das Mädchen seine Behausung für sich. Es gab tatsächlich wenige Gegenstände. Woher hätte man auch viele nehmen sollen?

Das Mädchen erinnerte sich nur an einen riesigen Säbel in einer schweren schwarzen Scheide mit einem düster schimmernden halbabgeriebenen Prägemuster, den sie nicht einmal festhalten konnte, als Muchtarytsch ihn eines Tages von der Wand nahm und ihr in die Hände legte, wobei er ihn leicht abstützte.

Der Säbel war kalt. Daran erinnerte sie sich auch.

Abends glitten das Mädchen und der Bruder dicht an der Wand entlang die Treppe hoch, schlichen zu Muchtarytschs Tür hin und heulten mit Grabesstimme unisono los – sie mimten die furchterregenden einheimischen Geister. Hin und wieder sahen sie sich um, ob die Mutter nichts hörte. Doch nein, die Eltern, wieder einmal beschäftigt mit abendlich in Schale geworfenen Gästen, waren weit entfernt vom Ort des Geschehens. In der Ritze unter Muchtarytschs Tür ging das Licht aus. Die Kinder rasten holterdipolter die Treppe hinunter und erschienen listig unterwürfig vorm Angesicht der Eltern.

An anderen Tagen saßen sie, auf das Dach des Nebengebäudes geklettert, direkt unter Muchtarytschs Fenster. Sie hatten hohle Kürbisse mit zwei ausgeschnittenen Löchern, durch die das flackernde Licht im Innern befestigter Kerzen drang, auf lange Stäbe gesteckt und hoben dieses schauerliche Konstrukt nun exakt auf die Höhe seines Fensters. Vom Zimmer aus müsste das, so glaubten sie, wie irgendetwas Grässliches aussehen, geradezu wie eine Teufelserscheinung. Muchtarytsch erstarrte. Die Kinder auch.

Nur manchmal reckte sich aus Muchtarytschs Fenster im Gegenzug plötzlich etwas ganz und gar Abwegiges –

schwarz, zottig, brüllend, mit aufgerissenem Rachen, aus dem sich unvorstellbare Flüche ergossen. Man hätte das für die tollkühn-schneidige Antwort von Muchtarytsch selbst halten können, wären die Äußerungen nicht in allerreinstem Russisch erklungen, zu dem er mit seinem kaukasischen Hyperakzent einfach nicht fähig war.

Die Kinder plumpsten mit Getöse nach unten. Den ganzen Abend hörte man nichts mehr von ihnen.

Am nächsten Morgen beim Frühstück, nach einem Blick auf das Mädchen und den Bruder, die ihm direkt gegenübersaßen, flüsterte Muchtarytsch gespielt grimmig der sich ihm zuneigenden Mutter etwas ins Ohr. Die Mutter lächelte und runzelte gleich darauf die Stirn. Der Bruder lief augenblicklich rot an und rückte, ohne ein Verhör abzuwarten, auf der Stelle mit der Wahrheit heraus. Das Mädchen blieb standhaft bis zuletzt. Muchtarytsch paffte zufrieden seine Papirossa.

* * *

»Und, sprichst du auch Chinesisch?«, fragte die Reisegefährtin.

»Ja«, das Mädchen riss sich vom Fenster los. Dort eilten nach wie vor endlos Bäume vorbei, tief im Schnee versunken. Offenbar war es extrem kalt.

Ein feiner, kaum merklicher Nebelhauch löste sich, schälte sich von dem weißen Raum und presste sich an die Scheibe. Sickerte durch, fasste auf die Schultern, die nackte Haut von Gesicht und Hals. Das Mädchen zuckte bei der unerwarteten kalten Berührung zusammen.

Doch man durfte nicht nachgeben, nicht einwilligen. Das Mädchen wusste das. Sonst würde eine gewisse leichte Membran, gleichsam eine warme Haut, die von dir abgezogen wurde, losfliegen und dem dortseitigen Atem folgen. Und dann? Und wie viele derartige Zwillinge durchstreifen ruhelos die Welt, heften sich an den Erstbesten, wispern ihm Beruhigendes zu, Narkotisierendes? Zu welchem Zweck? Wer weiß? Das Mädchen wusste es nicht. Und ich weiß es, ehrlich gesagt, auch nicht.

Das Mädchen fasste sich an die Wange. Sie war erstaunlich heiß. Na ja, eigentlich wie immer. Das Gesicht des Mädchens wies ständig eine satte glühende gesunde Jugendröte auf, was ihr seit einiger Zeit in Anwesenheit von Erwachsenen ziemlich peinlich war, da die es jedes Mal für nötig hielten, darauf hinzuweisen.

Das Mädchen zog das feingestrickte weiße Wolltuch fester ums Gesicht.

»Und was heißt bei denen danke?«

»Nin hao.«

»Na guck mal an.« Die Mitreisende war nur leicht überrascht. Von der Antwort vollkommen zufriedengestellt, schloss sie die Augen und schien einzuschlummern.

* * *

Ja, so hieß das auf Chinesisch.

All das wild Vermischte, Polyglotte mit seiner seltsamen Verflechtung russischer und chinesischer Realien rief irgendwann bei dem Mädchen ganz von selbst kein Erstaunen mehr hervor.

Die Eltern des Mädchens, vielmehr ihr Vater war keineswegs aus freien Stücken in diesen für Russen unheimischen Breiten gelandet. Als Sohn eines ruhmreichen Mitstreiters des ruhmreichen Generals Skobelew wurde er, durchaus naheliegend, in Fortsetzung der jahrhundertealten Familientradition wie alle früheren Erben männlichen Geschlechts zum Militärdienst bestimmt – in der ebenfalls ruhmreichen Petersburger Kadettenanstalt. Er lernte fleißig. Besuchte in den langen Sommerferien regelmäßig die Eltern im fernen, fernen Taschkent, wo sein Vater nach Skobelews Tod den Posten des Generalgouverneurs von Turkestan übernommen hatte. Kein leichtes Amt, muss man sagen. Dennoch wäre alles gut gewesen, doch da vollzog sich die Revolution. Sie verstehen schon.

In die düstere und ungemütliche nördliche Hauptstadt des untergegangenen Russischen Reiches ergoss sich ein Strom grauer Militärmäntel – etwas Neues und Ungewohntes für die schnurgeraden Prunkstraßen und Prospekte. Allenfalls war, befehligt von ruhmreichen Kommandeuren, an Feiertagen in Paradeuniform über das extra dafür zur Verfügung gestellte Marsfeld marschiert worden.

Jetzt hingegen …

Die ganze, dessen ungewohnte Stadt überflutend, vermischten sie sich mit dem Schwarz und der noch alarmierenderen Farbe von Revolutionären, Anarchisten und einfachen Matrosen. Während des ersten, noch halbwegs normalen (soweit so etwas überhaupt normal sein kann!) Machtwechsels im Februar rannten alle, auch die

Schüler der Kadettenanstalten, trotz des halbherzigen Verbots der Vorgesetzten in Grüppchen zu Demonstrationen und lärmenden Studentenversammlungen. Verständliche Euphorie und die leuchtenden Augen einer übererregten Jugend.

Dann, nach dem Oktober – Chaos, Marseillaise-Gesang, Schusswechsel. Menschliche Körper mit durchschossenen Köpfen. Lastwagen voller Bewaffneter. Barrikaden. Blut, vermischt mit Schnee – blaubeersaftfarbener Schleim.

Die Frau des Anstaltsleiters (dessen Familie der Junge an Sonntagen besuchte, weil der Vater seit langem mit ihr verkehrte), bleich und melancholisch, mit dem Gesicht der berühmten Strepetowa, empfing ihn gramerfüllt gleich an der Tür. Die Dienerschaft war gegen die Ausbeuter demonstrieren gegangen. Die Hausherrin wiederum in ihrer Einsamkeit erinnerte an die Figur auf Kramskois Bild *Untröstlicher Kummer*, die in schwarzem Trauerkleid an dem kleinen Sarg eines verstorbenen Kindes steht und ein weißes Batisttüchlein zum Munde führt.

Irgendwo in der Tiefe der Zimmerfluchten saßen verstummt ihre Töchter, überaus liebliche Gymnasiastinnen. Besonders die jüngste im Alter des halbwüchsigen Kadetten.

Die Mutter trat ans Fenster, schob den schweren düsteren Vorhang ein Stückchen zur Seite, blickte hinaus und fragte apathisch, man wusste nicht wen:

»Wer sind diese tollwütigen Frauen?« Sie wandte sich zu dem Jungen um. Der schwieg. »Wer sind diese Raubtiere von Männern?« Der Junge schwieg erneut.

Wer, wer – klarer Fall, wer!

Die Frau schloss den Vorhang wieder, trat in die Tiefe des verschatteten Zimmers und bedeutete dem Jungen ohne ein Wort, nur mit einer schwachen gramvollen Geste der schmalen Hand, die ebenjenes hauchzarte weiße Batisttüchlein hielt, er könne gehen. Der entfernte sich schweigend. Stieg die Marmortreppe hinunter. Trat auf die abendliche, leergefegte, von schwerem feuchtem Wind durchwehte Straße hinaus.

So ging es indes nicht mehr lange weiter. Gar nicht lange. Was wurde aus der armen Frau und ihrer ganzen Familie? Aus dem Anstaltsdirektor selbst und seinen Töchtern, besonders der jüngsten? Wer weiß das? Der Junge wusste es nicht.

Und erfuhr es auch nie.

In dem kompletten Wirrwarr ringsum beschloss der halbwüchsige Kadett, sich auf eigene Faust zum Vater durchzuschlagen. In den Süden. Nach Taschkent. Aber er war doch noch so jung! Fast ein Kind, wenn auch in korrekter Militäruniform. Was sich zu jener Zeit im Übrigen eher negativ auswirkte.

Sonderbarerweise gingen in fast alle Richtungen noch Züge und erreichten, nochmals sonderbarerweise, auch ihren in den Fahrplänen des alten Regimes angegebenen Bestimmungsort.

Und hätte man von oben auf Russland geblickt, von einem der Irrsinnigkeit der Augenblicksereignisse fernliegenden Punkt aus, kühl und sondierend – da wäre das ganze Land durchschnitten und durchlaufen gewesen von den winzigen, langgestreckten, kriechenden und keuchenden Körperchen unterschiedlich großer und gearteter Eisenkreaturen. Eisenbahnkreaturen. Züge meine ich.

Doch das ging nicht mehr lange so. Umso mehr, als der Anblick unten auf der Erde schon nicht mehr so durchdacht und tröstlich war. Allerorten eine eigene Regierung, eigene Schrullen, eigene Irrsinnigkeiten und eigene Präferenzen, die mit durchaus ernsthaften Unannehmlichkeiten einhergingen. Hauptsächlich mit Tod und Untergang. Schier unglaubliche Irrsinnigkeiten trugen sich zu, die in der gesamten Weltgeschichte nur selten Nachahmung fanden oder finden würden.

Unter vielerlei Strapazen gelangte der Jugendliche nach Samara, wo ihn sich gleich darauf die Weißtschechen schnappten, die dem unvorstellbaren Tumult jener Tage ein noch ärgeres Wirrwarr hinzufügten. Sie schleppten ihn glücklich mit, nach Tschita, von wo aus sie ins ferne, ferne Wladiwostok aufbrachen.

In Wladiwostok wurden unsere Tschechen, nachdem man sie entwaffnet hatte, unter vielen Verzögerungen und Perturbationen auf alle möglichen Schiffe und Schiffchen verfrachtet. Und schließlich trafen die unfriedlichen Reisenden nach den langen und trostlosen Jahren alleuropäischen Haders in ihrem lieben grünen und in vielerlei Hinsicht glücklichen Tschechien ein, um das die großen und glorreichen Schlachten jenes zerstörerischen Krieges einen Bogen gemacht hatten, so dass es wie eine Insel konservierter, in jenen Zeiten undenkbarer

Ruhe und Geborgenheit inmitten der aufgerissenen und aufgestörten Welt hockte.

Tja, bis auf einige unfassbar enthusiasmierte und ideenverhaftete Leute. Wie der kommunistische Genosse Hašek, der dablieb, um in dem ihm unbekannten alten Land ein neues unbekanntes Leben zu schaffen. Mit neuen, ihrerseits unbekannten und gänzlich, wenn man nach den gewohnten Ansichten der alten Ordnung urteilt, furchterregenden Methoden.

Was damals zu Tage trat und dann offen zu Tage lag, war ein immer im Menschen präsentes, doch zu anderer Zeit wenn nicht süß, so doch ausreichend fest schlafendes, verstecktes, abgeschirmtes Unmenschliches. Besser gesagt, sogar, wie es üblicherweise heißt, Übermenschliches. Und zwar, wenn eine nicht geringe Anzahl scheinbar bislang durchaus zurechnungsfähiger Menschen plötzlich (oder nicht plötzlich!) erfasst wird von der unirdischen Idee eines nie dagewesenen, zum Greifen nahen Menschheitsglücks – freilich hinter einer Barriere aus Jahren der Grausamkeit, die stets als unvermeidlich und kurz betrachtet werden. Im Kampf der Ideen nicht einmal als Fundament oder Argument eine Rolle spielen. Nicht einmal zum Betrauern taugen. Und entsprechend sagen die einen zu den anderen:

»Gegen dich persönlich habe ich nichts. Ganz im Gegenteil, du bist mir als Mensch ganz ungemein sympathisch. Aber hier geht es um Höheres als um persönliche Beziehungen!« Das sagen sie und denken an etwas glorreiches Klassenabhängiges, Religiöses oder Nationales. Kurz, etwas Unvermeidliches, Unerschütterliches, fast Mystisches.

Und drücken ab.

Ja, genau so.

Lange vor ebenjenem Tschita, wohin unsere, das heißt keineswegs unsere, sondern, grob gesagt, unklar welche und wessen Tschechen sich durchschlugen, wurde der Vater des Mädchens aus dem Zug geholt und in Koltschaks Armee eingezogen. Krieg ist Krieg, ungeachtet dessen, wer ihn gegen wen führt.

Aber er ist nicht jedermanns Fall. Zwei Freunde und Dienstkameraden, älter und höchlichst erschöpft von all diesem Wirrwarr, voller Sehnsucht nach ihrem Heim, nach der wohltuenden bäuerlichen Routine, überredeten den Vater des Mädchens, der damals selber noch, wie schon erwähnt, das reinste Kind war, zu fliehen. Heimzu. Sie flohen. Versuchten es. Und wurden geschnappt. Gefangen. Ach, derartige Vorfälle waren sonder Zahl. Geflohen wurde manchmal in ganzen militärischen Verbänden. Nur wohin fliehst du in solchen Zeiten schon groß?

Eines frühen kalten Morgens liefen sie, in bloßem weißem, hartem, lange nicht gewaschenem Unterzeug, mit auf dem Rücken gefesselten Händen, barfuß, ein wenig stolpernd und schwankend auf den Unebenheiten der nachgebenden feuchten Erde, zum Ort ihrer geplanten Erschießung. Zu einer weit entfernten, im Morgennebel dunkelnden Schlucht. Der Junge spürte nichts. Vielmehr, begriff fast nichts. Er war durch alles Vorausgegangene physisch und seelisch buchstäblich ausgebrannt.

Seine Mittäter trotteten in düsterer Verzweiflung und Ohnmacht. Trotteten, ohne ein Wort zu sagen, ohne einander anzusehen und vermutlich ohne etwas ringsum wahrzunehmen. Man führte sie an den Rand eines dunklen, Feuchtigkeit verströmenden Grabens und stellte sie in einer mickrigen Reihe auf. Hinter ihnen ertönten die wohlbekannten heiseren Kommandos, das Knacken der Gewehrverschlüsse und dann die Schüsse. Der Junge sah, wie die Beine seiner Nachbarn rechts und links augenblicklich einknickten.

Er selbst blieb stehen. Man hatte ihn begnadigt. Seiner Jugend wegen. Der Offizier des Erschießungskommandos bemerkte als Erster, dass die Haare des Jungen schlohweiß geworden waren. Seitdem nannte man ihn Weißkopf.

Tja, und dann …

Genau, hehres Pathos und Staunen darüber, Zeuge und fast sogar Teilnehmer welterschütternder Ereignisse gewesen zu sein!

Doch es gibt auch den kuriosen, uns fast unbekannten Reiz des stillen und monotonen Dahinlebens in einem kleinen akkuraten Häuschen in der Schweiz, ein ganzes unkompliziertes Leben lang, während ringsum Kriege donnern, Blut in Strömen fließt, Asche aufstiebt, der beißende, ekelerregende Gestank allgemeiner Leichenfäulnis in die Nase dringt. Hier dagegen – blauschimmernde Berge, kühle, ein wenig verdünnte Luft und ein beschauliches Dasein. Wie reizend! Wie unglaublich entzückend! Ein Ort der kurzen Urlaubskur für alle möglichen Terroristen und flammenden Revolutionäre. Sie erholen sich, bringen die Nerven auf Vordermann, die Gesundheit – und wieder geht's auf in den Kampf! Den ewigen Kampf! Während hier dein seelisch-mentaler Pegel der Affektationen und mannigfaltigen Pathos-Syndromatiken für immer auf null steht – wunder-, wunderbar! Und das jahrhundertelang. Praktisch für immer.

Einmal schlenderte ich an einem stillen friedlichen Morgen durch einen Vorort der dortigen soliden Stadt Basel, und mir fiel ein nicht sehr großes, schmuckes rotes Backsteinhäuschen auf. Mit weißen Backsteinen innerhalb der roten war fein ordentlich das Baujahr angezeigt: 1942.

Mein Gott, ringsum in Europa brach alles zusammen, ging zugrunde und wurde zuschanden! Inmitten von klirrendem Frost und den Gräueln der deutschen Gewalttäter drohten wir alles, aber auch alles zu verlieren, stemmten uns unter Aufbietung unserer letzten, ungeheuerlichen Kräfte mit den Füßen, verbissen uns mit den Zähnen in die gefrorene Heimaterde! Und hier setzt jemand in aller Seelenruhe Stein auf Stein, wischt sich den Friedensschweiß ab und schaut an einem klaren Sommermittag zum getösefreien Himmel auf – einfach unirdisch!

Übrigens hat der berühmte Konfuzianer Dong Zhongshu aus der Zeit der Han-Dynastie den historisch-temporalen Prozess als ständigen Wechsel dreier Reiche beschrieben – des schwarzen, des weißen und des roten. Und hier hatten wir sie alle auf einmal, wie sie die kleine, in sich verkrochene Schweiz umzingelten. Die schwarzen waren die Faschisten, die weißen die Kapitalisten, die roten die Kommunisten. Wie sollte man sich da nicht ducken und vor Furcht erzittern? Was hat man da – du lieber Gott! – von Dong Zhongshu?!

Doch sie hielten stand. Blieben am Leben. Bis in unsere Zeit.

Dann zerfiel unter dem Druck der Roten alles von selbst. Und alle liefen auseinander. Trollten, schleppten sich in verschiedene Richtungen. Der Junker brach mit einer ziemlich großen Schar halbverkommener Krieger, die aber noch ihre Waffen und so was wie eine Uniform besaßen, in Richtung Mongolei auf. Wohin auch sonst? Die Erwähnten waren überall, aber im Grunde waren es ganz andere, die Roten, die Weißen, die Schwarzen und die von anderen unbekannten Farben. Wer, weiß keiner. Wobei sich zu jener Zeit auch in der fremdartigen Mongolei alles in ähnlich unvorstellbarer Weise abspielte.

Sie schleppten sich Tag und Nacht voran. Manchmal schliefen sie nachts. Manchmal sackten sie mitten am Tag zusammen und fielen in flüchtigen Schlaf. Die Sonne brannte. Die Gegend war offen und leer, ließ sich von den entzündeten und tränenden Augen kilometerweit einsehen. Wobei – was konnte man mit diesen geschwollenen, vereiterten und tränenden Augen schon erkennen? Trugbilder. Luftspiegelungen und Phantome.

Hoch oben schwebten große aufmerksame Vögel. Bisweilen schossen sie mit Warnschreien direkt über die Köpfe der zur Seite springenden Menschen hinweg. Die später nicht mehr zur Seite sprangen. Weil die Kräfte schwanden. Bisweilen feuerten sie ihnen hinterher. Ergebnislos. Feuerten, solange Patronen da waren. Aber es waren nur wenige da. Nicht für lange. Man wedelte bloß noch schlaff mit den Händen. An Größe und Konfiguration zusehends verändert, verdeckten die Geflügelten als gigantische graue Schatten den Himmel und wisperten mit heißen weiblichen Stimmen den sich Dahinschleppenden ins Ohr:

»Lass nur. Schluss. Der schwarze Vorhang rollt sich vom Horizont hoch. Du gehörst schon keinem mehr. Keinem! Nichts hält fest in dieser Welt. Die Schwärze streicht dich aus der Liste der bestehenden Wesenheiten.« Welche Schwärze? Welche Wesenheiten? Fort mit euch, ihr Dämonen der grauen Lande!

Logisch, dass kaum jemand das ergründete und den Sinn solchen Gewispers und Gekreischs verstand. Man hatte ja auch gar keine Kraft mehr, um derartige Differenzierungen und Definitionen zu verstehen und zu ergründen. Höchstens, um zu fühlen. Aber auch zum Fühlen muss man ja fähig sein.

Mechanisch und schlaff wedelten sie direkt vorm Gesicht weiter die schon dicht herangerückte Leere weg, wie auch die kohlschwarzen Fliegen, die nicht weniger quälten als die Vögel. Sie drangen unter die Haut und wanderten mit den Unglücklichen kilometerweit deren Irrweg mit, während sie sie langsam, ohne Eile (wozu auch Eile?!) von innen auffraßen.

Ja, höchstwahrscheinlich hat es sich genau so abgespielt.

Allmählich zerstreuten sich alle Gefährten. Oder es fehlte bloß die Kraft und Konzentration, sie wahrzunehmen. Jedenfalls schien dem Jungen, als schleppte er sich schon lange in absoluter Einsamkeit daher. So war es auch – er lief allein. In seinem damaligen Zustand konnte er die Dinge kaum adäquat einschätzen. So dass, als ihm das Verschwinden seiner ehemaligen Mitkämpfer auffiel oder vielmehr ins Bewusstsein drang, vermutlich zwei bis drei Tage vergangen waren. Womöglich auch fünf. Womöglich auch ein Monat. Aber in seiner Lage hätte die Gegenwart von einem anderen, einem wie ihm, auch keinen großen Unterschied gemacht.

Die Reise dürfte kaum so lange gedauert haben, wie es ihm später vorkam.

Essen gab es nicht. Wasser auch nicht. Trinken konnte er nur aus kleinen zufälligen Pfützen. Ich weiß nicht, ob er in dem völlig verlassenen Dürregebiet darauf stieß. Fällt dort zu jener Zeit Regen? Ich war nie in diesen Breiten. Folglich kann ich nichts mit auch nur minimaler Sicherheit behaupten. Indessen schleppte er sich offenkundig weiter. Und blieb am Leben.

Einmal, als er nachts mitten in dem gottverlassenen und nach allen Seiten komplett einsehbaren Raum sei es in Schlaf, sei es in schlichte Ohnmacht sank, spürte er mit dem allerletzten Restchen des Bewusstseins oder besser des nichtschlummernden Gefühlssinns das Herannahen eines Etwas. Dieses ihm nahegekommene Etwas war unermesslich groß. Schwarz und heiß atmend, bedeckte, ja verdeckte es das Firmament mit seinen vielen tiefhängenden lodernden Sternen. Das ganze unübersehbare Firmament erlosch also quasi mit einem Schlag. Man wusste, dass in dieser Gegend ein gewisser Jemand die Macht ausübte, den die Gefährten ängstlich den Baron nannten. Den schwarzen Baron. Und gleich darauf blickten sie sich um. Aber nein, lauter Bekanntes und lauter Bekannte. Noch. Und sie sahen sich wieder um.

Vielleicht war das auch bloß ein Traum, ein Wahn. Scheinhaft erklang ein Schnaufen und Grunzen. Er spürte eine leichte Berührung von etwas Glattfelligem und Heißem. Die Berührung erfasste mit einem Mal die ganze Seite von der versengten Wange bis zur entblößten Wade des linken Beins. Die Stiefel waren aufgescheuert und wegen Unbrauchbarkeit weggeworfen worden. Wann, wusste er schon nicht mehr.

Die Nachbarschaft des Riesenwesens forderte vom ganzen Organismus, sich instinktiv zum Schutz zusammenzukauern, aber dazu fehlte die Kraft. Ihn überkam absolute Willenlosigkeit. Um nicht zu sagen, Wonne, aber von besonderer Art, die an völliges Vergehen grenzte.

Alles ringsum war tiefschwarz. Und nur sein Haar, hätte er es, ein Stück von sich weggeschwebt, mit ruhigem interesselosem Blick sehen können, schimmerte weiß in der Finsternis, indem es kleinste Lichtteilchen, die irgendwo durchs undurchdringliche Dunkel irrten, für sein Leuchten auffing. Das war denn auch seine Rettung. Wenigstens war er davon überzeugt. Und alle, die später der Wiedergabe seiner Erlebnisse lauschten, überzeugten sich ebenfalls voll und ganz davon.

Das Wesen beschnüffelte ihn, kam bis zu seinem Kopf und schien zu erstarren. Sein Atem wurde mild und sogar zärtlich-wärmend in der rasch kalt werdenden Nachtluft. Ein leichter, schwül-wüstenhafter Mausgeruch kam auf. Das Wesen stand lange, als wäre es unschlüssig. Zögerte, zögerte und entfernte sich schließlich, schaute sich dabei ständig um und ließ seine schwarzen Augen grell aufblitzen. Erkennen ließ sich das natürlich kaum. Erfühlen ja.

Und von neuem zeigte sich der riesenhafte, unermesslich tiefe und hohe, drohende Himmel mit den unzähligen dort erstarrten und nichtfunkelnden Sternen.

Einige Zeit später kam er in einem hellen kühlen Raum auf sauberen, etwas harten Laken und unter einer leichten wärmenden Decke zu sich. An sein Ohr drangen englische Sätze. Er, der keinen Anteil an dem Geschehen ringsum nahm, wurde angesprochen. Ohne zu antworten, blickte er stumm an die weiße, wie in unermesslicher Höhe schwebende Zimmerdecke. Verstand aber alles.

* * *

Vorm Fenster erstreckten sich eigenschaftslose Flächen, die ein wenig wogten. Ein klein wenig. Kaum merklich.

Es schien, als kröche unterm Schnee beharrlich jemand Langes, Unsichtbares. Vermutlich dunkelgrau, beschuppt, düster funkelnd. Vielleicht auch glatt, farblos, so ähnlich wie der ihn bedeckende weiße Schleier – tödlich bleich, wie ein gräulicher, fast erdfarbener Albino.

Nur am Anschwellen kleiner Huckel ließ sich die unglaubliche Länge seines Leibes bestimmen, der irgendwo vor dem Zug anfing und in weiter Ferne aufhörte, womöglich noch hinter dem schwerfasslichen Horizont. Bestimmen – ja, wie denn? Der Zug mühte sich, ihn zu überholen, aber seine Mühe war erfolglos. Trostlos.

In weiter Ferne, vorneweg, erblickte das Mädchen einen schwarzen Punkt. Beim Näherkommen erwies er sich als Männchen, das über die grenzenlose Ebene kroch. Seine Beine blieben ständig im tiefen Schnee stecken. Der Mann hielt inne und erstarrte für eine gewisse Zeit. Dann bückte er sich ungelenk und zog den hinteren Filzstiefel heraus. Streifte ihn über und sank augenblicklich mit dem anderen Fuß ein. Das unter dem Schnee verborgene Riesenwesen hatte ihn erneut mit leichtem Griff gepackt. Und ließ ihn wieder los. Bisweilen erhob sich über einem anschwellenden Huckel der Dunst leicht zerstäubten Pulverschnees, und es erschien ein fast durchsichtiger, vom Blick nicht zu erhaschender Schweif. Das Ungetüm packte den frustrierten Wanderer am Fuß, zog ihn unter den Schnee, aber nicht lange und nicht tief. Ließ ihn los und wartete ab.

Ich habe einmal etwas Ähnliches gesehen. Nicht wirklich, sondern im Fernsehen. Auf dem Bildschirm. Und in einem ganz anderen Land, Gebiet, Klima und sogar auf einem anderen Kontinent. In Afrika. Während einer der entsetzlichen Dürren dort, als alles, einschließlich der Erde, der man beim Aufplatzen zusehen konnte, buchstäblich loderte und die zarten, filigranen Füße Tausender unschuldiger und leicht verwundbarer Geschöpfe versengte, die, dem Irrsinn verfallen, aufs Geratewohl dahinstürmten. Eine Herde Hirsche, Büffel und weiterer Bewohner der lodernden Steppe stürmte dahin, um eines der wenigen noch nicht gänzlich ausgetrockneten Gewässer zu suchen. Und das Glück war ihnen hold.

Schwer atmende, entkräftete Gnus, die qualvoll gedrechselten Köpfe gesenkt, tranken aus dem braunschlammigen Fluss. Und konnten nicht genug kriegen.

Und plötzlich, wie aus einem Unort, einer Non-Region, aus einem scheinbar unschuldig planen Fluss, überzogen mit einer glatt-glänzenden, alles spiegelnden Wassermembran, wo indes aus jedem Punkt jederzeit Grauen hervorzubrechen drohte: Aus dieser unberechenbaren Tiefe also schoss jäh der von durchsichtigen Wassertropfen umfunkelte Umriss eines riesigen Krokodilkopfs. Die Pockenhaut war auf der ganzen gigantischen Oberfläche von Wülsten bewuchert. Die kleinen Äuglein blickten durchdringend und ohne zu blinzeln. Milchweiße Zähne blitzen auf. Das Ungetüm ergriff das nächststehende Tier, das, muss man sagen, nicht gerade klein war, aber hilflos mit allen vier zarten Beinchen nach oben ausschlug, und zog es blitzschnell in die Tiefe. Zum Unort! Und das war's. Aus, Ende. Horror und Dunkel. Etwas Wüstes und dem Bewusstsein nicht Zugängliches.

Aber nein. Nein. Es ist satt. Es treibt bloß ein munteres, untödliches Spiel. Ein Spielkind eben. Ein Spaßvogel. Ein Scherzbold. Es – amüsiert sich. Und das Grasfressertier, das nichts durchschaut, nur vage Erkenntnisschimmer mitgekriegt hat, Erinnerungsschimmer an etwas Irrsinniges, Jenseitiges, das vor seinen trüben, ungemein aus den Höhlen getretenen Augen vorbeigehuscht ist, stelzt, sich schüttelnd und auf unsicheren zittrigen Beinen schwankend, buchstäblich eine Minute später aus dem Wasser und widmet sich erneut dem so jäh unterbrochenen Routinetrinken. Und keinerlei Folgen. Keiner-lei! Keine Wunde, kein Kratzer – so hochpräzise, so millimetergenau wird der gigantische Zerstörungsmechanismus betätigt. Und von neuem die reine, unbewegte Flussglätte.

War da was? War da nichts? Eine Traumerscheinung? Antworte! Wie man so sagt: Es gibt keine Antwort.

Aber der durch den endlosen Schnee kriechende Mensch – wer ist das? Wohin kriecht er? Tja, das weiß man. Von seinem unbekannten, von hier aus unerkennbaren Zuhause zum nächsten, ebenfalls vor den Blicken der Reisenden verborgenen Lädchen, um etwas Simples zu kaufen. Was, ist ebenfalls klar. Er schafft es gerade noch vor Ladenschluss. Wechselt ein paar freundliche Flüche mit der müden Verkäuferin:

»Was willst du?«

»Was wohl!« Im Grunde ist allen alles klar. Das Gespräch – nun, das soll einen gewissen Anschein von der Sinnhaftigkeit sozialer Kontakte vermitteln und der Überwindung der ungeheuren Öde des hiesigen Lebens dienen. Und, haben sie sie überwunden? Wer weiß das schon. Alles ist besser als nichts, als tiefste Stummheit und Einsamkeit.

Die selbstbewusste Verkäuferin mit ihrem lilavioletten Teint hält ihm das Gewünschte hin und knallt die zuschlagenden Läden der wackligen, wie in Erwartung des nächsten Raubüberfalls von oben bis unten erzitternden Bretterbude zu. Sense! Geschlossen. Und du nimm die Beine in die Hand bis zum nächsten Mal, wenn du's erlebst, wenn du dann noch am Leben bist.

Er nimmt auch die Beine in die Hand. Klar – er ist auf dem Rückweg. Schleppt sich in Richtung Zuhause, indem er von neuem trostlos im Schnee versinkt. Sich mit ungeheurer Mühe hocharbeitet, die festgehaltenen Füße rauszieht, die ausgetretenen und vielgeflickten Filzstiefel verliert und wiederfindet. Dann ist er da. Trinkt einen. Geht schon besser. Dem Anschein nach. Unaufwendig bekleidet und fast unempfindlich für den krassen hiesigen Frost, tritt er für ein kleines Geschäft auf die Vortreppe. Steht da. Schwankt. Bemerkt mit nichts fixierendem Blick aufsteigende Wölkchen von Schneestaub über jemandes tiefem Gekrieche, einen fernen puffenden Zug. Im nächsten Moment ist alles aus seinem Gedächtnis getilgt. Und er geht zurück ins Haus.

* * *

Ja, und außerdem wohnte noch ziemlich lange eine alte russische Dame bei ihnen. Sehr alt war sie. Jedenfalls schien sie dem Mädchen, da keine Großelterngeneration im Haus lebte, uralt. Und seltsam. Greisenhaft und ungemein dick. Wobei sie dick nicht zu sein schien, sondern es wirklich war.

»Da pangzi!, die Dicke«, gluckste die chinesische Dienerschaft heimlich. Aber nicht böse. Eher sogar gutmütig.

Auf einem untersetzten, zu allen Seiten ungeheuer ausgedehnten Körper war ein winziger, runzliger Kopf befestigt, geschmückt mit einem Büschel hinten auf dem Scheitel findig geflochtener, schon schütterer und dünner Haare. Der Kopf war, zugegeben, ziemlich hübsch und gab Anlass zu der Annahme, seine Besitzerin habe in jungen Jahren rührend liebliche Gesichtszüge, ja sogar bestrickenden Charme besessen. Was den Erzählungen nach auch der Fall gewesen war.

Die kleine, fragile chinesische Njanja nannte die russische Dame lao taitai – große Alte. Die große Alte verstand kein Chinesisch. Sie wandte sich ohne Arg an eine Dienerin:

»Meine Liebe, bring mir doch …« Die Dienerin wiederum verstand natürlich kein Russisch. Auch kein Französisch. Nur ein bisschen Englisch. Doch sie erriet alle Wünsche der Dame und erfüllte sie genau. Das Mädchen fand das erstaunlich. Die Alte wiederum hielt das für selbstverständlich. Für ganz normal.

In engeren Emigrantenkreisen war die Dame dafür berühmt, dass sie in der guten alten Zeit einen bekannten literarischen Salon in St. Petersburg unterhalten hatte, der von allen möglichen, damals zahlreichen Berühmtheiten und Geistesfürsten der vorrevolutionären Hauptstadt besucht wurde. Man kann die Annahme riskieren, dass Blok und Bely dort waren, Solowjow und Iwanow, Posanow und Florenski. Mystiker unterschiedlicher Richtungen und Neigungen. Wir waren dort übrigens nicht.

Gut möglich, dass sie gänzlich andere literarische Vorlieben und soziale Anschauungen pflegte. Dann wären vielleicht Gorki und Rasumnik zu ihr gekommen oder die Dorfschriftsteller, wie die Autoren der betreffenden Orientierung heute gern genannt werden. Solche, die ins Volk gehen, für die Befreiung des Volkes eifern. Oder gleich schlankweg Terroristen und Aufrührer, künftige Fürsten nicht des Geistes, sondern der riesigen russländischen Räume. Wobei – die wohl kaum. Wahrscheinlich waren trotz allem die Ersterwähnten ihre Gäste. Dorfschriftsteller, Eiferer und Bombenleger bei dieser vornehmen, aparten Dame? In jenen ambivalenten Zeiten kamen solche Perversionen allerdings vor. Ja, im Grunde geriet in dem wirren und hektischen Leben damals alles und jedes durcheinander.

Später waren es die allerneuesten Rebellen der Petersburger Kunstszene der beschriebenen Epoche, die bei ihr ein und aus gingen. Erstaunlich wüste und hemmungslose Gesellen. Sogar unverschämt. Scheinbar in keiner Weise der Reputation jener Dame wie ihres Salons entsprechend. Wobei, wie schon erwähnt, was gab es nicht in diesen irrsinnigen vorrevolutionären Jahren?! Alles geriet in Verwirrung. War vielmehr schon lange vor den katastrophalen Ereignissen in Verwirrung geraten.

Eines Tages hatte der Vater des Mädchens, noch ein Halbwüchsiger und Schüler der Kadettenanstalt, sie besucht. Er erinnerte sich nicht mehr daran, mit wem und mithilfe von wessen Protektion er in diese angesehene, erwachsene, bedeutende und manchmal schockierende Gesellschaft geraten war. Offenbar war es eine passende

Protektion gewesen. Er stammte ja auch nicht gerade aus der letzten Familie des Russischen Reichs. Seinem so genannten Übergangsalter entsprechend war er vom weiblichen Charme der Gastgeberin stark beeindruckt. Der Vater erwähnte das ihr gegenüber.

»Ach ja, natürlich!« Die Dame tat so, als entsänne sie sich und erkennte ihn. »So ein vielversprechender junger Mann mit guter Figur. Sicher weiß ich das noch.«

Ein junger Mann?! Der Vater war damals noch ein ganz und gar verworrener Halbwüchsiger. Na ja, spielt ja keine Rolle.

Ihre Reputation in Emigrantenkreisen war mehr als zweifelhaft. Aber jetzt, als das Alter nahte, machte ihr das nichts mehr aus. Sie konnte sich auch nur noch an wenige Dinge aus ihren ruhmreichen Petersburger Zeiten erinnern. Es hieß, mit einer Gruppe ultraradikaler Avantgardekünstler habe sich die Dame in der früheren Hauptstadt des Russischen Reiches bei einer höchst extravaganten Aktion hervorgetan. Zusammen mit sechs oder sieben von ihnen fuhr sie mit der Straßenbahn nackt durch die Stadt. Jawohl, absolut nackicht. Einfach unerhört! Moment, ich glaube, das war erst nach der Revolution, in den Anfangsjahren der Sowjetmacht, als kompletter Wirrwarr herrschte.

Ihr Mann galt übrigens schon vor der Revolution als aktiver Sympathisant der Bolschewiki, der mit Geld und Konspiration aushalf. Ah, da haben wir uns also geirrt, es können durchaus auch Teilnehmer am künftigen Oktoberumsturz ihren Salon besucht und sich friedlich unter feingeistige Intellektuelle und impulsive poetische Naturen gemischt haben.

Nach den genannten Ereignissen bekam er, ihr Gatte, sogar einen Posten bei den Bolschewiki. Keinen hohen, und nicht für lange. Damals lief nichts lange oder langsam. Er wurde erschossen. Weswegen, warum – danach hat keiner groß gefragt. Warum auch nicht, könnte man sagen. Da nachzuforschen wäre sinnlos gewesen. Das wussten ja vermutlich nicht mal die Erschießenden. Die einen teilten Posten zu, die anderen schossen tot. Und alle hatten recht.

Auf welchen Wegen sie nach China gekommen war – keine Ahnung. Die Dame selbst hat sich nicht groß dazu ausgelassen. Welcher Ruf ihr nach all diesen Perturbationen in strengen und auch in nichtstrengen Emigrantenkreisen anhing, kann man sich denken. Wobei es um den Ruf auf beiden Seiten der verfeindeten Lager kompliziert und uneindeutig bestellt war.

Nunmehr alt und verschlampt, saß sie tagelang an ihren endlosen Patiencen. Man konnte sich kaum vorstellen, dass sie irgendwann schlank, berühmt und reich in ihrem luxuriösen Künstlersalon geglänzt und viele Künstlerherzen (und nicht nur diese!) erobert hatte. Und doch war es so gewesen. Jawohl! Der Vater versicherte das. Im Grunde ließ er sie eingedenk jener gesegneten Jahre widerspruchslos bei sich wohnen. Bezahlte Essen und Kleidung und schmeichelte ihr. Die Mutter zuckte nur die Achseln.

Übrigens bewirtete man in ihrem Haus nicht wenige solcher unklaren und unklar auf welchem Weg hier angespülten verlotterten, beistandslosen russischen Emigrantenpersönlichkeiten. Das Mädchen konnte sich gut erinnern, wie zur offenen Samstagstafel die allersonderbarsten Typen bei ihnen zusammenströmten.

So erinnerte sie sich an einen alten Mann, der in der Innentasche, nahe am Herzen, ein mit Kognak gefülltes hübsches flaches Metallfläschchen versteckt hielt. Hin und wieder neigte er sich zum linken Aufschlag seines abgetragenen Jacketts und sog die Spirituose durch ein fadendünnes Schläuchlein. Indem er sich ganz ungezwungen gab, führte er die Operation scheinbar heimlich und unbemerkt durch. Aber natürlich kannten alle sein treuherziges, rührendes offenes Geheimnis, das viele Male in vielen Städten und Dörfern der vielsprachigen Welt zum Einsatz gekommen war, und man schaute leise lachend zu, wie sein quasi entrücktes Gesicht allmählich rot anlief.

Regelmäßig kamen auch die alten Zwillingsschwestern. Sie lächelten und speisten stumm, ohne Platz zu nehmen. Speisten manierlich und, wie kleine Vögel, ganz wenig. Der zwergenhaften Bedürfnisse dieser zwergenhaften Organismen wegen oder womöglich aufgrund des selbst in dieser undankbaren Zeit bewahrten Stolzes und Edelmutes wohlerzogener adliger Fräulein. Obwohl – worauf war man da eigentlich stolz?!

Es hieß, in ihrem Hause lebten zahllose Katzen, die die barmherzigen Schwestern in den mit Tieren mitleidlos umspringenden Straßen und Gassen des chinesischen Viertels aufgabelten, in dem sie ihrer Armut wegen selber

lebten. Wie sie es mit ihren dürftigen Geldmitteln fertig-
brachten, sie durchzufüttern, war unerklärlich. Aber sie
brachten es fertig! Beim Abschied aus dem gastfreundli-
chen Haus nahmen sie quasi verstohlen für ihre dürren
Zöglinge irgendwelche Essensbrösel mit. Ihnen sah man
das nach.

Manchmal verlor eine der Schwestern den Verstand.
Sie erschien grellgeschminkt, gepudert und auf ärmliche Weise irrsinnig in Schale geworfen. Ihre Zwillings-
schwester versuchte, sie mit ihrem zarten Körper zu
verdecken. Das schien zu klappen – der Körper ihrer
Schwester war auch nicht größer. Die kranke Schwester
nicht mitzubringen, war für die gesunde nicht möglich,
da die beiden sich, wie es aussah, nur dürftig und unre-
gelmäßig ernährten. Hin und wieder schoss hinter dem
Rücken des gesunden, peinlich berührten Zwillings eine
dürre, mit sommersprossiger Greisenhaut überzogene
affenähnliche Pfote hervor, und eine Stimme erklang:

»Gippn Tausender! Gippn Tausender!«

Sicher für Katzenfutter, dachte das Mädchen.

Es kam auch ein zerzauster, gravitätischer, etwas verleb-
ter Literat. Das heißt, dem Anschein nach ein solcher. Er
packte den Vater sogleich am Ellbogen und zog ihn in
einen Winkel zu seinen mediokren künstlerischen Problemen. Der Vater befreite sich leicht, aber mit Bestimmt-
heit. Der Literat nahm manierlich am Tisch Platz, lehnte
sich zurück und hob mit sicherer Hand den Löffel an die
Lippen, der vom Teller aus einen ziemlich umfangreichen
Bauch überqueren musste.

Dann erinnerte sie sich noch an einen Lehrer namens Kisselman, von dem keiner wusste, wo und was er unterrichtete. Und ob er überhaupt unterrichtete, obwohl er von allen respektvoll »Lehrer« tituliert wurde. Er war so hager, dass seine blauen Riesenaugen wie zwei glänzende Porzellankugeln in einem gewissen Abstand vor seinem Gesicht zu schweben schienen. Das Mädchen ängstigte sich vor ihm. Doch er war absolut harmlos, lächelte unaufhörlich und vollführte vor jedermann eine tiefe Verbeugung. Die Leute schmunzelten. Ein harmloser Mensch.

Einmal rollte man ihn zum Spaß oder im Suff in einen Teppich, rief ein Fuhrwerk und schickte es zu einer gewissen dubiosen Adresse. An den Stadtrand, wo geflohene weiße Kosaken ihre selbstabgesonderte Ansiedlung und Ansässigkeit organisierten. Sie lebten dort, entsprechend den traditionellen, archaischen Regeln der Kosakengemeinschaft, von allen abgeschottet. Betrieben Landwirtschaft, heirateten nur innerhalb ihres Kreises, wählten ihren Ataman und hielten Gemeinversammlungen ab. Mit den Einheimischen verkehrten sie nicht. Trugen lange Röcke und Pluderhosen mit Lampassen und konnten kein Wort Chinesisch. Doch sie haben sich durchgeboxt! Sind am Leben geblieben!

Bisweilen wurden von dort Gemüse und Kartoffeln ins Haus des Mädchens geliefert, russischer Buchweizen und riesige runde, frischgebackene Weißbrotlaibe. Die Lebensmittel wurden von beleibten Kosakinnen auf breiten Bauernwagen gebracht, vor die ein ebenso beleibtes Paar Pferde gespannt war. Das Mädchen erriet in dieser Szene irgendwelche weit entfernten, berückenden Züge ihrer unbekannten Heimat. Vielmehr der Heimat ihres Vaters, die sie in Form von virtuellen Bildern und echten Gefühlen geerbt hatte.

Ja, und über den Scherz mit dem Lehrer waren die Beteiligten noch lange und höchlichst erheitert. Noch viele Jahre später dachte man mit einem Lächeln daran zurück. Der Lehrer war auch deshalb nicht beleidigt.

Eine andere betrunkene Posse sorgte für weitaus mehr Resonanz in der Stadt und hatte sogar gewisse unangenehme Folgen für die Beteiligten.

Ein Deutscher, der sich in ihre urrussische Gesellschaft eingeschlichen hatte, fing tüchtig betrunken an, allerlei Vorwürfe gegen das gesegnete Russland und sein Volk hinauszuschreien – die Russen seien stumpfsinnig, nichts als ein Haufen Grobiane und Idioten. Und durch die Straßen liefen Bären, und der Zar sei ein Dünnhals, und dann noch die Bolschewikenbestien und dergleichen mehr.

Niemand widersprach ihm, man war nur bemüht, ihm immer mehr von ebenjenem originär russischen Schnaps einzuflößen, den ebenfalls russländische Zuwanderer in ausreichender Menge produziert hatten. Als der Deutsche hackedicht war, trug ihn eine einträchtige Menge in horizontaler Lage aus dem Haus und ins Studio eines Tätowiermeisters, der, gegen anständige Bezahlung, direkt im Beisein der gehörig erheiterten Trinkkumpane auf die Brust des unglücklichen Germanen gravierte: *Ich liebe Russland!* So dass dem jetzt nichts anderes übrigblieb, als diesem Motto zu folgen.

Es gab tatsächlich ernsthafte Unannehmlichkeiten. Doch es ging nochmal gut. Ja, das tat es. Ausländer halt. Und der Deutsche – hol ihn der Teufel! – ist auch nicht von hier. Sollen sie sich untereinander kabbeln, wie sie wollen.

Für den Tätowiermeister allerdings endete die Geschichte nicht so glücklich. Es heißt sogar, ganz außerordentlich traurig.

* * *

Die Dame dagegen, die in ihrem Haus wohnte, erschien nicht zu diesen Samstagsgeselligkeiten. Ob sie sie ihrer vornehmen Persönlichkeit für unwürdig hielt, ob andere Gründe oder Phobien vorlagen – man weiß es nicht. Es redete ihr auch niemand zu. Außer ihren ewigen Karten nahm sie überhaupt nur wenig um sich herum wahr. Wenn das Mädchen vorbeilief, fragte sie unweigerlich mit tiefer, heiserer Stimme:

»Was ist, Häschen?« Und wandte sich gleich darauf wieder ihrer auf dem Tisch ausgelegten Patience zu, ohne im Geringsten eine Antwort abzuwarten. Das Mädchen blieb ihrerseits nicht stehen und antwortete nicht einmal auf ihren Anruf.

Früher, in den ersten Tagen nach ihrer Ankunft im Haus, war das Mädchen noch voller Interesse gewesen. Mit den Knien auf den Stuhl geklettert, machte sie es sich neben der Dame bequem und betrachtete mit geneigtem Kopf neugierig die Karten, ein wenig dem Zigarettenrauch ausweichend, der als leichter Faden von der dünnen Papirossa aufstieg, die in einer speziellen Vertiefung des Aschenbechers lag. Derartige ovale Kerben befanden sich an allen vier Ecken des riesigen Kristallgeräts. Die Dame sah das Mädchen an, nahm ihren eleganten Rauchartikel, tat einen Zug. Schob den Aschenbecher zur Seite und legte ihre Zigarette von neuem dort ab.

Die Karten kamen dem Mädchen natürlich lebendig vor, das heißt beseelt. Und nicht ungefährlich. Wie auch sonst? Sie schmiegte sich an die alte Frau und spähte über ihre Schulter.

Tatsächlich gab es allseits bekannte Fälle von Frondienst, in den kleine Kinder vor allem von Damen und Königen gelockt wurden. Dort wurden sie für die geringfügigsten Vergehen grausam bestraft, manchmal sogar in kleine Tierchen verwandelt, die kläglich unter dem Esstisch piepsten, um die Aufmerksamkeit auf sich zu ziehen. Von wegen! Erwachsene Hausbesiedler gerieten furchtbar in Rage über dieses zudringliche Piepsen und verjagten die Tierchen mit Fußtritten, übrigens in spitzen und, wenn der Tritt traf, sehr schmerzhaften Schuhen. Man jagte sie mit Bürsten, Besen und Stöcken. Oder hetzte Riesenkatzen mit glühenden Augen auf sie. Schwer zu entscheiden, was schrecklicher war. Alles war schrecklich.

Die alte Frau legte lange und penibel die Karten aus und erzählte dann dem Mädchen, was sie in naher und ferner Zukunft erwartete. Und es erwarteten sie, versteht sich, eine weite Reise, ein heißes Land, noch eine Reise, der Tod des Kindes, die Geburt des zweiten und des dritten.

Und wieder eine weite Fahrt. Übrigens wusste das Mädchen das alles schon.

Der Mutter waren diese Dinge überhaupt nicht recht. Sie gefielen ihr gar nicht. Weder die Karten noch das Rauchen noch die Fantasien des Mädchens. Sie bat den Vater, Derartiges möge sich nicht wiederholen. Aber das Mädchen verlor ganz von allein das Interesse.

Freilich, eine Sache gab es, die sie noch lange maßlos neugierig machte – aus irgendeinem Grund bildete sie sich ein, die Dame trüge, auf einem absolut kahlen kleinen Köpfchen, eine Perücke. Sie versuchte die ganze Zeit den Moment zu erhaschen, wenn die alte Frau sie abnähme. Oder wenn sie durch eine ungeschickte Bewegung runterfiele. Doch das passierte nie. Die Alte zog sich in ihr Zimmer zurück und führte offenbar dort die Operationen mit der Perücke durch.

Dann starb die Dame. Und als das Mädchen heimlich den toten Körper betrachtete, versuchte sie erneut den Moment zu erwischen, wenn die Perücke endlich runterrutschte. Doch nein, es passierte wieder nicht.

Aufgrund der Sonderbeschaffenheit der Dame, das heißt der Sondermaße ihres zu allen Seiten ausgedehnten Körpers, musste auch die Sonder- oder Spezialanfertigung eines Sargs bestellt werden. Mit seinem Werkzeug trat der herbeigerufene Schreiner ein, einen lustigen Stift hinterm Ohr. Daraufhin steckte sich das Mädchen, wenn sie schrieb oder zeichnete, eine Zeitlang ebenfalls einen Bleistift hinters Ohr. Ihr chinesischer Lehrer gewöhnte ihr das wieder ab.

Der Tischler fertigte den exklusiven Sarg direkt bei ihnen im Garten. Mit leichten Bewegungen draufloshämmernd, fügte er Bretter zusammen und überzog sie mit weißem Stoff. Sein Mund war voller kleiner schwarzer Nägel, als ernährte er sich von ihnen, indem er ungeheure Mengen davon verschlang.

Dann trug man die Verstorbene herbei, die die ganze Zeit von aller Welt verlassen im Eiskeller im Garten gelegen hatte. Sie war überall weiß und hatte Eistropfen auf den Wangen. Es schien, die wenigen entblößten Stellen ihres Körpers weinten, endlich befriedet, große Wachstränen.

Das Mädchen hatte keine Angst vor Toten.

Auf einem entlegenen Hügel, den sie aus nicht mehr erinnerlichen Gründen mit Rikschakuli und Njanja besuchte, besah sich das Mädchen in einer kleineren Gruft, offenbar für eine Familie, lange die schwarz angelaufenen, besser gesagt, dunkelbraunen Knochen einiger einheimischer Toter. Die Njanja zerrte an ihr und drängte zur Heimfahrt, doch das Mädchen wehrte sie ab und musterte, in Starre verfallen, mit erheblichem Interesse die bräunlichen, wie gedrechselt wirkenden aparten Skelette. Und wirklich, wer die dumme Abneigung gegen einen derartigen Anblick, die man im ersten Moment unwillkürlich verspürt, überwindet, den erwartet bei längerer Betrachtung ein durchaus betörendes Phänomen. Es bildet sich quasi eine Art hohe vertikale Luftglocke rundum, die herabhängt und so die Skelette und ihren Betrachter von den übrigen, eitlen Nichtigkeiten dieser

Welt abtrennt. Eher könnte man in nie gesehene Höhen auffliegen als die Hand ausstrecken und jemanden berühren, der direkt neben einem steht. Wie die unruhige und unaufhörlich zur Eile drängende Njanja.

Einem spezifischen Brauch gemäß öffnete man in dieser Gegend nach sieben Jahren die Gräber, holte die vom schwachen und nutzlosen Fleisch gesäuberten knöchernen Überreste heraus und legte sie auf breite, flache Steinplatten, wo sie für unermessliche Zeiten gebettet blieben bis zur letzten endgültigen Entscheidung. Ob der Brauch noch irgendwo außerhalb dieser Gegend gepflegt wurde oder zur spezifischen Tradition einer kleineren Ethnie oder eines Kultes gehörte – das Mädchen wusste es nicht. Die Njanja auch nicht.

Das Mädchen riss sich vom Anblick der Knochen los und blickte sich um. Ihr ging durch den Kopf, dass dies hier ein großartiger Lebensraum für Schlangen sein könnte. Und wirklich. Die Schlangen waren da ganz ihrer Meinung.

Außerdem mussten sie sich jetzt definitiv sputen.

Und überhaupt, sie hatte noch nie verstanden, warum es schlimmer sein sollte, auf einem Holzstoß verbrannt zu werden, als zur Nahrung von zahlreichen gefräßigen und ekelhaften Würmern zu werden. Sie stellte sie sich vor, und gleich huschte eine Grimasse des Ekels über ihr Gesicht. Tatsächlich, ein nicht gerade besonders anheimelndes Bild. Vor dem Tod aber und vor Toten hatte sie keine Angst.

Vor langer Zeit, noch in ihrer frühesten Kindheit, nahm die Njanja sie hinter dem Rücken der Mutter zum Begräbnis eines reichen entfernten Verwandten mit. Na ja, reich in den Augen der armen Verwandtschaft. Kurz, man könnte sagen, er war halbreich. Oder einfach wohlhabend. Na gut, nicht arm.

Weiß, versorgt und fein gekämmt lag der Tote da. Am Kopfende war ein kleiner runder Spiegel befestigt, auf dass die bösen Geister, die dem Neuentschlafenen ins Gesicht schauen und sich an der frischen Beute gütlich tun wollten, plötzlich ihr eigenes Bild zu sehen bekämen und erschreckt zurückführen. Sie hatten ja noch nie ihr wahres abstoßendes Äußeres erblickt, die Folge all der Übeltaten und Sünden, die sie während eines nahezu endlosen Übeltäterdaseins begangen hatten. Auch das Mädchen versuchte, in den Spiegel zu schauen.

Von Ferne ertönte vielstimmiges Weinen und Rufen, was mehr einer Art Gesang ähnelte. Monoton murmelten die bezahlten Klageleute. Das hatte etwas Betörendes. Angst machte es nicht. Dem Mädchen gefiel es sogar.

Dann wurden Papiergegenstände und Geld verbrannt. Oder nein, nein, das gehörte wohl eher zu den Dingen, die der Vater von den Begräbnissen der großen chinesischen Kaiser erzählt hatte.

Nach dem Ableben des Kaisers errichtete man in einem Vorgebirge nahe der Hauptstadt am siebten Tag sieben gigantische Papierpaläste sowie drei Papierpagoden. Innen wurden die Paläste mit zahllosen ebenfalls papiernen Möbeln, Gebrauchsgegenständen, Geschirrteilen, Geldscheinen und Blumen versehen. Sogar klitzekleine Zikaden, versicherte der Vater, waren auf die allerkunstvollste Weise hergestellt und an den Blättchen der Papierblumen befestigt worden.

Und all das loderte plötzlich in einer leichten flüchtigen Flamme auf und verschwand gen Himmel, um dort hinauf, ins ewige virtuelle Dasein, eine fragile, halbvirtuelle irdische Gegenständlichkeit zu tragen, damit sie der unkörperlichen Kaiserexistenz an diesem Ort würdig zu Diensten wäre. Auf die Erde ging, riesigen schwarzen Schneeflocken gleich, die Asche des verbrannten Papiers nieder. Sie bedeckte alles ringsum und beschmutzte, vermischt mit dem Wasser prompt einsetzenden Regens, die weißen Gewänder, Hände und Gesichter der Zeremonieteilnehmer.

Doch das war dort, bei den Großen. Hier hingegen stand vor dem Sarg ein ganz in Weiß gewandeter, schweigsamer kleiner Junge ungefähr im Alter des Mädchens. Die Njanja zeigte auf ihn und wisperte:

»Das ist der Sohn des Verstorbenen. Jetzt ist er der Mann Nummer eins in der Familie – schwere Arbeit.«

Das Mädchen erschauerte innerlich vor dem Ausmaß der Verantwortung, als wäre sie ihr selber aufgebürdet worden.

Was dem Mädchen jedoch schreckliche Angst einjagte, war der Anblick von Blut. Und nicht nur von echtem, fließendem und glänzendem, sondern auch schon von abgebildetem. Das heißt, im Grunde hatte sie keine Angst, sie fiel bloß augenblicklich in Ohnmacht. Ja, ja, genau so: ein kurzer Blick – und gleich wurde sie ohnmächtig!

Sehr viel später, als sie an der berühmten Moskauer Universität studierte und einen halbmilitärischen, damals obligatorischen Erste-Hilfe-Kurs besuchte, wurde sie nach alter Gewohnheit beim bloßen Anblick eines Plakats bewusstlos, das eine ausführliche Anleitung für pflichtgemäßes ärztliches Verhalten bei inneren und äußeren Verletzungen darstellte. Denn dort waren die bei solcherart Exzessen unvermeidlichen Blutspuren verzeichnet. Wie auch sonst? Das Mädchen warf nur einen Blick auf diese gar nicht mal besonders farbenfrohe Darstellung und verlor im selben Moment das Bewusstsein. Glitt still zu Boden.

Ich erinnere mich, dass es bei uns am Institut ähnliche Veranstaltungen mit einer ziemlichen Menge bildhafter Unterweisungen in Gestalt ebensolcher Plakate gab, die mittels schlichter rührender Graphik fast wie in Kindermärchenbüchern allerlei Katastrophen nach den Atomangriffen amerikanischer Imperialisten und chinesischer Revisionisten zeigten. Wir, die wir uns die reale Möglichkeit derartiger Gräuel nicht vorstellen konnten, fanden das witzig. Wie dumm von uns.

Ringsum staunte man über die merkwürdige Reaktion eines erwachsenen jungen Mädchens auf ganz normales Agitationsmaterial. Einige brachten dem sogar ausgesprochen feindselige Gefühle entgegen. Nun, Sie wissen ja, wie die Leute bei uns reagieren, wenn ein erwachsenes Fräulein ein ungewöhnliches und irgendwie sogar leicht infantiles Verhalten an den Tag legt. Die tut bestimmt nur so. Spielt sich auf wie sonst wer … So dachten sie naturgemäß.

Ganz genauso fiel sie auf dem gleißenden Uferstreifen der Krim-Küste in Ohnmacht, doch nun schon beim Anblick nicht gezeichneten, sondern echten strömenden Blutes.

Tante Katja, die zusammen mit dem herzensguten Onkel Mitja ihre liebe Nichte zu einem Sommerurlaub ans Meer mitgenommen hatte, zog sich am Strand an der Scherbe einer verantwortungslos fortgeworfenen Flasche eine tiefe Wunde zu. Die nicht gerade gefährlich war, aber überraschend stark blutete. Das Mädchen verdrehte die Augen und sackte zu den Füßen des verdutzten Publikums zusammen. Weshalb sie dem erschrockenen Onkel Mitja sehr viel mehr zu schaffen machte als die verletzte Tante Katja, die im Sanitätsraum einfach einen Verband um den Fuß kriegte und nach Hause geschickt wurde. Das Mädchen dagegen wurde ins örtliche Krankenhaus gebracht und blieb dort ein paar Tage.

Sie lag allein in einem leeren kühlen Krankenraum und starrte auf die weiße Wand, über die leichte durchsichtige Schatten huschten. An die Decke überliefen, das Gesicht berührten und zum Fenster hinausflossen. Es herrschte absolute Stille. Das Mädchen fühlte nichts und überlegte nichts. Schaute nur hin. Sie war tatsächlich überanstrengt.

Einmal öffnete sie die Augen und erblickte am Fußende ihre ältere Schwester. Das war erstaunlich, denn die lebte schon seit langem mit den Eltern im fernen England. Wie kam sie bloß hierher? Das Mädchen hatte sie sofort erkannt, sie war etwas gealtert, aber die Familienähnlichkeit sprang genauso ins Auge wie früher. Lächelnd, schweigend stand ihre Schwester vor ihr, einen weißen Ärztekittel um die Schultern gelegt. Das Mädchen schloss die Augen. Als sie sie wieder öffnete, war die Schwester nicht mehr da.

Später erfuhr sie, dass ihre Schwester genau zu dem Zeitpunkt im fernen Portsmouth plötzlich gestorben war.

Auch ich erinnere mich an eine derartige wunderliche, von allerlei Erscheinungen erfüllte, entkräftete Bettlägerigkeit in einem derartigen Zimmer eines vergleichbaren Krim-Krankenhauses. Allerdings war das im zarten Kindesalter, als ich, ebenso wie viele andere knirpsige Besiedler unseres leidgeprüften, halbzerstörten Nachkriegslandes, von einer unbekannten Krankheit befallen wurde. Rund anderthalb Jahre lang raubte sie mir schlicht meine Beweglichkeit und die Möglichkeit jeglicher Fortbewegung.

Ich lag in einem kühlen Krankenraum. Vor dem Fenster rauschte das unerreichbare Meer und brütete eine unerträgliche Hitze. Doch im Krankenraum war es erstaunlich kühl. Ein leichter Wind bewegte die durchsichtigen Vorhänge, blies sie durchs weit offene Fenster zu riesigen weißen Segeln auf, sog sie hinaus und wehte sie wieder nach innen. Irgendwelche wispernden Stimmen drängten sich draußen zusammen, zögerten und schwebten dann ins Zimmer. Jemand strich mir mit sanften zärtlichen Fingern über den ganzen Körper und erzeugte Myriaden von wimmelnden Kribbeldingern. Die sich, nachdem sie unabhängigen Schwung und Lebenswillen erlangt hatten, plötzlich zu einer leichten Membran fügten und vom Körper lösten. Einige Zeit standen sie als schwaches, halbverwischtes Abbild einer menschlichen Silhouette dunkel vor der fernen fahlen Wand. Dann lösten sie sich auf, verschwanden, als hätte es sie nie gegeben.

Eine ungeheure Schwäche überwältigte meinen ganzen Organismus. Und ich schlief ein.

Wobei nein, nein, ich lag doch in einem ziemlich kleinen Raum, vollgestopft mit ebensolchen armen Würmern wie ich. Doch daran habe ich aus irgendwelchen Gründen keine Erinnerung. Erinnerungen habe ich just an Stille, Leere, das von Ferne tönende gleichmäßige Meeresrauschen, das allgemeine stille Leuchten aller Gegenstände und des Raums, der sie umfasste.

Ist ja eigentlich auch egal.

* * *

Einmal huschten am Fenster des rasch dahinbrausenden Zugs zwei Frauen vorbei. Das heißt, der Zug brauste, doch die Frauen huschten gerade nicht, sondern waren gewissermaßen vorm Fenster erstarrt. Sie schienen, in der gläsernen Frostluft ein winziges Stück aufgestiegen, langsam hinter dem Zug herzuschweben. Ihm in geringer Entfernung zu folgen. Und zwar ziemlich lange, so dass das Mädchen diese ausdrucksvollen, spitzen, mit trockener gelblicher Haut überzogenen Gesichter mit dem starren Halblächeln und den durchsichtig-wässrigen Riesenaugen ausgiebig betrachten konnte.

Aus dem Wald getreten, hatten die Frauen Kinderschlitten hinter sich hergezogen, beladen mit schütteren Brennholzbündeln. Und waren in Starre verfallen, den Blick auf den Zug geheftet. Genauer gesagt, nicht einmal auf den Zug, sondern auf einen unbestimmten, vor ihnen in der Luft stehenden, unbeweglichen Raum, der die ganze Umgebung enthielt, den Zug eingeschlossen.

Schon waren sie wieder weg.

»Guck an, was die sich so alle holen«, kommentierte die Mitreisende. »Da können sie dich für im Loch stecken. Die stecken dich im Loch, wie sie wollen. Dabei täten sie's selber verdienen. Obwohl, wer weiß, wie die hier so sind«, raunzte sie ungereimt, als nähme sie dem Mädchen etwas übel. Was heißt das? Wer sind diese die? Wofür stecken sie einen ins Loch? Das Mädchen hatte nichts verstanden, war aber irgendwie, sagen wir mal, auf der Hut. Blickte von neuem aus dem Fenster.

Es kam ihr sogar so vor, als wäre eine der Frauen ihre Tante Katja gewesen. Dabei konnte es ihr eigentlich weder so noch anders vorkommen, weil sie sie noch nie leibhaftig gesehen hatte. Bloß auf der einzigen, alten, verdorbenen Fotografie, auf der die ganze Familie des Vaters verewigt war – die Eltern, zwei Brüder und zwei Schwestern. Ein großer weißlich-gelblicher Fleck quoll vom linken oberen Rand über die Personen und hatte den älteren Bruder fast komplett verdorben. Er war denn auch schon im jugendlichen Alter gestorben, ohne dass man wusste, wann und wo. Nun, zumindest wusste der Vater nichts darüber.

Bei Tante Katja – jugendlich und lebhaft – war der Kleidersaum befallen. Beim Vater überschwemmte der helle Fleck das Haar. Die jüngere Schwester, noch ganz klein, saß auf dem Schoß der Mutter, unberührt von Weiße und Verderben. Und so war es auch.

Einmal fiel der Blick des Mädchens auf eine Fotografie, wo ihre Mutter als ganz kleines Kind (noch kleiner als das Mädchen) sich an die Knie ihrer eigenen strengen, stattlichen Mutter lehnte – der englischen Großmutter des Mädchens. Das Mädchen fuhr mit dem Finger über die Glanzoberfläche, das winzige Mutterbild übersprang sie dabei jedes Mal.

»Als du klein warst, konnte ich dich da an der Hand herumführen?«, fragte das Mädchen ungereimt. Ihre Mutter hob den Blick zu ihr. Das Mädchen begriff, dass es besser war, nicht weiterzufragen. Sie malte sich einfach aus, wie sie das Kleinchen in den Garten führt, auf den Pfaden bis zum hinteren Zaun geleitet, dabei achtsam um die gefährlichen Pflanzen kurvt, warnend den Finger auf die Lippen legt. Die Kleine schaut sich aufmerksam um. Das Mädchen führt sie weiter stumm durchs ganze Haus. Tut sie dann zurück an ihren Platz.

Also – was für eine Tante Katja? Das Mädchen hatte trotzdem den Eindruck. Und es hätte ja auch ohne weiteres sein können, wären vorm Fenster flammende blühende Aprikosenbäume vorbeigerast, plätschernde Bewässerungsgräben, hohe Pyramidenpappeln ... Aber so – Schnee und nichts als Schnee.

»Was kannst du hier schon groß holen? Ist doch so, die Männer haben sich alle totgesoffen«, spann die Mitreisende ihre Gedanken weiter.

Dieses Mal kam es dem Mädchen so vor, als hätte sie sie verstanden.

* * *

Der Vater des Mädchens hatte Glück. Ein englischer Kaufmann, der auf chinesischem Staatsgebiet ein gutgehendes Geschäft besaß, durchquerte in einem massiven schwarzen Wagen jene menschenleeren Gegenden. Die öden verbrannten Steppenräume der Inneren Mongolei. Eine nicht gerade ungefährliche Unternehmung. Besonders in jenen wirren Zeiten.

Irgendwo nahebei jagten, vorgebeugt und ihrem Vorwärtsstreben hinterhergereckt, pfeilschnell die finsteren Reiter des Dscha Lama vorüber. Streiften menschliche Fragmente der versprengten Phantomeinheiten des Atamans umher. Und die waren vielleicht blutrünstig! Ich habe das nicht miterlebt, aber die Leute haben es erzählt. Und vor meinen Augen hat es sie förmlich geschüttelt vor dem unsterblichen Grauen jener Jugendtage.

Überhaupt hätte sich wohl so mancher liebend gern Geld und Auto unter den Nagel gerissen. Oder schnell mal einen Engländer kaltgemacht – auch ein bombiges Vergnügen. Eine normal-simple blutige Routine der beschriebenen Zeit. Doch entweder war der Wagen gepan-

zert, oder schlichte Fortüne und die schützende Hand
höherer Mächte standen dem Engländer bei. Eine nicht
geringe Rolle spielte auch der Schutzstein des Lebenden
Buddhas Bogd Khan. Ja, der wirkte auch noch.

Der Engländer bemerkte durchs Fenster des langsam da-
hinkriechenden Wagens eine reglos daliegende, schon
fast völlig von Staub bedeckte, vom gelben Boden un-
unterscheidbare menschliche Gestalt. Er las den Jugendlichen auf.

Unterwegs machte er Halt im wilden gleißenden Urga,
das mit dem unirdischen Glanz seiner zahlreichen Tempel an das Moskau der goldenen Kuppeln erinnerte. Erinnert hätte, wenn der Engländer je in der alten russländischen Hauptstadt gewesen wäre. Aber wir, wir waren
ja dort. Freilich erst zu einer Zeit, als sich nur noch uralte Greise, die Zeugen jener fernen glanzvollen Tage, an
die einstige Goldkuppelfülle erinnern konnten. Uns dagegen konnten nur die bedeutungsschwangeren dunklen
Krater in der Stadtlandschaft davon erzählen, die dort
klafften, wo die Horte von Licht und Heiligkeit früher
angesiedelt gewesen waren. Wir strengten unsere Augen an, und wissen Sie, exakt im Zentrum dieser von der
neuen gottesfeindlichen Macht quasi abgeschafften, aber
eben doch nicht endgültig vernichteten sakralen Orte begann tatsächlich etwas zu leuchten.

Andererseits passierte es, wir wollen da korrekt vergleichen, natürlich selten, dass jemand ins geheimnisvolle Urga vordrang. Und als dann doch einige dorthin vordrangen, war es schon nicht mehr Urga, sondern

Ta-Kure, das Große Kloster. Und danach, regiert von dem ruhmreichen Suche-Bator oder seinem Nachfolger Tschoibalsan oder erst kürzlich von dem faden zugeknöpften Tsedenbal, war es Ulan-Bator, wo nur noch wenig an die mystische, seinerzeit sogar mit Lhasa konkurrierende Stadt der Wunder, jenseitigen Geheimnisse, Klöster und Lamas erinnerte.

In Urga wurde der Vater des Mädchens auf die Schnelle von einem dort praktizierenden russischen Doktor untersucht, den ein ebensolcher Wirbelsturm fatalen russländischen Geschicks in die Heimat der abgerissenen Erben des großen, unbesiegbaren Dschingis Khan verschlagen hatten. Behutsam tastete er das schwache, ausgezehrte slawische Körperchen des Jugendlichen ab. In seinen Augen, schien es, schimmerten sogar Tränen.

»Und wohin jetzt?«, fragte er den Engländer.

»Ich weiß nicht«, zuckte der unschlüssig die Achseln.

»Hierlassen kann man ihn nicht«, sagte der Doktor kummervoll.

»Ich weiß«, antwortete der Engländer.

Und er nahm ihn mit nach Hause, nach China. Nach Tientsin. In die englische Konzession.

Nahm ihn dorthin mit und adoptierte ihn.

Der Vater des Mädchens mit seinen vielfältigen Sprachkenntnissen wurde zu einem höchst brauchbaren und gewandten Mitarbeiter der englischen Firma. Er lebte in der Familie seines Retters und Wohltäters. Heiratete dessen Tochter und erbte in der Folge das ganze Geschäft.

Ja, und dann, das versteht sich, gedieh die Sache bis zu dem Mädchen.

Sie wanderte durch das Haus, die Hinterlassenschaft des englischen Großvaters, an den sie sich kaum erinnern konnte. Und das bei ihrer Gedächtniskunst! Aber er war gestorben, als sie nicht älter als ein halbes Jahr gewesen war.

Verschiedene Räume auf verschiedenen Stockwerken beherbergten unzählige Uhren aller nur denkbaren westlichen Firmen und Länder. Antike und moderne. Wanduhren und Standuhren. Mit riesigen Pendeln. Geschlossene und solche mit entblößtem Uhrwerk. Sie schlugen jede halbe und jede Viertelstunde. Die volle Stunde verkündeten sie mit einer kunstlosen Melodie. Einige auch mit einer höchst ausgefeilten. Und zwar jede für sich, dem ständigen, unermüdlichen Kampf der Mutter um Synchronität und Einheitlichkeit zum Trotz.

Als Erste hoben die tiefsten und größten an, hinter deren riesigen dicken Glasplatten sich vergoldete Rädchen und weitere, fast beseelte verschnörkelte Teilchen zuckend bewegten. Mit gemessenem Ticken schwang ein gigantisches Pendel. Dem Mädchen gefiel es, ihren eigenen inneren Rhythmus darauf abzustimmen.

Danach schlugen die Uhren auf dem Treppenabsatz im ersten Stock, dann die im zweiten. An vierter Stelle kamen die im Esszimmer. Und so weiter, nicht eingerechnet all die Klein-, Tisch-, Armband- und Taschenuhren, die eine unglaubliche Tonvielfalt von sich gaben, von sattem Dröhnen bis zu fast mückenzartem Sirren. Die kuriosesten, chinesisch-figürlichen aus Porzellan waren im Zimmer des Mädchens auf dem Schrank versammelt.

Wie ein Wirbelwind flitzte sie zwischen den Stockwerken auf und ab in dem Versuch, rechtzeitig vor jeder Uhr zu stehen.

Mir fällt ein, dass sich etwas Derartiges auch mit mir als Dreikäsehoch zugetragen hat, als ich zur Zeit der Mittagsöde einsam inmitten des ansonsten überfüllten Zimmers der dito überfüllten Kommunalwohnung lag und ein gewisses Gegrummel vernahm oder besser verspürte. Ich versuchte es mit der Aktivität des eigenen halbhungrigen Magens zu identifizieren. Ohne Erfolg. Das heißt, ich hatte schon Erfolg, aber nicht abschließend. Es blieb ein verstörender Spalt. Das erfüllte mich mit Sorge und Unbehagen, bis mir schließlich klar wurde, dass die gluckernden Geräusche aus den Rohren der für den Sommer abgestellten und zu den ersten Novemberfrösten wieder angestellten Heizung kamen. Nachdem ich die Laute vollends von mir abgesondert und ihren Ursprung bestimmt hatte, beruhigte ich mich und schlief ein.

* * *

Von Kindesbeinen an umhegt von einheimischen Njanjas, sprach sie zuerst Chinesisch, was die wenigen Verwandten und zahllosen Bekannten, die zu Besuch kamen, zu gerührten Reaktionen veranlasste. Nun, vor allem natürlich die Chinesen. Als Zweites lernte sie die Sprache ihrer Mutter, Englisch. Und erst danach, dank der Bemühungen des Vaters, der nur Russisch mit ihr redete, kam die Sprache seiner fernen Heimat hinzu. Interessanterweise bestand der Freundeskreis der Eltern überwiegend aus zahlreichen russischen Emigranten. Das trug nicht wenig, nein, wir korrigieren uns, sogar sehr viel zur Dominanz des Russischen in der Familie bei.

Engländern und anderen Europäern gegenüber verhielt man sich freundlich und höflich, jedoch etwas distanziert. Was das Verhältnis zur einheimischen Bevölkerung betraf, so klangen da gewisse herablassende, übrigens allseits bekannte und wenig überraschende, sagen wir mal, kolonialistische Untertöne an. Ein Tonfall der Überlegenheit und leider, leider, sogar des Herrentums. Dabei gehörten auch Vertreter der chinesischen Geschäftselite zu ihrem engeren Umgangskreis, vor allem junge Männer – ausgebildet nach westlichem Standard, sattelfest in Sprachen und europäischen Verhaltensweisen, bezüglich Eleganz und Geschmack vielen neu eingetroffenen Kolonialisten haushoch überlegen. Sie hatten sich die Bräuche der »weißen Dämonen« beinahe sämtlich angeeignet – salzten das Essen, flochten massenhaft englische Wörter in ihre Rede ein, guckten westliche Filme. Ließen sich mutig fotografieren, ohne zu fürchten, wollüstige Dämonen könnten sich ihrer vom Körper abgelösten Bilder bemächtigen und dadurch nicht nur ihre Seele, sondern auch die äußere körperliche Hülle zerstören. So war das – sie fürchteten sich nicht! Dabei war dergleichen passiert! Und zwar mehrfach. Doch offenbar betraf das Menschen, die, vom Glauben an die unbezwingliche Kraft unsichtbarer Wesenheiten erfüllt, deren Macht direkt unterworfen waren. Diese hier waren ganz anders. Sie spielten Tennis und sogar Fußball. Benutzten Messer und Gabel. Letzteres war in den Augen von Traditionsanhängern einfach grauenhaft – kulturlos, barbarisch! Doch die jungen neuen Chinesen zogen der Peking-Oper, die den meisten nicht mehr viel sagte, Inszenierungen von Shakespeare-Stücken mit den Stars der hiesigen Dramentheater vor, von denen es mittlerweile eine stattliche Anzahl gab.

Die Eltern des Mädchens dagegen waren, wie viele andere Europäer, allem Exotisch-Orientalischen gegenüber extrem aufgeschlossen. Darunter auch der chinesischen Oper. Sie nahmen das Mädchen dorthin mit.

In der Stadt gab es kein festes Ensemble. Reiste eines an, wurde jedes Mal eine Konstruktion aus Tausenden von vertikalen Bambusstäben errichtet, befestigt durch dito horizontale. Das alles überzog man mit einer farbenfrohen Zeltbahn. Richtete eine Bühne her, an den Seiten Künstlergarderoben sowie einen ziemlich geräumigen Saal.

Während der Vorstellung schlenderte das Publikum unter dem Zeltdach umher, aß, trank, unterhielt sich laut. Das war normal. Die grellgeschminkten und schwerbekleideten Schauspieler auf der Bühne wiederum tanzten, sprangen, flogen zur linnenen Zeltbahn empor, grimassierten, schritten zierlich einher, fochten grimmige Zweikämpfe aus, sangen mit dünner Stimme oder brüllten tief, heiser und furchtbar wie die Löwen. Von den Falsettstimmen, den schrillen Flötentönen und den wüsten

Eruptionen des übrigen Orchesters bekam das Mädchen Kopfschmerzen. Sie hielt es nicht mehr aus, zwängte sich durch die zahlreichen Zuschauer und ging hinaus. Saß auf einem Stüfchen, betrachtete den Himmel. Da gab es genug zum Betrachten. Dann ging sie in den Saal zurück.

Das Ganze dauerte etwa sechs Stunden.

Besonders hatte sich ihr die Vorstellung »Hua Mulan« eingeprägt, über eine Frau, eine kraftvolle und furchtlose Kriegerin. Unter kuriosen Sprüngen, ja fast Flügen vernichtete sie eine riesige Anzahl Feinde, Drachen und andere Ungetüme, die auf dieselbe kuriose, nichtmenschliche Weise um sie kreisten. Das alles war halb erschreckend, halb amüsant und im Endeffekt bestrickend. Dann traten die Schauspieler alle zusammen an den Bühnenrand und verbeugten sich. Man klatschte ihnen Beifall. Das Mädchen klatschte auch.

An den Abenden mischten sich chinesische Geschäftspartner und bloße Bekannte in Ballkleidung unter die geräuschvolle Menge sich vergnügender Besiedler der ausländischen Konzessionen plus weiterer hergelaufenen europäischen Volks. Dabei muss erwähnt werden, dass in ihnen, deutlich unterscheidbar und von vielen wahrgenommen, ein zusätzliches Element wenn nicht der Rätselhaftigkeit, so doch der Spezifität waltete, das durch die europäisierte modernistische Firnis hindurchschimmerte – immerhin ist sie viele Jahrhunderte alt, die chinesische Bildung. Die große Kultur der asiatischen Verhaltensetikette.

Dem Mädchen gegenüber waren sie freundlich und

aufmerksam, wobei sie sich über die Maßen amüsierten, wenn diese in reinstem Mandarin zu ihnen sprach. Übrigens kam in den hiesigen europäischen Familien Derartiges vor. Selten, aber es kam vor.

Viel später, zur Zeit ihres England-Aufenthalts, war die Bedienung in den dortigen chinesischen Restaurants bass erstaunt, dass diese erwachsene weißhäutige Dame die erwähnte Hochsprache Mandarin zwar akzentfrei sprach, ihr Wortschatz aber erstaunlich dürftig, krude und fast kindlich war. Was man ja verstehen kann. Aber dies nur nebenbei.

Die Njanjas wiederum und die Dienerschaft, von denen das Mädchen ja Chinesisch lernte, wandten sich so an sie:

»Die kalaine Ganädige (das kam auf Russisch) möchte etwas Bestimmtes (das wiederum auf Chinesisch: ni ai chi ma)?«

Als sie sehr klein war, zeigte das Mädchen Ansätze, dickezutun und sich etwas einzubilden. Doch wie bereits erwähnt, bereitete die Mutter diesen ihren kolonialistischen Allüren im Handumdrehen ein Ende.

Generell waren die chinesischen Diener überaus nett, gutherzig und redselig. Das Mädchen konnte sich mühelos mit ihnen unterhalten, und das verschaffte ihr logischerweise einen unbestreitbaren Vorteil vor allen erwachsenen Besiedlern des großen russisch-englischen Hauses, die das Chinesische aus natürlichen Gründen – Alter und entsprechende Sekundärträgheiten – nicht leicht erlernten. Besser gesagt, gar nicht erlernten. Das betraf sogar die älteren Schwestern, die von russischen

Njanjas und deutschen und englischen Bonnen erzogen wurden. Bei komplizierten Auseinandersetzungen mit der Dienerschaft und mit gewissen Besuchern spielte das Mädchen häufig die Dolmetscherin.

Regelmäßig jeden Sonntag erschien xiansheng in ihrem Haus – der ernste und strenge chinesische Lehrer, der sie und den Bruder in Kalligraphie unterwies. In ein langes schwarzes Gewand gehüllt, glitt er schweigend und feierlich zu ihnen ins Zimmer. Blieb stehen und erstarrte, den Blick von oben auf sie gerichtet, die an ihren niedrigen Tischchen bereitsaßen.

Das Mädchen war regelrecht geblendet von seinem unerträglich schwarzen Gewand. Sie schien in einen pulsierenden, flimmernden Abgrund zu stürzen. Ihr Kopf legte sich leicht zurück und löste sich quasi glatt vom Körper, der sich seinerseits, kolossal verlängert, zu dem ansaugenden Trichter hin ausstreckte.

Der Lehrer klopfte sacht mit einem ebenfalls schwarzen Stab aufs Pult, und das Mädchen kam zu sich. Sah zum Bruder. Der hatte nichts dergleichen gespürt, kratzte er doch gerade konzentriert seine aktuelle allergische Hautreizung. Unter dem Blick der Schwester zog er rasch die Hand zurück und sah dem Lehrer gerade in die Augen.

Auf den Tischen warteten schon Papierbögen, Pinsel und Tusche. Sie malten Hieroglyphen. Der Bruder kriegte sie nur reichlich krakelig hin. Das Mädchen wollte ihm helfen, langte mit ihrem Pinsel auf sein Blatt. Schnaufend stieß er sie mit dem Ellbogen weg. Es gab einen furchtbaren Klecks. Der Lehrer lächelte, doch gleich darauf nahm sein Gesicht wieder einen strengen Ausdruck an.

Mit der Zeit machte das Mädchen solche Fortschritte in ihren kalligraphischen Studien, dass sie sogar die erste Zeile Li Bais zeichnete, eines Dichters der Tang-Dynastie: »Ein Gesicht, feiner als die Sichel des neugeborenen Mondes!« Und was verstand sie davon? Wobei doch, doch, sie verstand es. Was ist da überhaupt besonders zu verstehen?

Über der Stirn des Lehrers glomm ein kleiner roter Punkt, mit Seide auf die schwarze Kappe gestickt. Anfangs schien es, als flackerte der Punkt wie ein blasses Flammenzünglein. Doch bei näherem Hinsehen ließ sich erkennen, dass ebendas der kleine Korridor ins Innere war, der das Mädchen so ansog. Man durfte dem nicht nachgeben. Oder musste sich umgekehrt ein Herz fassen, den ganzen Körper zusammenducken und blitzschnell durch den ungeheuer schmalen roten Eingangskanal in den lockenden schwarzen Raum schlüpfen. Der Lehrer lächelte erneut, während er das erstarrte Mädchen ansah.

Wieder klopfte er mit dem Stab aufs Pult. Neben der gleißend schwarzen Kleidung und dem kleinen flimmernden, als schwache Blutung nach außen sickernden roten Punkt schien sein gelbes Gesicht gar nicht da zu sein.

Musik dagegen gehörte nicht zu ihren Lieblingsbeschäftigungen. Nein, wirklich nicht. Obendrein war sie unmittelbar und, wenn man so sagen darf, auf abartige Art mit bestürzendem Irrsinn verbunden.

Die liebliche, mädchenhafte russische Lehrerin Jelisaweta Sergejewna verlor, ohne vom Klavier aufzustehen, direkt vor den Augen des Mädchens in vollem Wortsinn den Verstand. Auch vorher schon hatte man höchst sonderbare Symptome an ihr wahrgenommen. Etwas war ihr zugestoßen, dort, im Lande der Bolschewiki, wo sie verschwunden war, um vor kurzem, keiner wusste, wie, bei ihnen in Tientsin aufzutauchen. Sie kannte niemanden, und niemand war Zeuge ihres früheren Lebens.

Wie das Mädchen später erfuhr, war sie brutal vergewaltigt worden. Und zwar von vielen und viele Tage lang. Wie sie es geschafft hatte, zu entkommen, war unbekannt. Und unbegreiflich. Wobei es im dortigen Emigrantenleben nicht wenige solcher Beispiele geheimnisvollen Erscheinens und Verschwindens russländischer Individuen unterschiedlicher Art gab. So dass auch die Sache mit der Lehrerin als etwas ganz Alltägliches wahrgenommen wurde. Nun ja, nicht ganz. Aber doch als tragbar.

Der bestürzende Anfall direkten Irrsinns überkam sie urplötzlich. Man holte sie direkt aus der Stunde weg. Mit einer wunderlichen, erstarrten Miene saß sie da, die Beine gespreizt und die Hand zwischen sie gesteckt, und vollführte unanständige Gesten. Vielleicht wollte sie sich schützen? Das noch am ehesten.

Das Mädchen führte man schnell weg. Die Schwestern wussten und verstanden mehr. Wenn der Vorfall in Gegenwart des Mädchens zur Sprache kam, schwiegen sie und lächelten rätselhaft. Das Mädchen fragte nicht nach.

Auch vorher hatte sie schon mehrmals Erzählungen über die grausigen Bolschewiki gehört. Sie vermischten sich in ihrem Kopf mit den Geschichten über die Hong huzi. Denen war ihr Spitzname von dem Wort xiongshou zugelaufen, chinesisch für Gewalt. Sie brannten die Häuser armer, wohlanständiger Dörfler und Städter nieder. Raubten den Menschen ihr Eigentum. Und wenn die sich widersetzten, sich mit beiden knochendürren Händen an ihr kärgliches Hab und Gut klammerten, zückten die Übeltäter megascharfe Messer, schnitten die Sachen mitsamt der Hände der ehemaligen Besitzer ab und nahmen sie ungerührt mit. Schrecklich! Doch so wurde es erzählt.

Nachts stellte sich das Mädchen vor, wie dunkle Massen fast unsichtbarer Schatten ihr Haus umstellten, mit einem Satz den Zaun überwanden und leise ins Haus drangen. Wie sehr das schon einschlummernde Mädchen, die ausgleitenden Füße gegen das glatte Parkett gestemmt, auch versuchte, mit aller Kraft die Tür zuzuhalten, sie ging unerbittlich auf und ließ zahlreiche Übeltäter hinein. Das Mädchen warf sich mit dem ganzen kleinen Körper dagegen, doch sie schlüpften durch den Spalt an ihr vorbei, ohne sie zu bemerken. Sogar ohne sie zu berühren. Nur eine spezielle seltsame Kühle ging von ihren vorbeihuschenden Körpern aus.

Dem Mädchen fiel plötzlich ein, dass sie beim Runterlaufen versäumt hatte, die Eltern zu warnen. Sie ließ die nutzlose Tür los, rannte die Treppe hoch, sah das sperrweit offen stehende elterliche Zimmer und eine Menge der finsteren Ankömmlinge, die Köpfe, mit schwarzen

Kapuzen bedeckt, stumm gesenkt. Sie traten auseinander und ließen sie anstandslos ins Schlafzimmer durch. Das Mädchen schritt lange durch den schmalen Korridor ihrer zurückweichenden und schwankenden dunklen Gestalten. Trat voller Grauen ans Bett. Sah hin und erkannte die Frau und den Mann nicht, die dort lagen. Sie ruhten erstarrt wie aus Eis, die Augen geschlossen. Die Lider waren von tiefem Dunkelblau.

So wurde also die Lehrerin, die Ärmste, aus dem Haus geschafft. Das Mädchen verfolgte irgendwie teilnahmslos durchs Fenster zwischen dem ersten und zweiten Stock, wie sie, gefügig, von zwei unbekannten Männern an den Armen die Vortreppe heruntergeführt wurde. Man setzte sie in einen großen schwarzen Kastenwagen.

Die Mutter nahm das Mädchen an die Hand und brachte sie zu sich ins Zimmer.

Damit war ihre Musikerziehung zu Ende. Eigentlich schade.

Eines strahlenden Vorfrühlingsmorgens trat xiansheng ins Kinderzimmer, warf den Kindern einen raschen und irgendwie schlauen Blick zu, zog unter dem schwarzen Stoff ein riesiges blendendweißes Tuch hervor, führte es an die absolut trockenen Augen und sprach:

»Si Dalin zhuxi si le!« Was bedeutete: Der Führer Stalin ist gestorben.

Und das Tuch bedeutete, dass der Lehrer weinte und trauerte.

So fing alles an.

»Und wohin fährst du so allein, Häschen?«, barmte die Reisegefährtin, ohne jedoch sonderlich neugierig zu sein.

Wie konnte man ihr das erklären? Wo man es ja nicht einmal sich selbst so einfach erklären konnte.

Ich will es versuchen.

Seitdem in China die Sowjetmacht errichtet worden war, schien sich zunächst einmal nichts zu ändern. Die bürgerliche Lebensroutine setzte sich fort. Es passierte nicht viel. Höchstens, dass das Mädchen und ihr Bruder simultan an Keuchhusten erkrankten und um die Wette trocken loshusteten wie die Katzen, wobei ihnen der Schweiß ausbrach und Ermattung eintrat. Nach jedem ihrer Anfälle, die sie praktisch gleichzeitig erlitten, wurden sie knallrot. Dann lehnten sie sich, bleich und feucht, an Stuhllehne oder Kopfende des Bettes und erstarrten für lange. Die Spaziergänge wurden jedoch nicht eingestellt. Man glaubte, sie hülfen der Genesung voran. Offenbar war es auch so.

Dergleichen kenne ich aus eigener Erfahrung. Uns jedoch ließ man in unserer sowjetischen Quarantäne-Kindheit nicht aus den vergitterten Krankenzimmern heraus. Vermutlich zog sich das Ganze deshalb monatelang hin. Wir genasen langsam und mühselig, während wir aus unseren Souterrainräumen durchs Gitter spähten wie kleine Mickertierchen, kaum von Interesse für die lebhaften Zoobesucher, die zu den Käfigen mit großen Raubtieren oder Exoten aus fernen Ländern eilten.

Hier dagegen schleppten sich die Kinder langsam über die bekannten Pfade des öffentlichen Parks, wobei sie ununterbrochen husteten, fast in der Mitte durchbrachen und nach Luft rangen. Etwas später wurden sie auch noch gänzlich von einem grellroten Grind befallen. Passanten, die an ihnen vorbeiliefen und die Augen hoben, starrten sie an und sprangen fast zur Seite.

In jener Gegend kannte man, wie bereits erwähnt, ähnlich gelagerte Fälle der Verwandlung von kleinen Kindern zunächst in unablässig hüstelnde und hicksende Nagetiere. Später dann sogar in gewisse schaurige brüllende Kreaturen mit sich windenden Körpern. Sie warfen sich gegen die Tür ihres Zuhauses, rannten dagegen an, schrien:

»Mama! Mama! Lass mich rein! Ich bin's!« Die Mutter jedoch ...

Kurz, das mit der Mutter weiß man.

Danach wurden wieder beide, sie und der Bruder, gleichzeitig von weichen, mit dem Finger einzudellenden Riesenblasen heimgesucht, die sich, wenn man sie drückte, seltsam unter der Haut fortbewegten, wie irgendwelche in der Tiefe des Körpers verborgenen harmlosen, aber eigensinnigen Sonderlinge, die sich draußen nicht zu zeigen wünschten. Das Mädchen stellte sich flauschige Kätzchen vor. Oder eher noch Mäuschen. Es hatte sogar etwas Lustiges.

Man setzte sie und den Bruder in eine geräumige Marmorwanne, die im Souterrain des riesigen Hauses stand. Ein Boy füllte sie abwechselnd mit heißem und kaltem

Wasser aus riesigen Emailleeimern. Dann wurde gehörig Methylenblau darin aufgelöst. Die Kinder stiegen hinein. Lachend inspizierten sie sich, genauer, ihre Unterwasserkörperteile, die bizarren, selbstabgesonderten blauen Unterwassergeschöpfen glichen.

Wie das Ganze endete – das Mädchen wusste es nicht mehr. Wahrscheinlich wie alle Kinderkrankheiten – mit der Genesung. Natürlich nur, wenn es nicht zu einem tödlichen Verlauf kommt, wie bei einem Bruder von ihr, der als kleines Kind gestorben war. Doch das war lange vor der Geburt des Mädchens. Sie wusste nur davon, weil die Mutter verstohlen Gedenkrituale durchführte und auf ihrem Nachttisch die Fotografie eines unbekannten, etwa dreijährigen Lockenköpfchens stand.

Einmal trat bei dem Mädchen am ganzen Körper eine übersteigerte Empfindlichkeit der Haut auf. Als wäre ihr eine dünne, isolierende Schutzmembran abgenommen oder -gezogen worden. Es war quälend und gleichzeitig wonnevoll. Als stießen zahlreiche kleine, hilflose Kätzchen ihre feuchten Ledernasen in jede Zelle ihres Körpers. Sie zuckte ständig zusammen, bekam keine Luft mehr und konnte kein Wort herausbringen. Das war nicht die sattsam bekannte, bis zum Überdruss benutzte metaphorische, das war schlechterdings eine im Wortsinn körperliche allirdische Einfühlung. Alleinfühlung. Doch auch das ging vorbei. Ich meine nicht die Einfühlung. Die Krankheit ging vorbei. Einfühlsamkeit besaß das Mädchen mehr als genug. In überhohem Maße. Bis ans Ende ihres Lebens.

Nach einer Woche nahm der freundliche chinesische Doktor ihr dünnes Handgelenk und erstarrte lächelnd. Dann sprach er freundlich: Xing mai! Xing bedeutet Glück, mai Puls. Ein wunderbarer Puls also. Der Puls war wirklich wunderbar. Und alles andere auch.

* * *

Direkt am Fenster sprangen, ihr fast in die Seite krachend, riesenhafte schwarze zylindrische schaukelnde Körper aus der Erde hervor. Das Mädchen prallte regelrecht zurück und schnappte nach Luft. Ungeheure finstere rostige Röhren rissen praktisch knatternd die nackte, gefrorene, mit spärlichem Pulverschnee bestreute Erde auseinander und krochen ans Licht, schüttelten sich und schauten sich um. Liefen dann schwer und lautlos mit, bizarr verschlungen, den Schienen folgend, die Eisenbahn begleitend. Stiegen dann plötzlich steil in die Höhe, direkt über dem Zug, streiften fast das Dach, liefen zur anderen Seite hinüber. Und all das stumm, rasant und drohend.

Endlos und dickfleischig, schienen sie mit ihren Flanken die Waggonwände entlangzureiben. Indessen wagten sie offenbar nicht, oder es war ihnen verwehrt, die dünne Trennwand zu durchbrechen, sich auf die Besiedler der Waggons zu stürzen und sie zu verschlingen, geradeso, als wären diese mit einem starken Schutzwort belegt. Doch der Wunsch danach war klar und deutlich zu erkennen. Die Luft um die Röhren herum wurde dick vor Raserei und schoss in der Ferne als brodelnde Flamme aus speziellen, vertikal aufragenden Metallpfählen.

»Na so was, die verbrennen Gas. Bald ist hier alles am Brennen«, bemerkte die Mitreisende mit einer gewissen, sogar düsteren Genugtuung, während sie zerstreut aus dem Fenster sah. Was alles? Wer alles? Stopp – wozu sich verstellen, die Sache ist doch klar. Natürlich meinen wir nicht das Mädchen, der tatsächlich alles neu war. »Uj, stockdunkel ist es!«

Und gleich darauf stürzte Schnee vom Himmel. Ein schauriger Schneesturm brach los. Ein Buran, der alle Fenster verklebte. Vereinzelte Flocken drangen auf geheimnisvolle Weise durch das fest abgedichtete blinde Doppelglas. Das Mädchen folgte aufmerksam ihrem manierierten Schweben. Sie glitten einsam durch die Luft und verschwanden. Lösten sich auf. Tauten. Einige auf ihrer ausgestreckten Hand. Setzten sich leise nieder und tauten.

✳ ✳ ✳

Am sowjetischen Konsulat, das sich in Tientsin eingefunden hatte, wurde eine russische Schule eröffnet. Und das Mädchen wechselte dorthin, verließ die alte, diffuse Emigrantenschule, die bald dahinsiechte und schließlich aufgrund völligen Ausbleibens des ohnehin knappen russischen Kinderkontingents vor Ort selber ihre Pforten schloss.

Alle ihre Freundinnen und Freunde – ebenjene Babys, Kokas, Missjas, Mussjas, Mollys, Tuttys, die mit ihren Eltern noch nicht abgereist waren in ferne Länder, in andere Breiten – gingen ebenfalls auf die nagelneue sowjetische. Die Ära der unausweichlichen Abreisen rückte erst näher.

Dort, in der neuen Schule, fing denn auch alles an. Trat ein. Trug sich zu.

Nach einiger Zeit reichte das Mädchen hinter dem Rücken ihrer Eltern einen Antrag auf Verleihung der sowjetischen Staatsbürgerschaft und auf Unterstützung bei der Übersiedlung in die UdSSR ein. Können Sie sich das vorstellen?!

Natürlich war sie nicht von selbst darauf gekommen. Die Schwestern Prokina, zwei Jahre älter als sie und hochgewachsene langbeinige Sportlerinnen, erfuhren von den Konsulatsmitarbeitern, dass Sportler in der Sowjetunion außerordentliche Vorteile genössen, und fassten den Entschluss, dorthin überzusiedeln, um berühmt und angesehen zu werden. Auch in Druckerzeugnissen, die aus dem Land der Sowjets hergelangten, wurden diese Aussichten unzweideutig bestätigt. Sogar eindeutig. Hier dagegen – was hätten die Schwestern schon groß zu erwarten? Doch, man konnte sie verstehen. Da sie nun einmal solche exzentrischen Träume von einer Sportlerkarriere und einem sorglosen Leben hegten, schritten sie zur Tat, bevor es zu spät war. Ihre alleinerziehende Mutter, die die Last der Verantwortung für diese zwei riesigen, schon lange nicht mehr kindlichen Wesen nur mit Mühe schleppen konnte, reagierte erleichtert auf das Vorhaben und beschloss, die Sorge um deren Erziehung und Fortkommen auf den sowjetischen Staat abzuwälzen. Die Schwestern verleiteten das Mädchen. Und dann noch einen leichtgläubigen Mitschüler, Tolja Swetschkin, einen Kinderheimzögling, der im Grunde ebenfalls nichts zu verlieren hatte. So wurde die Sache unter dem seltsamen geheimen Gewährenlassen oder besser noch Vorschubleisten des Konsulats abgewickelt.

Als die Eltern des Mädchens von der vollendeten Tatsache erfuhren, war das natürlich kein geringer Schock für sie. Sogar ein großer. Der Vater, der sie bis dato nicht mit dem kleinen Finger angerührt hatte, gab ihr eine schallende Ohrfeige. Heiliger Himmel! Gottvater! Und presste sie gleich darauf an sich und brach in Tränen aus.

»Du hast ja recht, du hast recht! Verzeih mir, verzeih mir! Wir reden nur und reden, und du allein hast dich entschieden. Du bist großartig, großartig!«, stammelte er, heruntergebeugt, gekrümmt und in sie vergraben. Das Mädchen spürte Feuchtigkeit auf den Wangen – von ihr, von ihrem Vater?

Und erst jetzt offenbarte sich ihr, wenn auch nicht in vollem Ausmaß, das ganze Grauen dessen, was sie angerichtet hatte. Sie sah sich als kleines, mikroskopisch entschwindendes Figürchen in einer einsaugenden Röhre verödeten grauen Raums. In weiter Ferne, wohin sie so eilends entschwand, war ein kleiner Lichtpunkt zu sehen, durch den sie selbst bei stetigem Weiterschrumpfen nicht würde schlüpfen können. An den Vater gepresst und über seine Schulter schauend, besah sie willenlos das Bild ihres unerbittlichen Entschwindens. Der Vater stand dabei.

Die Mutter nahm die Neuigkeit seltsam gelassen, ja äußerlich sogar gleichgültig auf. Womöglich zeigte sich da die westliche Denk- und Lebensart, die die patriarchale Großfamilie schon seit langem demontiert hatte und entsprechend den frühen Aufbruch der Kinder aus dem Elternhaus in die Selbstständigkeit als natürlich und unausweichlich betrachtete. Womöglich. Wobei nein, nein, Derartiges ging dann doch erst später in die Alltagspraxis städtischen Lebens ein. In den 50ern.

Und trotzdem.

Einen Monat später standen sie in Erwartung des Zuges Peking–Moskau mit vielen Bündeln und Koffern an einem Gleis des Pekinger Bahnhofs, wo sie nach einer halben Tagesreise mit dem Zug aus dem heimatlichen Tientsin eingetroffen waren. Ringsum drängten sich in kleinen Gruppen weitere Abschiednehmende. Bisweilen kam der rundgesichtige, muntere sowjetische Konsulatsrat zu der völlig verstörten Familie gelaufen, rief ein paar heitere Worte, beschwichtigte und versicherte, alles werde wunderbar. Füge sich aufs Beste. Denn man fahre ja nicht irgendwohin, sondern in die Sowjetunion! Und rannte gleich weiter zu den Prokina-Schwestern. Da musste ja auch niemand getröstet werden.

Aber hier – was gab es hier für einen Trost?! Was hatte das Mädchen dort schon Großartiges zu erwarten?

Indessen kann man einwenden, dass wir ja alle, das heißt viele von uns, Kindheit und Jugend und ein nahezu glückliches Leben in jenen fernen Breiten verlebt haben, in denen nun auch das Mädchen zu Hause sein würde. Ging alles. Wie gesagt – ist ja doch was aus einem geworden!

Damit trösteten sich auch die Eltern: Überall leben Menschen. Der Trost wirkte sogar fast.

Umso mehr, als ihnen in Bälde selbst bevorstand, eine weite Reise anzutreten.

Der Druck der neuen kommunistischen Machthaber wurde merklich und kontinuierlich stärker. Allenthalben zeigten sich Elemente eines neuen, völlig anderen Lebens. Die Tochter guter Bekannter von ihnen aus Südchina – eine wunderschöne Frau, nach dem klassischen altchinesischen Schönheitsideal ebenso wie nach europäischer Vorstellung – erzählte, verlegen, die herrlichen schrägstehenden Augen vor Schreck geweitet, dass sie im Institut einen ungewaschenen Apfel essen musste, ja ihn nicht einmal schälen durfte, um ihre schmähliche soziale Herkunft nicht preiszugeben. Furchtbar! Sich regelmäßig zu waschen war ebenfalls ein verdächtig unproletarisches Verhalten – ein Relikt bourgeoiser Vergangenheit.

Reicht Ihnen das noch nicht? Den Europäern reichte es völlig. Dazu kam der heftige Unwille der neuen chinesischen Machthaber, auf ihrem kommunistisch umgestalteten Territorium irgendwelche kolonialistisch-kapitalistischen feindlichen Rudimente zu dulden. Alles Ausländische, Westliche, Kapitalistische und Kolonisatorische strebte aus China fort.

Und so geschah es dann auch.

Übrigens ist mit alledem eine recht seltsame Erinnerung des Mädchens verbunden, in der erneut (wie bei der japanischen Okkupation) das von allen Seiten ertönende trockene Knacken von Schüssen vorkam. Sie genau zu lokalisieren war nicht möglich. Es schienen einfach ununterbrochen und allerorten irgendwelche trockenen Blasen im Innern der Luft zu platzen. Angst machte das nicht.

Es war die Siegreiche Achte Marscharmee des Genossen Mao Zedong – die balu jun –, die auf einem ihrer letzten Befreiungsfeldzüge die wenigen verbliebenen Bastionen der Kuomintang einnahm. Darunter auch Tientsin.

Einmal, als sie frühmorgens aus dem Fenster guckten, sahen das Mädchen und ihre Mutter direkt gegenüber vom Haus einen Soldaten in Khaki-Uniform liegen. Eine riesige Blutlache hatte sich unter ihm gebildet. Die Mutter stürzte, während Schüsse fielen, über die Straße, um ihn zu verbinden. Der Kuomintang-Soldat war noch ein richtiges Kind mit einem dunklen, weich von zarter Haut überzogenem Gesicht. Er grinste seltsam oder bleckte vielmehr die Zähne. Offenbar hatte er Schmerzen. Ihn ins Haus zu schleppen, hatte die Mutter nicht die Kraft. Sie schaffte es nur, ihn auf die Seite zu drehen und hastig zu verbinden. Und kaum war sie wieder zurück, erscholl eine fürchterliche Explosion. Der kleine Soldat hatte sich, weil er nicht in Gefangenschaft geraten wollte, mit einer Handgranate in die Luft gesprengt. Das prägte sich dem Mädchen ein.

Eingeprägt hatte sich auch der merkwürdige kleine dunkelhaarige Soldat, dieses Mal von der Mao-Zedong-Armee, der sie hinter einer Ecke hervor belauerte. Er war nicht größer als sie und winkte irgendwie, hm, tückisch grinsend die ganze Zeit mit dem Finger. Wenigstens kam es ihr so vor. Dem Mädchen war, als würde er ein paar russische Worte sagen, etwas wie: Mach schon, schnell! Sein Gesicht nahm manchmal merkwürdige kätzische Züge an. Selbst die Ohren, zugespitzt, reckten sich nach oben, und das glatte Gesicht überzog sich blitzschnell mit glänzendem Fell. Das Mädchen zuckte zusammen, erstarrte und riss den Blick nur mit Mühe von den flammenden, im hellen Tageslicht fast gleißend auflodernden Augen los. Und wieder verbarg er sich hinter der Hausecke. Aufgewühlt berichtete das Mädchen der Mutter davon. Die sah sie ernst und sogar streng an:

»Bist du wieder am Erfinden?«

Was konnte das Mädchen darauf erwidern?

Tatsächlich berichtete das Mädchen der Mutter nichts von der merkwürdigen wonnigen Starre beim Anblick jenes wundersamen Wesens. Von dem absurden, unerklärlichen Wunsch, ihm zu folgen, und der gleichzeitigen totalen Blockade, die sie daran hinderte, auch nur ein Glied zu rühren. Es war fast wie Bauchschmerzen. Das alles war merkwürdig, erschreckend und dabei bestrickend. Später, als sie erwachsen war, konnte das Mädchen (ein Mädchen war sie da natürlich nicht mehr) sich genau erklären, was damals mit ihr losgewesen war. Sie lächelte leicht, wenn sie an den Vorfall dachte.

In Bälde jedoch verschwand der geheimnisvolle Verführer. So dass auch nichts mehr dazu zu sagen war.

Alles war gut ausgegangen.

Überhaupt war nach der Überzeugung der Njanja, die hinter dem Rücken der Mutter des Mädchens einen Astrologen aufgesucht hatte, das Schicksal ihres kleinen Zöglings mit ra hua verbunden, dem neunten Diagramm. Das heißt, sie stand unter dem Schutz des Himmels.

Der Astrologe vollzog lange, bedächtig, sogar feierlich das Ritual bagua. Das heißt, er füllte ein Kupfergefäß mit dem Blut mehrerer Opfertiere und vermischte den Inhalt konzentriert und achtsam mit einem hölzernen und einem metallischen Stäbchen. Dann schüttete er ihn an die Wand. Nach den eigentümlichen, bizarr zerlaufenden braunen Flecken und Rinnsalen bestimmte er die Zukunft. Und nach den Stäbchen die Gewogenheit der Geister und die Balance von Holz, Wasser, Gold, Feuer und Erde. Alles sah günstig aus. Und deckte sich erstaunlicherweise mit den Prophezeiungen der Karten jener dicken russischen Dame. Wobei, was soll daran erstaunlich sein?

Dem Vater nahm man zunächst den kleinen Antiquitätenladen weg, den er neben der Firma besaß und der ihm eher zum Zeitvertreib diente, als dass er damit ernsthaft Geschäfte machte.

Der Vater war ja in der bai dang gewesen, der Weißen Armee. So wurden sie auch genannt – Baidanger. Logisch.

Als das Haus beschlagnahmt werden sollte, versuchte der Vater zu erklären, er sei Mitglied der neugegründeten Gesellschaft der Sowjetbürger, der er schnellstens beigetreten war, weil er fest auf die Wiedergeburt des alten Russland aus dem neuen, nach dem Großen Befreiungskrieg entstandenen hoffte. Doch man erklärte ihm sofort:

»Ni bu shi hong dang, ni shi bai dang!« Er sei nicht in der Roten, sondern in der Weißen Armee gewesen! Was und wie viel ist dagegen einzuwenden?!

Konfisziert wurde auch der gerade erst aus Amerika gelieferte riesige schwarze Cadillac, nach den Erinnerungen des Mädchens fast so groß wie ihr ganzes Haus. Sie schafften es nicht mehr, damit herumzukurven.

Dann wurden sie gänzlich aus dem trauten Familiennest herausgesetzt, das ihnen noch der englische Großvater vermacht hatte. Es hieß, alles sei unredlich mit dem Blut der chinesischen Arbeiterklasse erworben worden. Auch hiergegen ist nichts einzuwenden.

Jegliches Personal, jeder Service wurde abgeschafft. Jetzt erledigten die Mutter und die Schwestern die ganze Hausarbeit. Kein Problem, sie gewöhnten sich daran, kamen zurecht. Die Flexibilität und Anpassungsfähigkeit der menschlichen Natur ist einfach unfassbar! Na ja, das wurde schon vor langer Zeit und mehrfach festgestellt.

Das Mädchen dagegen erwies sich wegen ihres zarten Alters ein weiteres Mal als die Umsorgte und Bediente. Die älteste Schwester konnte ihr das bis ans Ende ihrer Tage nicht verzeihen und bezeichnete beziehungsweise beschimpfte sie als Mulja die Ausbeuterin. Womöglich drückte sich hier auch die natürliche Eifersucht des älteren Kindes aus, das in Bezug auf elterliche Fürsorge und Liebe notorisch zurückgesetzt wurde. Doch der Spitzname Ausbeuterin enthielt auch ein Quäntchen Wahrheit. Wie man so sagt – alle haben recht.

Sie wurden in einem großen Wohnblock untergebracht, weit weg von der Konzession. Dorthin wurde auch die gesamte chinesische Intelligenz des Ortes aus ihren zentral gelegenen Eigenheimen, Villen und Nobelwohnungen umgesiedelt, wobei man gleich noch ihre Wertsachen und Luxusgüter konfiszierte, da sie durch die unredliche und »blutige« Ausbeutung der Arbeiterklasse gewonnen worden waren.

Morgens erschollen aus einem schwarzen Lautsprecher die wüsten Töne unerträglich lauter Musik. Die Hausbesiedler strömten zur allchinesischen Morgengymnastik auf den Hof. Fehlen durfte man nicht, denn der Schwänzer konnte auf die schwarze Liste kommen. In dieses spezielle unheilvolle Konduitenverzeichnis wurden die Fehlenden vom Wachmann eingetragen, der mit seinen zahllosen Kindern in einer Elendsbude vorm Hauseingang wohnte. Die Bude wurde größtenteils von einem Chunom-Ofen eingenommen, der in der langen und kalten Regensaison die ganze flegelhafte Großfamilie wärmte. Das Mädchen hatte vor der Kindermeute etwas Angst.

Von ihrem Balkon aus konnte sie die einförmigen mechanischen Bewegungen der kleinen fragilen Figuren beobachten, die, alle einheitlich in Blau gekleidet, zur Musik die eingelernten Morgenübungen vollführten. Obwohl das Mädchen viele von ihnen persönlich kannte, war es unmöglich, sie von oben zu unterscheiden.

Wenn sie aus der Schule heimkehrte, sah sie, wie dieselben erstarrten Intelligenzler im Kreis auf dem Hof saßen und nach dem Kommando eines armeschwenkenden, grimmigen kleinen Männleins, das ausgedörrt war wie ein Heupferd, etwas riefen. Das Männlein trug den bekannten Lenin'schen Überrock, der mit der Zeit in Mao-Jacke umbenannt worden war.

Sie riefen:

»Nieder mit dem Imperialismus!«

»Nieder mit Konfuzius!«

»Nieder mit den Mönchen und der Religion!«

»Es lebe Mao zhuxi (der Vorsitzende Mao)!«

Das Mädchen hastete mit gesenktem Blick an ihnen vorbei.

Manchmal begegnete sie ihnen hinter der Umzäunung des Hauses, wo sie sich unter der Führung ebenjenes Männleins Kleinbürgerideologie und Ausbeutertum abgewöhnten und richtige, körperliche Arbeit erlernten, indem sie Gräben aushoben, Bäume rodeten, die Straße fegten. Sie wurden zur Blumenvernichtung abkommandiert und zur flächendeckenden Ausmerzung von Gras, diesem hartnäckigen bürgerlichen Relikt. Bisweilen versammelten sie sich wieder im Kreis, um von neuem die erwähnten Losungen zu rufen.

Das kleine Männlein, das manchmal lange von unerträglichem Husten geschüttelt wurde, stand abseits, nach einem seiner üblichen Anfälle bleich und von kaltem Schweiß bedeckt.

Unter ihnen wohnte eine reizende Familie von Südchinesen, Professor Chu, Musiker und Dozent am hiesigen Konservatorium, und seine reizende Frau, die, wenn sie an dem Mädchen vorbeiging, sie mit ihren großen, herrlichen Augen ansah. »Wie von einem Hirsch«, sagte das Mädchen zur Mutter. Ja, stimmte die Mutter zu. Im Bild des Hirsches birgt sich ja immer etwas Trauriges und sogar Tragisches.

Eines Tages erschien die Frau des Professors aus irgendeinem Grund nicht zur Pflichtgymnastik. Möglicherweise sogar wegen Krankheit, doch das wurde als Entschuldigungsgrund nicht akzeptiert. Ein paar Tage später entließ man ihren Mann aus dem Konservatorium. Er verlor jede Möglichkeit, seiner musikalischen Tätigkeit nachzugehen und entsprechend Geld zu verdienen. Die Familie zog weg. Es hieß, der Professor habe irgendwo in der tiefsten Provinz eine Stelle als Heizer gefunden. Selbst die sei in seiner Lage ein großes Glück.

Auch das prägte sich ein.

Und so bestieg die ganze dagebliebene Familie (also ohne das Mädchen) einige Zeit später ein Schiff und reiste nun ihrerseits in ferne Lande. In die Heimat der Eltern der Mutter, nach England. In das nicht sehr große alte Städtchen Chester. Obwohl der Vater kurz vor der Abreise aus irgendwelchen Gründen riesige Ländereien in Neuseeland oder Australien gekauft hatte, wobei ihm sein langjähriger Partner vor Ort geholfen hatte.

Der hatte seinem fernen chinesischen Kollegen zwecks besserer Informiertheit ein Buch über Melbourne geschickt. Die Luxusausgabe enthielt einige Fotografien von wuchtigen Gebäuden, geschmückt mit der britischen Flagge, widmete sich aber ansonsten vor allem den seltsamen Kängurus, als würden allein sie die riesigen Wüstenflächen des gigantischen Landes und seine auch nicht gerade kleinen Städte bevölkern. Ihre Bilder füllten die Seiten des Buches. Das Mädchen glaubte, es wären weiche Plüschhaustiere, mit denen man spielen und die man zum Einschlafen zu sich ins Bett nehmen könnte. Die würden dann ihre langen, hageren, leicht im Schlaf zitternden Hinterbeine unter der Decke ausstrecken und einem die kurzen weichen Vorderpfoten um den Hals schlingen, das harte Fellköpfchen ans Gesicht geschmiegt. Es war ein Traum des Mädchens, eines zu bekommen.

Der Vater kam dann allerdings nie nach Australien. Er hatte eine schwache Gesundheit und keine rechte Lust. Das gekaufte Land, dessen Wert mit der Zeit beträchtlich gestiegen war, erbte offenbar der jüngere Bruder des Mädchens, der in der Folge dorthin übersiedelte.

Das Mädchen besuchte ihre Eltern später in dem kleinen, von den Vorfahren geerbten, lange nicht renovierten, typisch englischen Haus in Chester. Vielmehr, sie besuchte die Mutter. Der Vater war noch nicht sehr alt gestorben. Sein Herz hatte versagt. Die Eltern früher zu besuchen, hatte es keine Möglichkeit gegeben. Nun, man kennt die Umstände und Vorschriften, die damals das Leben und Dasein der Sowjetbürger regelten. Und sie war ja zu der Zeit eine vollwertige Bürgerin der Sowjetunion.

Bis zu seinem Tod konnte sich der Vater nicht verzeihen, dass er sein geliebtes Töchterchen in das wilde, mittlerweile unbekannte Land hatte fahren lassen, das kaum mehr an seine frühere Heimat erinnerte. Seine Nachkriegsillusionen über die Wiedergeburt des alten Russland hatten sich in Luft aufgelöst. Natürlich konnte er die Lage nur aufgrund von Presseartikeln und den wenigen Briefen seiner Verwandten beurteilen, die er kein einziges Mal besuchte. Doch schien ihm, dass diese Informationen ausreichten. Und so war es ja auch.

Die neue Beziehung zur Mutter war unkompliziert, aber kühl. Die Schwestern waren nach Kanada ausgewandert. Als sich dem Mädchen sehr viel später in durchaus solidem Alter die Möglichkeit eröffnete, endgültig nach Großbritannien auszureisen, waren Mutter und Schwestern nicht mehr am Leben. Der Bruder war in seinem Australien verschüttgegangen. Sie war allein. Verkaufte das Elternhaus in Chester, zog nach London und nahm für immer Abschied von der Vergangenheit.

Ich bin in Chester gewesen, dem Wohnort ihrer Eltern seit der Rückkehr nach England. Logischerweise traf ich sie nicht mehr an. Ich wanderte an der alten Festungsmauer entlang, schaute melancholisch in Kirchen, betrachtete teilnahmslos nagelneue Touristenläden. Die Mischung von altehrwürdigem grauem Stein und bunter Modernität war nett, aber ermüdend.

Ich überquerte auf einer schmalen Brücke den Fluss und fand mich in einem anderen, nicht touristischen Stadtteil wieder. Nicht weit entfernt erhob sich an einer Straßenbiegung eine bescheidene anglikanische Kirche. Mir kam der Gedanke: Womöglich hatten die Eltern des Mädchens hier den Gottesdienst besucht. Ich vernahm gedämpfte, leicht schleppende Orgeltöne und trat ein.

Drinnen war alles verlassen, kühl und gedämpft. Ich beschloss, auf den Organisten zu warten. Vielleicht hatte er die Eltern des Mädchens gekannt. Einsam, unverheiratet, kinderlos, aber noch recht jugendlich wirkend, war er in jenen Jahren womöglich bei ihnen zu Besuch gewesen.

Sie saßen am Abendbrottisch im niedrigen Zimmer, quasi der guten Stube ihres kleinen Hauses, und diskutierten, logisch (was diskutieren alternde Eltern mit ihren Bekannten?!), die schwierige, nach der damaligen Hippiemode verzottelte und mit absonderlichen Trachten angetane Jugend. Die Mutter schüttelte tadelnd den Kopf. Sie, die Kleider aus den 40er Jahren auftrug (natürlich à la chinoise, wie es dem Herzen und der Erinnerung so lieb war), begriff das alles nicht. Der Vater beteiligte sich meistens nicht am Wortwechsel. Bisweilen ging es mit ihm durch, und er fing einen endlosen Monolog über das ferne und (jetzt auch schon für ihn) geheimnisvolle Russland an. Das Ganze war durchsetzt mit unerwartet eingekeilten chinesischen Details. Was im Übrigen ja auch verständlich ist.

Der Gast hörte schweigend zu und lächelte freundlich.

Schließlich erschien lächelnd der kleine, grauhaarige Organist. Nein, die Eltern des Mädchens kannte er nicht. Erinnerte sich nicht an sie. Seinerseits ohne besonderen Enthusiasmus, riet er mir, mich an andere Einwohner des Ortes zu wenden. Ich verstand. Beharrte auf nichts und unternahm keine weiteren Vorstöße. Beim Abschied empfahl er mir einen Spaziergang durch den hiesigen Park. Ich folgte der schmächtigen Gestalt des Organisten mit dem Blick bis zur Biegung und begab mich, seinem Rat folgend, in den Park. Er war wirklich schön. Erstaunlich verlassen und menschenleer für so einen Touristenort. Wieder sah ich vor mir, wie die Eltern des Mädchens hier stumm spazieren gingen, allmählich alternd, sich quasi auflösend. Alles war klar.

Am nächsten Tag fuhr ich nach London.

Und besuchte dort das kleine Sträßchen Abbey Road, das berühmt geworden war, weil ein Fotograf die vier Beatles dabei verewigt hatte, wie sie forsch im Gänsemarsch auf dem Zebrastreifen ebendiese Abbey Road überquerten. Die Fotografie ziert das Cover der gleichnamigen Platte. Na ja, das kennt und weiß die ganze Welt. Seitdem übertünchen Angestellte des Tonstudios regelmäßig die Mauer vor dem Gebäude, die Fans der damaligen wie heutigen Popstars, aus der ganzen bewohnten Welt zusammengeströmt, augenblicklich wieder mit Namenszügen und Schriftzeichen bedecken. Hört das irgendwann mal auf? Wohl kaum. Es wäre auch schade.

Vorher war das Sträßchen allenfalls wegen seiner geographischen Nähe zu einer ziemlichen Berühmtheit der Londoner Stadtlandschaft bekannt, dem Regent's Park, wo das Mädchen (wieder halte ich fest, dass sie zu dieser Zeit natürlich schon lange kein Mädchen mehr war) an Sonntagen spazieren ging, als sie vorübergehend in einem riesigen, düster wirkenden Backsteinhaus in besagter Abbey Road eine Einzimmerwohnung gemietet hatte.

Dann war mir auch beschieden, nach Brighton zu kommen, wo sie kurzzeitig gelebt hat. Ich spazierte über die herbstleere Uferstraße, betrat den mächtigen hölzernen Pier, ging bis zu seinem äußersten Ende, sah auf das ruhige grünliche Wasser. Wanderte zurück an Luxushotels vorbei, wo die unterschiedlichsten Parteien mit Vorliebe ihre Parteitage abhielten und eine von ihnen von völlig verzweifelten irischen Terroristen beinahe in die Luft gesprengt worden wäre. Ja, so etwas gab es.

Wie ich erfuhr, verstarb der nette Chester-Organist bald darauf ganz friedlich in seinem heimatlichen Chester. Friede und Ruhe seiner Asche!

Obwohl sie in nicht geringem Umfang, ja sogar zur Hälfte englische Wurzeln hatte, lebte sich das Mädchen nur schwer in England ein. Das ist auch verständlich. War doch ihr ganzes chinesisches Alltagsleben eher russisch orientiert gewesen, oder sagen wir besser, russisch-asiatisch. Nachdem sie einen bedeutenden Teil ihres Lebens in russischen Breiten verbracht und sich an den erheblichen Frost dort völlig gewöhnt hatte, war ihr – erstaunlich! – zu jener Zeit im milden englischen Klima kalt. Sie war Russin durch und durch.

Etwas Amüsantes am Rande: An einem ihrer ersten Tage in England ging sie in ein luxuriöses Café und stieß, nachdem sie ein ellenlanges Verzeichnis englischer Teesorten durchgesehen hatte, ganz am Ende der Getränkekarte auf eine knappes Kaffeeangebot. Ein Getränk hieß: Kaffee beduinisch. Das hat sie natürlich bestellt.

Bisweilen allerdings erschien ihr im Traum der Drache ihrer Kindheit. Er kam ungestüm aus ungeheurer Höhe herab, verdeckte mit seinem Körper sofort den ganzen Himmel. Und erstarrte direkt vor ihrem Gesicht. Im Traum war sie wieder das Mädchen von früher. Der Drache rührte sich nicht, als überlegte er, was weiter zu tun wäre. Ja, die Jahre, die sie weit weg vom Lande der Großdrachen verbracht hatte, hatten deren Entschlusskraft und Ungestüm geschmälert. Der Drache schwebte weiter vor ihrem Gesicht, schwer atmend, und zwinkerte sinnlos und selten mit seinen dicken fleischigen Lidern.

Bei einer ihrer Reisen nach Amsterdam, wo damals ihr Sohn lebte, besuchte sie in dessen Abwesenheit die Wohnung, die er mit seiner damaligen stattlichen und heiteren holländischen Freundin teilte. In der Prinsengracht, wo auch ich bei einer Stippvisite nach Holland in einem bescheidenen Hotel wohnte. Es war Sommer. Es war feucht. Ich schlenderte an den Kanälen entlang. Abends traf ich mich mit aufmerksamen Studenten der hiesigen Hochschulen und legte ihnen die Sonderbarkeiten und sogar die Rätselhaftigkeit des russländischen Kulturlebens dar. Und des Lebens schlechthin.

Ach ja, ich habe anscheinend vergessen zu erwähnen, dass das Mädchen in Moskau zwischendurch geheiratet hatte. Aber das hielt nicht lange.

Bald darauf verließ sie ihren Mann und siedelte, wie bereits erwähnt, nach England über. Bisweilen rief sie ihn an und informierte ihn über die Erfolge des ohne jedes Problem und jeden Anspruch vonseiten des Mannes mitgenommenen Sohnes. Von irgendeiner finanziellen Unterstützung war natürlich nicht die Rede. Was für eine Unterstützung konnte es von einem schlichten bohemienhaften Besiedler sowjetischer Kommunalwohnungen schon geben. Okay, damals wohnte man, versteht sich, nicht mehr in Kommunalwohnungen. Und außerdem brachen bald darauf die Zeiten großen Wandels an. Trotzdem konnte von keinerlei finanzieller Unterstützung die Rede sein. Sie erwartete das auch nicht.

Während der ganzen Trennungszeit liefen sie sich nur einmal in ebenjenem Amsterdam über den Weg, wohin er mit einer vagen Gruppe neuester russischer Avantgardekünstler zu einer ebenso vagen Veranstaltung gekommen war. Egal, damals war der Erfolg von Russischem, das das Sowjetische in seinem Innern überwunden hatte, auf der ganzen Welt garantiert.

Ich kannte ihn von Moskau her. Schlampig gekleidet, unrasiert, ewig mit Zigarette im Mund. Emotional spröde, machte er den Eindruck eines gefühllosen und sogar etwas groben Menschen. Das war auch so. Seine Gedanken jedoch arbeiteten präzise, wenngleich in engen Bahnen.

Womöglich hatte er seinerzeit einen gewissen Charme. Immerhin – Jugend, Moskau, Künstler, Sowjetmacht, Dissidenten, Underground, Avantgarde.

Alles klar.

Nicht schlecht erstaunt über das Amsterdamer Chaos ihres Sohnes, ging sie nach uralter russischer Gewohnheit auf der Stelle daran, auf dem fremden Territorium, in der Wohnung der erwähnten Freundin, energisch Ordnung zu schaffen. Den sanften, aber beharrlichen Einwänden der später aufgetauchten Holländerin begegnete sie mit der Rechtfertigung:

»Da sind lauter Spinnweben.«

»Aber es sind meine Spinnweben«, wandte die Holländerin zutreffend ein.

Ja, ja, es sind deine! Wer sagt denn was dagegen? Arme Holländerin!

Etwas Ähnliches mit russisch-sowjetischem Einschlag passierte auch mir während meines ersten New-York-Besuchs. Ich wohnte in Tribeca, das damals noch nicht im Trend lag und ziemlich billig und verwahrlost war. Irgendwo dort, in der Nachbarschaft des berühmten lärmenden Chinatown, hielt sich nicht lange vor mir für kurze Zeit auch das Mädchen auf. Während ihres Kurzbesuchs kam sie bei einer alten Freundin aus der gemeinsamen chinesischen Kindheit unter. Bei einer der erwähnten Jollys, Kissas oder Babys. Mit einem wiedererwachten, fast jugendlichen Enthusiasmus liefen sie die nahegelegenen chinesischen Geschäfte und Restaurants ab, ließen die Vergangenheit auferstehen und schnappten vor lauter Erinnerungen buchstäblich nach Luft. Aber das dauerte nicht lange.

Ich wiederum wohnte bei einem bekannten russländischen Journalisten, der für sämtliche der wenig zahlreichen russischen Zeitungen in New York arbeitete, und wurde in einem geräumigen Zimmer untergebracht.

Mein Gastgeber zog in die winzige Küche. Und alles hätte gut sein können, wären nicht der Ort meines Nachtlagers wie auch die Küche, das dauerhafte Wohngemach des Gastgebers, von einer irrsinnigen Menge Bücher, Zeitungen und Zeitschriften vollgestopft gewesen – er war bibliophil (wie nebenbei viele von uns Ex-Sowjetbürgern). Und die ganzen Druckerzeugnisse lagen einfach in Haufen auf dem Boden. Eine beträchtliche Anzahl der Bücherregale, die an jeder einzelnen Zimmerwand standen, war erstaunlicherweise leer und nur von einer dünnen Schicht New Yorker Staubs bedeckt, der sich im Übrigen vom Staub aller anderen Weltstädte in keiner Weise unterscheidet.

Zu meinem Bett gelangte ich auf einem schmalen Pfad, der zwischen den Hügeln dieser unabsehbaren Masse vielsprachiger Produkte gebahnt worden war.

Eines Morgens, daheimgeblieben und von Enthusiasmus mit einem Quäntchen Altruismus durchdrungen, wandte ich den ganzen Tag darauf, all die Bücher auf die Regale zu verteilen, wodurch diese zum ersten Mal seit langen Jahren einen angemessenen, sachgemäßen Anblick boten. Ich war ungemein zufrieden, befriedigt, ja sogar stolz auf die Früchte meines selbstlosen Tuns. Mein zurückgekehrter Gastgeber aber regte sich, meinen freudigen Erwartungen zuwider, maßlos auf.

Ich musste ausziehen.

* * *

Ein nicht sehr langer Zug fuhr ein. Man erklomm die Waggons. Besonders viele Fahrgäste gab es übrigens nicht.

Der Zug fuhr an.

In ihrem Abteil untergebracht, ans Fenster gepresst und das Gesicht fast plattgedrückt, starrte das Mädchen verzweifelt auf die langsam davongleitenden Gestalten von Eltern, Schwestern, Bruder. Der übrigen Bahnsteigbesiedler. Es gab keinen Weg zurück!

Genauso würde sie nach drei Wochen anstrengender Reise den sich nähernden staubigen Taschkenter Bahnsteig mit den Augen absuchen, bestrebt, in der Menge der Abholenden Tante Katja und Onkel Mitja auszugucken.

Aus dem Waggon gestiegen, stand das Mädchen da und blickte sich inmitten ihrer zahlreichen Gepäckstücke um, bis sie in der Ferne ihre betagte, magere Tante bemerkte, die ältere Schwester des Vaters, die nach ihrer unbekannten ausländischen Nichte Ausschau hielt. Insofern der Bahnsteig sich völlig geleert hatte, war kein Irrtum möglich.

* * *

Tante Katja war älter als der Vater des Mädchens. Nachdem sie an der berühmten Petersburger Kunstakademie auf und ab studiert hatte und dabei wie viele ihrer Kommilitonen unter den unwiderstehlichen Einfluss des fatalen Wrubel geraten war, fuhr sie zum Vater nach Taschkent, um das Geheimnisvolle und Exotische zu suchen. Und tatsächlich, sie fand es.

Mit solchen oder ähnlichen Zielen und Absichten begaben sich viele Vertreter der ruhmvollen vorrevolutionären Hauptstadtintelligenz in die Stadt. Tja, und danach begab sich, schon ohne jede Exotik, vielmehr mit Exotik, aber von völlig anderer Art und Beschaffenheit – grausam und unvorhersehbar –, eine beträchtliche Anzahl Russen aus allen Gegenden des hungernden und vernichteten Russlands hierher. Danach dann, logisch, die denkwürdige Evakuierung im Krieg. So dass hier eine nicht gerade kleine und nicht gerade unbedeutende Gesellschaft versammelt war. Auch Angehörige gab es also mehr als genug.

Klar, dass das Mädchen vielen von ihnen nicht mehr begegnen konnte. Dass sie nicht einmal etwas von ihrer Existenz ahnte. Dabei waren bemerkenswerte Menschen unter ihnen. Extrem bemerkenswerte. Zum Beispiel der Mann einer weiteren Schwester, der jüngeren aus der großen Familie des Vaters, ein Kommilitone von Tante Katja an der Akademie. Imponierend und ungebändigt durchstreifte er, nach Asien übergesiedelt, untersetzt, stämmig, die ewige Baskenmütze schief über der linken Schläfe, mit der Staffelei zu Fuß die ganze erreichbare Umgebung. Mit der Zeit wurde er geradewegs zu einer Legende und zum Klassiker der usbekischen und, allgemeiner, der ganzen mittelasiatischen bildenden Kunst. Einige seiner Werke tauchten sogar in Museen moderner Kunst im Westen auf. Wie, wusste er selbst nicht.

Er malte mit kräftigen glühenden Farben Sujets aus dem halbmystischen Dasein jener Regionen, später dann verflochten mit dem halbkommunistischen Enthusiasmus der 20er und 30er Jahre. Die berühmte Taschkenter Kunstschule trug seinen Namen. Natürlich wurde später alles nach anderen Leuten benannt, die der Sowjetmacht eher genehm und im Übrigen seine Schüler waren. Der Künstler selbst wurde überall rausgeworfen, von Plätzen und Posten und aus Vereinigungen, wohin er in den Vorjahren mit solchem Enthusiasmus berufen worden war. Er vergrub sich zu Hause. In irgendwelche unsäglichen bunten Decken und Überwürfe gehüllt, schwergewichtig, unbeweglich und majestätisch, einem Felsbrocken ähnlich, saß er im Sessel, stand monatelang nicht auf und malte, malte, malte.

Wenn man aus dem hellen Sonnenlicht ins Halbdunkel des niedrigen Hauses trat, fiel es manchmal schwer, ihn vom lilaschimmernden Dunkel um ihn herum zu unterscheiden. Dann traten allmählich die Umrisse hervor. Manchmal schien es, als überzöge er sich vor deinen Augen mit einer dicken faltigen Haut, sperrte langsam den Mund auf und schnappte nach der entgleitenden dünnen Luft der Gegenwart.

Einfach erstaunlich!

Seine Bilder gewannen die Düsternis und Konzentriertheit des späten Rembrandt, freilich mit einem für Letzteren nicht charakteristischen jähen Auflodern von sattem Dunkelblau, Purpurrot oder Bordeaux. Der Orient eben! Doch das ist nicht entscheidend. Er selbst hielt sich ernsthaft für die Inkarnation des großen Holländers. Vielleicht war er es auch.

Ich traf den Künstler erst in seinen letzten Jahren an. Als ich seine Söhne besuchte, meine Moskauer Kommilitonen, wohnte ich für kurze Zeit in ihrem kleinen Häuschen mitten in Taschkent in der Puschkinstraße, gleich neben dem berühmten Konservatorium.

Auf dem steinhart festgetrampelten Lehm des kleinen Hofes mit seinem winzigen Wirrwarr-Teich grillten wir fast alltäglich, vielmehr allabendlich auf dem Mangal Schaschlik. Der Rauch stieg empor und zog über die ganze Breite der Straße, wobei er der leichten und durchsichtigen Vordämmerluft einen zart bläulichen Schimmer verlieh. Vorübergehende schauten unwillkürlich über die niedrige Lehmmauer, schmunzelten und grüßten. Wir antworteten mit einem huldvollen Lächeln. Baten einige zu uns. Sie lehnten höflich ab. Der eine oder andere schaute indessen herein und setzte sich kurz.

Hin und wieder zeigte sich über der Lehmmauer ein kurioses Gesicht, fast bis auf die gelblichen Schädelknochen entblößt. Es brachte das Kunststück fertig, mit den praktisch inexistenten Lippen Grimassen zu ziehen und dabei ein paar lange gelbliche Hauzähne zu entblößen. Aus dem Mund hing ihm etwas Dickes und Bläuliches. Ich fuhr zusammen und sah mich nach den Brüdern um. Vertieft in ihre Grillerei und den dichten beißenden Rauch wegwedelnd, der ihnen in die Augen kam, hatten sie nichts bemerkt. Vielleicht aber doch. Gewöhnt an die hiesigen Merkwürdigkeiten und Erscheinungen des Unüblichen, ließen sie sich nicht die geringste Irritation anmerken. Der Schädel verschwand.

Mein erster Impuls bestand darin, meine Gastgeber

nach jenem rätselhaften Phänomen zu fragen. Doch als ich ihre völlige Gelassenheit sah, ließ ich es sein – wer weiß, was man sich nach der erstickenden, fast unerträglichen Mittagshitze so alles einbildet.

Übrigens hat das Mädchen einmal etwas Ähnliches erlebt, auch in Taschkent. Sie saß frühmorgens in dem lauschigen Garten des kleines Hauses in Tschilansar. Tante Katja war nicht da. Onkel Mitja hatte irgendwo ernsthafte soziale Angelegenheiten zu erledigen. Er war ein ernsthafter und sozialer Mensch.

Aus den Augenwinkeln sah das Mädchen, dass der Zaun ihres Gartens ein Stückchen gewachsen zu sein schien. Sie kniff die kurzsichtigen Augen zusammen, konnte aber nichts erkennen. Das Mädchen streckte die Hand nach der Brille aus, die neben ihr auf dem Karton irgendeines Haushaltsgeräts lag. Setzte sie auf und stellte fest, dass der Zaun in seiner ganzen Länge mit den hochgereckten Köpfen kleiner und erwachsener Besiedler des entlegenen Viertels der usbekischen Hauptstadt bestückt war. Das heißt, ihres trübseligen Wohnorts innerhalb Taschkents, Tschilansar. Sie hingen da, an die Zaunspitzen geklammert, und glotzten. Ja, sah man hier etwa oft, und noch dazu in jenen Zeiten, ein fast erwachsenes junges Mädchen in kurzem Hemdchen und Shorts?! Wieder: Der Orient eben.

Sobald das Mädchen, die Brille auf der Nase, in ihre Richtung blickte, verschwanden die Köpfe. So dass sie im Unklaren blieb – war das Wirklichkeit? Oder Einbildung?

Warmer, besänftigender Wind labte den von der Hitze des Tages verbrannten Körper. Entspannt streckten wir uns auf unsren Matten aus. Manchmal sah ich wieder zur Lehmmauer, konnte aber nichts Alarmierendes entdecken.

Hin und wieder stand einer der Brüder auf und ging ins dunkle, undurchdringliche Innere des Hauses, um seinem Vater ein Stück Fleisch zu bringen und Wein nachzugießen. Kam zurück. Ich sah ihn an. Er ließ sich stumm auf seiner geblümten Matte nieder.

Ein Zustand geradezu unirdischer Ruhe umfing uns, je dichter das Dunkel wurde, je mehr von den riesigen, dräuenden Sternen erschienen und je deutlicher in der Stille der verstummten Stadt das Gluckern der nahen Bewässerungsgräben zu hören war, die friedlich zu beiden Seiten der ganzen berühmten Puschkinstraße flossen.

Ein Jahr später war der Künstler nicht mehr am Leben. Die Spur der Brüder hat sich irgendwo verloren.

* * *

Fast sofort nach der Abfahrt des Zuges begriff das Mädchen, und zwar unweigerlich, in welche Welt sie geraten war. Sie und die anderen Kinder wurden zu zweit in verödete Abteile gesteckt. Die Schwestern kamen zusammen unter, das Mädchen erhielt den bleichen, scheuen Tolja Swetschkin zum Nachbarn. Armer, armer Tolja Swetschkin! Wo bist du jetzt? Er schwieg fast die ganze Fahrt lang.

Die übrigen Abteile waren bis auf den letzten Platz

belegt mit sowjetischen Spezialisten – Traktoristen, Baggerführer, Elektroschweißer, Bauarbeiter, Piloten, Offiziere, technische und ideologische Berater –, die nach ihrem Auslandseinsatz heimzu fuhren, reichlich mit Geld versehen, wenn man die damaligen sowjetischen Verhältnisse bedenkt. Die Gepäckablagen quollen über vor exotischen Waren aller Art, erworben während des kurzfristigen Aufenthalts im Lande der uralten Kultur und des neuerbauten Sozialismus.

Fast sofort nun, der Zug hatte kaum mit einem Ruckeln seine weite Reise angetreten, gingen alle daran, ingrimmig und irgendwie hingebungsvoll zu saufen. Und sich auf spezielle Weise zu vergnügen. In zartbleuer beziehungsweise -rosa Unterwäsche wurde durch die schmalen Waggonräume gewandert. Stieß man im Gang miteinander zusammen, schlug man sich scherzhaft mit den fleischigen Riesenfäusten ins Gesicht, wobei die unempfindlichen Köpfe gegen harte Gegenstände, Tür- und Kojenkanten knallten. Man kreischte fröhlich oder fluchte gewichtig.

Bisweilen wurde das Abteil des Mädchens gestürmt. Der Knabe Tolja duckte sich dann und erbleichte. Das Mädchen erstarrte. Draußen ertönte ein unmenschliches Gebrüll. Die Tür schlug unversehens auf, und in der kleinen Öffnung erschien etwas Riesiges, kolossal Behaartes, mit einem grausigen, weit aufgerissenen schwarzen Rachen. Das Mädchen rutschte zum kalten Fenster hin, doch von dort, von außen, drückte sich jemand Ähnliches an die Scheibe, die dicken Lippen und Backen seiner fleischigen Visage breitgequetscht. Das Ungetüm in der Tür versuchte mühsam, den verzottelten Kopf schüttelnd und die Krallen in die schwache Wandverkleidung geschlagen, reinzukommen, sich ins Abteil zu zwängen, doch etwas Unsichtbares hielt ihn zurück. Dann begann dieses sichtlich ebenso Kolossale und Grausige, ihn vom Rücken her zu zerfetzen und aufzufressen, verbiss sich in das schwache weiche Fleisch, umging von hinten die Wirbelsäule, zermalmte mühelos die schwachen Knochen von Rippen und Schlüsselbeinen. Das Ungetüm kippte nach hinten, gab einen unsäglichen, in alle Fernen und Himmel dringenden, fast kläglichen Schrei von sich und verschwand. Die Tür knallte zu.

Der wilde Besiedler des Außenraums vorm Fenster verschwand dann immer ebenfalls, aber laut- und spurlos.

Der Zug raste in einen Tunnel. Alles erlosch und füllte sich mit kolossalem unverbundenem Getöse, Geklirre, irgendwelchen furchterregenden, direkt ins Ohr brüllenden unverständlichen Stimmen.

Sie schossen aus dem Tunnel heraus.

Das Mädchen lauschte – im ganzen Waggon herrschte eine ungewöhnliche Stille, abgesehen von dem ständigen monotonen Rattern der Räder auf den endlosen Schienenstößen. Aber diese Geräuschroutine war wie Stille.

Das Mädchen guckte aus dem Fenster. Besser gesagt, sie versuchte, an die Scheibe gepresst, in dem unwiederbringlich enteilenden Außenraumeinerlei Anzeichen ihres früheren, direkt vor ihren Augen verschwindenden Lebens zu erspähen.

Der Knabe Tolja saß da, in die Ecke gedrückt, und sah reglos vor sich hin. Das Mädchen ließ ihn in Ruhe.

* * *

Das Erste, was ihr in den Sinn kam, war ihr lieber Esel, den sie nun seinem Schicksal überlassen hatte. Wobei gesagt werden muss, dass das schon viel früher passiert war, als sie aus der geräumigen Villa in den Wohnblock gezogen waren. Er war wohl, genau erinnerte sich das Mädchen nicht, seinem früheren Besitzer zurückgegeben worden. Doch in ihrer Erinnerung hatte sie den Esel gerade erst verloren. War er der elementare Verlust bei diesem Bruch mit dem früheren Dasein.

Als sie eines Morgens aus dem Schlafzimmerfenster guckte, sah sie ihn friedlich grasend am Gitterzaun, der den hinteren Garten abschloss. Das war ebenjener Esel, der, mit den riesigen Fellohren wedelnd, durch die schwülen Sommerstraßen des langgestreckten Tientsin ergeben hinter dem Obstausträger hergetrottet war. Der Austräger blieb stehen. Der Esel erstarrte neben ihm. Der bekannte Ausruf ertönte:

»Pafalaumen! Birinen! Bananen!« Und der Esel stand stumm dabei und schüttelte den Kopf.

Das Mädchen wusste nicht, wohin sie nachts gingen und wo sie schliefen. Vielleicht war das auch der Esel, den sie am langen goldenen Sandstrand von Beidaihe getroffen hatte? Für sie verschmolzen die beiden zu einem einzigen rührend-flauschigen Lebewesen.

Und nun stand der Esel in ihrem Garten.

Sie stürzte die Treppe hinunter. Auf halber Strecke hielt die Mutter sie auf. Das Mädchen hatte heute Geburtstag. Der Esel war das Hauptgeschenk. Man hatte den Besitzer überreden können, ihn gegen ein minimales Entgelt abzugeben. Er gesellte sich zu den übrigen Tieren im Haus – dem Hund, den Katzen und dem Kaninchen.

Katzen gab es einige, und jede für sich war der Liebling unterschiedlicher Hausbesiedler. Der Koch beherbergte und, zum Missfallen der Mutter, fütterte einen großköpfigen roten Kater. Die Mutter wies den Koch zurecht. Der lächelte:

»Ja, Ganädige«, und machte natürlich weiter.

Die Mutter winkte ab und ging auf ihr Zimmer.

Doch im Falle des Esels war sie strikt kompromisslos. In ihrer eigenen Kindheit hatte es ein trauriges Erlebnis mit einem Pony gegeben, das man so überfüttert hatte, dass es sich in Kürze in einen riesigen Melonenbauch auf dünnen einknickenden Beinchen verwandelte. Um einem unwiderruflich tragischen Schicksal zu entgehen, musste es auf die Farm zurückgeschickt werden, wo es in Bälde wieder wie ein Mensch aussah, vielmehr wie ein normales Tier. Es wurde besucht. Gestattete huldvoll das Streicheln und Striegeln seiner damals so wenig eifrigen Ex-Besitzer. Vielmehr der damals allzu eifrigen.

Also, der Esel lebte bei strikt kontrollierter Diät und unter strenger Aufsicht auf dem hinteren Hof. Ins Haus wurde er natürlich nicht gelassen. Allerdings strebte er auch nicht unbedingt dorthin. Es war das Reich der Hunde.

Der bereits erwähnte Sir Toby jagte urkomisch Fliegen, rutschte mit den Krallen übers glatte Parkett, schnappte stets daneben und schien schmerzhaft mit den scharfen Kanten der Gegenstände ringsum zu kollidieren. In Wirklichkeit merkte er gar nichts davon. Das Mädchen und der Bruder mischten sich ins Spiel, jagten aber natürlich nicht die ekligen und kaum sichtbaren Fliegen, sondern den Hund. Der schaltete um von den Insekten auf die Kinder, und alle kugelten koppheister unter Gekreisch und Gelächter über den Boden, bis die Mutter auftauchte. Ihr Eintritt unterbrach das Spiel. Bruder und Schwester gingen ihre Aufgaben machen, während der Hund, schuldbewusst mit dem Schwanz wedelnd, dastand und nicht wusste, wem er folgen sollte.

Eine Zeitlang hatten sie noch ein anderes Hündchen mit blitzblauen Augen – einen dicken kleinen Tolpatsch, der dieser Eigenschaften wegen Mischka genannt wurde, nach dem russischen Bären. Seine Augen waren von einem solchen Engelsblau, dass kein Zweifel bestand – er würde nicht alt werden. So kam es auch. Eines Morgens trat die Njanja ins Zimmer des gerade aufgewachten Mädchens und sprach leise:

»Ni de gou si le«, das Hündchen sei gestorben. Das Mädchen weinte lange.

Doch der Esel war natürlich das besondere und ausschließliche Eigentum des Mädchens, deren Pflicht, in Anbetracht des mütterlichen Fütterverbots, in seinem Baden und im Bürsten seiner kurzen Mähne bestand. Das erledigte sie täglich mit dem allergrößten Vergnügen und, man muss sagen, mit überraschendem Geschick. Sie war überhaupt recht geschickt.

Diese Obliegenheit brachte sie dazu, ein vorangegangenes Geheimprojekt aufzugeben und zu vergessen, das zudem mit einem beträchtlichen Risiko behaftet gewesen war. Es ging darum, dass sie und ihr Bruder hinter dem Rücken der Eltern bei Frühstück und Mittagessen ein bisschen Speise unterschlugen und vorsichtig zur versperrten Lagerkellertüre im Eck unter der Haupttreppe schlichen. Hier lebte im Dunkel und Düster einer mittelgroßen Mulde der hinterhältige, von niemandem außer den Kindern bemerkte Hausgeist. Er verlangte unaufhörlich Nahrung und ließ nicht zu, dass man das Geheimnis seiner Präsenz den Eltern offenbarte. Oder überhaupt jemand Unbefugtem. Anfangs wusste nur das Mädchen von ihm. Dann weihte sie den Bruder ein.

Ungefüttert war der Hausgeist fürchterlich! Fast unsichtbar, stürzte er unter schreckerregendem Gelärm ins Freie. Das Mädchen erklärte dem Bruder, dass sich in seiner Gestalt Elemente einer Fledermaus und eines Hasen mit langen Giraffenbeinen zusammenfänden.

Tja, bei dieser Kombination könnten wir, mit unserer kulturellen Erfahrung heutzutage, den Hausgeist als eines der Motive deuten, mit denen jener Aufrührer die schlichte Bürgerruhe seiner Zeitgenossen störte – Salvador Dalí.

Einmal hatte ich die Gelegenheit, das große Dalí-Museum im südlichsten Zipfel Floridas zu besuchen, in der Stadt Saint Petersburg. Ich schlenderte mutterseelenallein durch die menschenleeren Säle des Museums. Es war keine Touristensaison, trotz des warmen, bezaubernden Wetters. Die Luft war überall von einem zartsüßen Aprikosenduft erfüllt. Der den unerhörten mystischen Druck des hitzigen skurrilen Genies aus Spanien abmilderte. Ich jedenfalls verspürte kein Unbehagen.

Auch für das Mädchen hatte es sich wohl ergeben, diese heiße Stadt mit ihrem Ausnahmemuseum zu besuchen. Aber mit Sicherheit sagen kann ich das nicht. Und tue es auch nicht. Womöglich hätte der süße Aprikosenduft sie an ihre chinesische Kindheit erinnern können. Womöglich. Was nun Dalí selbst betrifft, so weiß ich nicht, ob er ihre Aufmerksamkeit nachhaltig fesselte. Wobei sie immer höchst empfänglich für jede Art von Kunst gewesen ist, darunter auch die bildende.

Im Falle des Hausgeists war alles viel ärger. Nur regelmäßiges Füttern konnte die Raserei des Übeltäters zeitweise zügeln. Fast einen Monat lang päppelten die Kinder unbemerkt den schrecklichen, hinterhältigen Unterbewohner. Sie wurden der Sache schon selber müde. Doch ein Ausweg schien nicht in Sicht.

Indessen entdeckten die Erwachsenen aufgrund des merkwürdigen Geruchs, der bald unter der Treppe aufstieg, die Folgen der Fütterung. Wer dahintersteckte, war unschwer zu erraten.

Und just da kam dann der Esel.

* * *

In Irkutsk wurden die Kinder aus dem Zug geholt und spornstreichs in die Entseuchungsanstalt geschickt. Ein aberwitziges Wort! Die stillen chinesischen Kinder dürften es kaum gekannt haben. Aber auch für zahlreiche hiesige Heutige wäre es völlig unverständlich und aberwitzig.

Alle wurden unverzüglich kahlgeschoren, um zu verhindern, dass sich von diesen unberechenbaren fremdländischen Köpfen herab in Windeseile furchtbare Feinde der Bewohner unseres damaligen großen Landes verbreiteten – Läuse.

Die Kriegsjahre waren noch gut in Erinnerung. Und dann – das waren immerhin Ausländer. Wer weiß da Bescheid? Wer weiß, was für schädliche unbekannte Dinge in fremden Landen so gezüchtet werden? Womöglich erinnern Sie sich nicht mehr, aber jedem Sowjetmenschen war seinerzeit in seinem Dasein der gemeingefährliche Coloradokäfer ein Begriff, der auf geheimen hinterhältigen Umwegen aus der amerikanischen Provinz zu uns vorgedrungen war. Auch ich war in allen Einzelheiten über ihn informiert, obwohl ich ihn nie lebend gesehen hatte.

Mit seinen riesigen furchtbaren Kiefern zermalmte er die kornreichen Halme der friedlichen russländischen Felder und kam dabei dem anthropologischen Element des sowjetischen Kolchoslebens zuzeiten ganz nahe. Atmete also schon laut und heißblütig neben den Betten unschuldiger sowjetischer Ackerbauern.

Riesige Heerscharen dieser Monster erhoben sich nachts über Feldern und Wiesen und hefteten ihre glühenden schwarzen Augen taxierend auf die Bauernhäuser in der Nähe, die vom friedlichen Abendlicht wertvoller Glühbirnen beleuchtet wurden.

Hier jedoch zeigte sich der unvergleichliche, wahrhaft unkindliche Charakter des Mädchens. So angespannt, dass die stets vor gesunder Jugendröte glühenden Wangen fast weiß wurden, mit zusammengebissenen Zähnen und bereit, dafür in den Tod zu gehen, verteidigte sie ihre unscheinbaren, heißgeliebten rötlichen Zöpfe. Wobei sie womöglich auch nur deshalb in Ruhe gelassen wurde, weil sie, anders als ihre Reisegefährten, die sogleich auf diverse Waisenhäuser und Heime verteilt wurden, als Einzige zu ihren Verwandten fuhr.

Zu Tante Katja mit den megadicken Brillengläsern, die ihre Augen so klitzeklein, so winzig machten und ihr das Aussehen einer uralten runzligen Schildkröte gaben. Zu Onkel Mitja, den das Mädchen noch nicht kannte, der aber seinerseits schon von ihr wusste. Ja, ja, die lieben, lieben Tante Katja und Onkel Mitja mit ihrem rührenden, wenngleich etwas dürftigen sowjetisch-usbekischen Dasein. Alles Notwendige für ein würdiges Leben hatten sie indessen. In Maßen. Mehr aber auch nicht. Und darunter war, was hier unbedingt erwähnt werden muss, die dem Mädchen ebenfalls noch unbekannte, doch bereits leibhaftig existierende, auf sie wartende, schon in einem Dreiliterglas auf dem Tisch stehende und mit ihrem verführerischen Aroma kompliziert formierte Bienen- und Wespenschwärme anlockende, von Tante Katja gekochte fabelhafte Aprikosenmarmelade.

Ja, die muss einfach erwähnt werden. Ich habe sie probiert. Habe in dem kleinen Gärtchen am Tisch gesessen und, den aufdringlichen Insektenschwarm verscheuchend, Aprikose für Aprikose in den Mund befördert, jede mit einer kleinen Nuss gefüllt, die Onkel Mitja von den fernen Ausläufern des Tschimgan mitgebracht hatte.

Wunder-, wunderbar!

Das Mädchen, die dergleichen noch nie gesehen hatte, wurde in die örtliche Banja geführt. Bis ins hohe Alter blieb das eine der abstrusesten und gleichzeitig grausigsten Erinnerungen ihres Lebens. Ringsum wimmelten, manifestierten sich, erschienen jäh, grotesken Gespenstern ähnlich, inmitten dichter Dampfschwaden und drückender Feuchtigkeit unglaublich voluminöse großbrüstige und großhintrige nackte Weiber. Stießen zusammen, schubsten sich, klebten mit der nassen, glitschigen, dicken Haut fast aneinander. Das Mädchen schrak zurück und geriet gleich wieder an andere weiche, nachgiebige Körper.

Durch die Nebelwolken zeichnete sich zwischen all dem Gewichtigen, Gerundeten und Vorgewölbten plötzlich etwas Kurioses ab. Unvermittelt kam etwas Bizarres zum Vorschein, irgendwelche langgezogenen Entenschnäbel, die sich, wie zarte vorgereckte Lippen, nach ihr ausstreckten. Schnäbel? Lippen? Was? Wie?

Und sie verschwanden neuerlich im allgemeinen Dunst.

Dann gab man dem Mädchen, anders als ihren armen Gefährten, die in eine bläulich-gräuliche Kluft gesteckt wurden, ihr altes buntes Kleid zurück und verfrachtete sie weiter.

* * *

Nachdem sie lange Jahre fast gänzlich von ihren Verwandten abgeschnitten gewesen war, bekam die Taschkenter Schwester plötzlich einen Brief von ihrem Bruder aus dem fernen China. Das war verblüffend. Die Zeiten hatten sich geändert.

Sie hatte nicht darauf gehofft, je wieder von ihm zu hören, aber hin und wieder sah sie ihn im Traum.

Überhaupt wurde sie ihr Leben lang von seltsamen Visionen gepeinigt. Es gibt da die Erinnerung, wie ihr vor langer Zeit, noch während des linden und leichten Petersburger Daseins, andauernd Entsetzlichkeiten und Katastrophen im Traum erschienen. Sie vertrieb die schlimmen Vorahnungen, indem sie sie darauf zurückführte, dass höhere Mächte sie schlicht an die allgemeine Vergänglichkeit und Zerbrechlichkeit der menschlichen Existenz erinnern wollten.

Morgens ging sie in die Kirche und stand lange schweigend und gesammelt vor der Ikone der Gottesmutter, bis von neuem Ruhe in ihr eingekehrt war.

Einmal träumte sie, sie säße in einem riesigen leeren Saal. Hinter ihr bauschte sich in einiger Entfernung alarmierend, von irgendetwas draußen aufgestört, eine leichte Mullgardine. Sie drehte sich um, und gleich war alles still. Zugluft, ging ihr durch den Kopf. Und plötzlich brandeten von allen Seiten, durch alle Türen und Fenster wilde Feuerströme heran. Von irgendeiner Höhe herab ertönte ihre eigene Stimme: »O Gott, mein Bruder!« Bei so etwas dachte sie eigentlich immer an ihren jüngeren

Bruder, denn der ältere war schon vor recht langer Zeit aus dem Haus gegangen. Mit dem jüngeren, der ihr vom Alter her viel näher war, hatte sie fast ihre ganze Spaß- und Quatschkindheit verlebt.

Am nächsten Tag brach der Krieg aus.

Bald darauf fuhr sie zu ihrem Vater nach Taschkent. Dort hörten die Träume auf. Fast. Der Bruder war in Petersburg geblieben. Und dann verschwand er. War, wie man damals naheliegenderweise annahm, für immer verschollen.

Viel später, und nur noch ein Mal, erschien er ihr erneut im Traum, wie er regungslos in einer endlosen gelblichen Wüste lag. Der Orient wahrscheinlich, mutmaßte sie. Aber nicht Usbekistan. Irgendwo weit weg. Ihrem reglosen Bruder näherte sich langsam etwas Riesenhaftes und Dunkles, das allmählich den ganzen Himmel verdeckte. Die Sterne waren restlos hinter dieser ungeheuer großen Wand verborgen, die mit hartem abstehendem Fell bewachsen war. Doch durch das finstere schwere Fleisch des herannahenden Wesens hindurch ließen sie sich spüren, erahnen. Man hörte ein Schnaufen. Und in weiter Ferne, in unfassbarer Höhe ertönte plötzlich eine leise ruhige Musik. Mozart, erriet Tante Katja und beruhigte sich.

* * *

Das Mädchen wurde, zusammen mit ihren vier Kisten, die, vollgestopft mit diversesten und fast unglaublichen chinesischen Dingen, im Güterwaggon mitgereist waren, in einen anderen Zug gesetzt, der sie nun direkt nach

Taschkent bringen sollte. An den langersehnten Bahnsteig, wo schon lange wartend Tante Katja stand, besorgt und nervös, und mit ihr der lächelnde, einem gealterten und ein bisschen verschlissenen chinesischen Mini-Gott ähnelnde Onkel Mitja.

Noch lange Zeit danach würde Tante Katja, zum Nutzen und nicht geringen Rückhalt für ihr dürftiges Dasein, an Bekannte und Kollegen die zusammen mit dem Mädchen in den erwähnten geräumigen Kisten eingetroffenen prächtigen chinesischen Gegenstände verkaufen, die jene im Grunde nicht brauchten, von deren exotischem Ausnahmecharakter und gewissem Anklang an gewisse paradiesische Gegenden sie aber unwiderstehlich angezogen wurden.

Als ich sehr viel später nach Taschkent gelangte, stieß ich auf ihre kläglichen Überreste in fremden dritten oder vierten Händen. Probierte eine lange schwarze Atlasjacke an, bestickt mit geheimnisvollen Landschaften und Drachen aus dunkelgrauem Seidengarn, die fast unsichtbar waren, jedoch seltsam aufleuchteten, wenn das Licht in einem bestimmten Winkel darauf fiel.

Die Drachen lösten sich gleichsam von der weichen schimmernden Oberfläche des Atlasstoffes und flogen beiseite. Die erste instinktive Geste wollte sie fangen, doch die Hand erwischte in der Luft nur die von ihnen hinterlassene Leere. Selbst hatten sie still und konzentriert erneut ihren Platz eingenommen, die furchterregenden Rachen weit aufgerissen. Bäume wiegten sich lautlos in alle Richtungen. Zartbeinige Vögel erstarrten über glänzenden grünlichen Gewässern.

Das Gewand gefiel mir ausnehmend gut. Die freundlichen Besitzer wollten es mir auf der Stelle ohne irgendeine finanzielle oder sonstige Kompensation überlassen, was ich, Sie müssen entschuldigen, nicht ablehnen konnte. Doch seltsam, buchstäblich nach einem Monat, und ich hatte sie nur zwei Mal getragen, nicht öfter, lösten sich alle Nähte der Jacke auf, und sie zerfiel buchstäblich zu Staub. So eine seltsame Geschichte ist das. Wobei, was soll daran seltsam sein?

* * *

Ihre Kameraden von diesem Rückkehr-Abenteuer hat das Mädchen nie wieder getroffen. Nie, dabei begegneten ihr später mehrfach Bekannte aus jenem fernen, quasi sogar fremden chinesischen Leben, das ihr nicht mehr gehörte. Meistens ging das über ein, zwei freundschaftliche Treffen nicht hinaus.

Auch mir war es nicht beschieden, sie zu treffen. Freilich irrlichterten wohl einmal die Namen der Sportlerinnen Prokina durch die Presse, im Zusammenhang mit irgendwelchen Rekorden auf kurze Distanz. Oder waren es die Schwestern Proklowa. Schwer zu sagen.

Ansonsten habe ich unter den zahlreichen russischen Heimkehrern eine nicht geringe Anzahl russisch-chinesischer gesehen. Traf sie an verschiedenen Orten der westlichen Welt. In London, Berlin, San Francisco. Nicht zu reden von Moskau, Petersburg und Taschkent. In der Regel wiederholten sie dieselben Geschichten aus einem ähnlich verlaufenen Leben, dieselben Namen zurückgelassener und verlorener Bekannter und Freunde – die Staschewskis, die Wiltschaks, die Blinows, Ignjatews, Ostanins. Doch die russische Emigration lebte ja hauptsächlich in Harbin. Das Mädchen dagegen kam aus Tientsin. Und die Tientsiner hatten ihren eigenen Stolz.

Eines Tages traf ich sogar direkte Zeugen jenes vergangenen Lebens des Mädchens und ihrer Eltern. Das waren ein Künstler und seine Frau, ebenfalls Künstlerin, die auf dem Territorium des vorrevolutionären China praktiziert hatten. Ihr, das heißt, vor allem sein europäischer Malstil mit den Hell-Dunkel-Effekten genoss bei der entstehenden chinesischen Bourgeoisie hohes Ansehen. Deshalb waren der Künstler und seine Frau (beide Absolventen der besagten Petersburger Kunstakademie) in dieser scheinbar so fremden Kultur sehr gefragt und bereisten fast ganz China. Sie hatten, das wollen wir festhalten, fast zur gleichen Zeit studiert wie der Taschkenter Künstler (der Vater meiner Freunde) und Tante Katja. Die »Chinesen« nun, wie sie, nach Taschkent zurückgekehrt, genannt wurden, hatten mit ihrer Manier die spezifisch-wiedererkennbaren künstlerischen Versuche und Resultate, in denen sich der Petersburger Akademismus mit asiatischer Exotik kreuzte, fast identisch wiederholt, natürlich entsprechend ihrem konkreten Lebensumfeld. Halten wir fest – die Ähnlichkeit war stupend! Eine zwingende Gesetzmäßigkeit in der Entwicklung von Stil und Manier bei Leuten, zwischen denen Tausende von Kilometern sowie die Unvorstellbarkeit der jeweils anderen konkreten Lebensumstände lagen. Aber das nur nebenbei.

Die Eltern des Mädchens wurden von ihnen mit den wärmsten Worten erwähnt. Wobei ich mir nicht sicher bin, dass sie sich wirklich an sie erinnerten. Vermutlich war es so dahingesagt – ihre Komplimente richteten sich generell an einen bestimmten, großartigen russischchinesischen Emigrantentyp. Auch des Mädchens konnten sie sich angeblich entsinnen, aber mit gewissen Vorbehalten wegen der riesigen Anzahl russischer Kinder, die ihnen während ihrer Wanderjahre begegnet waren, so dass sich fast mit Gewissheit konstatieren ließ – an das Mädchen konnten sie sich ganz klar nicht erinnern. Und überhaupt – was war schon von den alten, müden Leuten zu erwarten, die endlich ihre stiefmütterliche, jedoch langersehnte Heimat gefunden hatten. Ist halt so. War halt so.

Im Übrigen – wie immer eine ziemliche Wirrnis.

* * *

Die Mitreisende betrachtete das Mädchen nach wie vor mit einer Art, ja, Mitleid.

»Guck an, so ein kleines Ding haben sie fahren lassen«, und strich mit mageren, geäderten Händen das Tischtuch glatt. »Aber man sieht ja, du bist ein Schlauköpfchen. Liest Bücher. Verstehst schon alles.«

Und wirklich, das Mädchen verstand von Kindesbeinen an praktisch alles. Erriet gelassen und ohne merkliche Anstrengung die schlichten Winkelzüge der Erwachsenen. Verstand ihre Absichten und kam ihren Wünschen zuvor.

»Na, was hast du dir da wieder ausgedacht?«, pflegte die Mutter barsch zu fragen. Doch das Mädchen wusste, dass sie recht hatte.

Der Vater nahm sie in solchen Situationen auf den Arm, herzte sie und sagte:

»Du hast gelauscht, du hast gelauscht!«

»Nein, habe ich nicht. Ich weiß das einfach.«

»Aber ja, du weißt es! Ich habe nur Spaß gemacht.«

Die alte Frau sah freundlich drein. Das Mädchen schwieg. Sie fühlte sich unbehaglich.

»Vielleicht isst du ein bisschen? Schau, da sind Gürkchen, Tomaten, willst du? Oder ein Hackbällchen …« Das Mädchen dankte, lehnte jedoch ab. Die Alte sah aus dem Fenster: »So viel Schnee. Die reinste Plage. Wie soll ich denn allein das Heu für den Winter zusammenkriegen? In der Kolchose geben sie nichts. Da hab ich also meine Maschka abgestochen.«

Das Mädchen zuckte zusammen, sie verstand nicht, welche Maschka die Alte, die Mutter eines Mörders und Verbrechers, abgestochen hatte. Die sah das Mädchen nicht an, sondern schaute aus dem Fenster. Dort packte jemand Großes, mit seinem Körper jäh die Wipfel verdeckend, die Bäume und bog sie zur Seite. Als er sich dem Fenster näherte, rutschte das Mädchen ein Stückchen tiefer ins Abteil. Die Alte dagegen blieb regungslos sitzen, als schaute sie ihm in die Augen, ihm, der sie für ihr ganzes nicht sehr langes restliches Leben unbezwinglich und -ausweichlich in seinen Bann geschlagen hatte.

Das Mädchen richtete den Blick vom Fenster auf ihre Reisegefährtin.

* * *

In einen alten Strohhut machten sie zwei Löcher, steckten die Fellohren durch und hissten ihn auf dem Kopf des widerstandslosen Esels. Nun glich er ganz erstaunlich Muchtarytsch. Als einer der Erwachsenen darauf hinwies, brach das Mädchen in Gelächter aus und hielt sich gleich darauf die Hand vor den Mund – wie peinlich. Wenn Muchtarytsch das hörte. Doch der war kein bisschen gekränkt, er grinste und machte selber eine Bemerkung über die Ähnlichkeit. Ging zum Esel, bückte sich, sein Gesicht neben dessen Kopf, drückte sich an ihn und hielt still, wie für eine Fotografie. Alle lachten. Auch Muchtarytsch.

Das Mädchen wartete ab, bis alle ein Stück weit weg waren, bohrte ihre Nase in die weiche Wange des Esels und zitterte leise vor nicht enden wollendem Gelächter. Dann umarmte sie ihn und erstarrte für lange Zeit. Die Eltern weideten sich an der rührenden Szene.

Der Esel bekam den Namen Tomik.

Ja.

Ich dagegen spielte meine ganze Kindheit hindurch mit einem einzigen Spielzeug. Ja, mit einem einzigen. Einem kleinen hölzernen Automobil, das mein lieber und tüchtiger Onkel Michail, während des Krieges tapferer Major der Artillerie, im Alltag jedoch aus irgendwelchen Gründen auf nahezu russisch-chinesische Emigrantenart Mussja genannt, aus zufällig vorhandenem Holzmaterial zusammengezimmert hatte.

Im Zuge meines Heranwachsens verfiel das Automobil dem Altern, verlor seine Räder und modifizierte sein Aussehen derart, dass man es unmöglich noch mit etwas Sinnhaftem identifizieren konnte.

Mein Enkel, dessen Zimmer mit einer unerhörten Menge aller nur denkbaren Stoff-, Gummi- und sonstigen Spielmittel angefüllt ist, nimmt meine Erzählung entgeistert auf:

»Nur ein Auto?«

»Ja, nur eins.«

»Wo ist es? Zeig es mir.«

Wie soll man es zeigen? Wer weiß, wo es jetzt ist? Wahrscheinlich dort, wo mein lieber Onkel Mussja ist. Da bleibt nur noch, Daniil Andrejews mystischer Intuition zu vertrauen und seiner feierlichen Versicherung Glauben zu schenken, dass uns in einer der zahlreichen jenseitigen Welten ein Treffen mit unseren liebsten Buchhelden und Spielsachen vergönnt sein wird. Die unzerstört, an keinem ihrer Teile beschädigt, in ihrer vorgesehenen idealen Reinheit in jene Welt eingegangen sind. Niedliche Zeugen unserer Kinderfreuden und -kümmernisse, die wir mit unerhörter Liebe und Zärtlichkeit geradezu vermenschlicht und so mit einem Leben nach dem Tod und einem ewigen Dasein belohnt haben, das fast dem unseren gleicht.

Das Mädchen dagegen hatte megaviele Spielsachen. Besondere Erwähnung verdient wohl eine Metalllok mit fünf Waggons, die genau wie echte aussahen und auf zahlreichen Schienen mit Äthylalkohol von einem Zimmer ins andere fuhren. Der Spiritus brannte still und gespenstisch, das Wasser im Tender kochte und brodelte, die Pleuelstangen schwangen auf und ab, die Räder drehten sich – alles wie in echt!

Meistens lebte der Esel ruhig in ihrem Garten, in der hintersten Ecke, und wurde hinter dem Rücken der Mutter trotz des Verbots von allen gefüttert, die vorbeikamen – ob das Diener waren, Kinder oder Erwachsene. Er lebte nur zu seinem Vergnügen, vor allem im Vergleich mit seiner jüngsten werktätigen Vergangenheit. Obwohl schwer zu sagen ist, mit welchen Worten oder auf welche Weise er all das begriff und bewertete.

Manchmal ritt das Mädchen auf ihm. Besonders während ihrer weiten Ausflüge in das nahegelegene Gebirge Ten She zu dem dort befindlichen Kloster der Ausfliegenden Katzen.

Vorher war das einzige eigene Transportmittel des Mädchens das Fahrrad gewesen. Das Mädchen kurvte schneidig durch den ganzen Garten, schoss auf die Straße und sauste zu den Hügeln. Eines Tages, als sie einen davon mit irrem Tempo herunterraste, krachte sie gegen einen rätselhafterweise mitten auf ihrem Weg aufgetauchten Baum. Mit dem lädierten Fahrzeug und einer Riesenbeule auf der Stirn zuckelte sie nach Hause. Weinte aber nicht. Voller Anspannung, die Zähne zusammengebissen, dass sie knirschten, ertrug sie den Schmerz. Am nächsten Morgen war die Beule nach unten gerutscht. Und einen Tag später war ihr ganzes Gesicht zu einem riesigen graublauen Fladen zerflossen. Das Mädchen sah in den Spiegel, doch durch die engen Schlitze, die von ihren Augen übrig waren, unterschied sie nur mit Mühe etwas Rätselhaftes und Fürchterliches.

Sie musste gleich an jene Unglücklichen denken, von denen sie nicht wenig gehört hatte. Ein übermütiger Geist zog, wenn er in arme Kinder gefahren war, deren Gesichter zu einem riesigen fleischigen Rüssel auseinander. Am Boden zerstört, wälzten sie sich auf der Erde, zerkratzten sich die entstellten Gesichter bis aufs Blut. Schrien, schnellten hoch und rasten zu ihrem Zuhause. Schlugen an die Tür, doch Familie und Verwandte erkannten sie nicht und knallten eilig die Läden zu, direkt vor ihrer Nase, vielmehr, ihren Rüsseln, die dabei schlimm eingeklemmt wurden. Vor Schmerz und Grauen ergossen sich die Tränen in Strömen aus den Augen, liefen den langen Rüssel entlang und fielen zu Boden, vermischt mit einigen spärlichen, sie färbenden Tropfen Bluts. Doch die Herzen der verschreckten Besiedler der baufälligen Häuschen wurden dadurch in keiner Weise erweicht.

Das Mädchen, dick eingeschmiert mit irgendwelchen stark riechenden chinesischen Heilmixturen, ging nicht mehr aus dem Haus. Allmählich verwandelte sich das Graublau in sattes Lila, dann in unzählige Schattierungen von Weinrot. Schließlich, als alle Regenbogenfarben durch waren, in Grün, bis das Gesicht nach einem Monat seine ursprüngliche Erscheinung und Größe zurückgewann.

Übrigens stieß ihr etwas Ähnliches später in Taschkent zu, in Tschilansar, freilich mit weniger schwerwiegenden Folgen.

Es muss erwähnt werden, dass Missgeschicke mit Fahrrädern sehr viel früher ihren Anfang genommen hatten.

Ihre Stadt war überhaupt eine Stadt des Radlertums, der Radnutzung und der Radästhetik. Das Mädchen erwachte vom Klang der Fahrradklingeln. Unter den letzten verhallenden Geräuschen heimkehrender Radler schlief sie auch ein.

Einmal, noch im zarten Kindesalter, fuhr sie in einem Flechtkorb mit, der über dem Hinterrad des väterlichen Fahrrads befestigt war. Leicht und fröhlich sausten sie zum Country Club, von dem der Vater Mitinhaber war. Dort, auf den erwähnten Golfplätzen und in Bars, Restaurants und Billardhallen, amüsierten sich, in luxuriöse Sportanzüge gewandet, die freien zufriedenen Besiedler der europäischen Teile der chinesischen Stadt sowie einige wenige Zugelassene aus der Eingeborenen-Elite. Machten Ausritte. Für die Unterhaltung der Kinder gab es spezielle langohrige scheel blickende Esel und relativ große Mulis, geschmückt mit farbigem Zaumzeug und geführt von chinesischen Boys.

Eines strahlenden kühlen Morgens also fuhr der Vater mit dem Rad. Das Mädchen, das kleine Körperchen in dem nicht viel größeren Korb untergebracht, der, einem Kaninchenkäfig ähnlich, gleich hinter dem Sattel des Vaters befestigt war, schaute sich, den Kopf herausgestreckt, nach allen Seiten um. In einer scharfen Kurve kippte, glitt sie einfach aus ihrem Unterschlupf und kollerte über einen weichen grasigen Abhang direkt bis zum Fluss. Die ganze Welt kreiselte und wirbelte vor ihren Augen.

Ausgekollert, fand sie sich auf weichem gelbem Flusssand sitzend wieder. Sie weinte nicht, ließ nur verwundert den Blick schweifen. Einem riesigen homogenen Teppichgewoge ähnlich, stoben Myriaden kleiner Krabben, die sich in der Sonne gewärmt hatten, auseinander. Als, wie vom Himmel gefallen, plötzlich dieses Riesenwesen aufgetaucht war, stürzten sie in ihre winzigen absurden Löcher-Häuschen. Und das Gewimmel hörte schlagartig auf.

Das Mädchen schaute sich nach allen Seiten um.

Der Vater, der ihres geringen Gewichts wegen das Verschwinden zuerst gar nicht bemerkt hatte, kehrte zu Tode erschrocken um, rannte den gräsernen Hang hinunter und sah seine kleine Tochter gelassen, gesammelt und restlos zufrieden auf dem Boden sitzen.

Nach diesem Vorfall fuhr sie, fest an die Gitterwände des Körbchens geklammert, wie früher auf dem Rad des Vaters mit, wenn man in den Klub oder ins Kino wollte. Der aber sah sich jetzt natürlich alle Augenblicke besorgt um.

Bisweilen begab man sich auf dieselbe Art und Weise in ein nicht sehr weit entferntes chinesisches Luxusrestaurant, wo bis zu 38 Gänge serviert wurden. Die Suppe kam, anders als in der europäischen Abfolge, ganz am Ende. Dann folgten zahllose weitere Gänge.

Das Mädchen wurde müde und schlief auf dem kleinen Sofa in der Ecke des separaten Zimmers ein.

Die wenigen derartigen Räume trugen poetische Namen, auf goldene Schildchen an der Tür gezeichnet – »Sonnenaufgang im Zitronengarten«, »Berg, bedeckt von blauschimmerndem Schnee«, »Strom, der das Herbstlaub fortträgt«. Ähnlich waren die Namen der Speisen. Huhn hieß Paradiesvogel, Fisch Wasserdrache.

Die nicht gerade zahlreichen europäischen Restaurants waren weniger erpicht auf Exotik und pflegten stattdessen einen strengen, sogar etwas steifen Stil. Na ja, außer einigen italienischen.

Einmal wurde dem Mädchen eine Speise mit dem höchst verblüffenden Namen »Festlichkeit im Wind« gebracht. Doch die Bezeichnung wunderte sie weniger als das Bezeichnete. Die ganze geräumige Oberfläche des riesigen Tellers war mit breiten Salatblättern ausgelegt, aus denen zahlreiche unterschiedlich lange Gliedmaßen, dünne Fühler und kleine Perlmutt-Knopfaugen hervorguckten. Das machte etwas Angst.

Das Mädchen schrak zurück.

»Garnelen«, die Mutter legte ihr die Hand auf die Schulter. »Man kann sie essen.«

Sie brach einer von ihnen gewandt den Kopf ab und streifte den Panzer von dem gegliederten Körper. Unter der Hand der Mutter regten sich die Geschöpfe und schienen in verschiedene Richtungen des Tellers zu streben. Eines kullerte aufs Tischtuch direkt vor das Mädchen und starrte sie mit leblosem Blick hartnäckig an. Das Mädchen rückte ab. Die Mutter warf ihr einen Blick zu und entnahm dem präparierten Wesen ein rosaschimmerndes Röllchen verborgenen Fleisches.

Das Mädchen aß nichts.

* * *

In Taschkent verlor das Mädchen endgültig die Lust an Fahrradausflügen und machte stattdessen lange Wanderungen. Mit Onkel Mitja ging sie auf ihr bis dato unbekannte stundenlange Angeltouren. Das gefiel ihr. Sie saßen manchmal bis zum Abend da, starrten in das durchsichtige, schnellfließende, nicht sehr tiefe Wasser. Ihr fielen die riesenhaften schweigsamen Kaiserkarpfen ein. So etwas kam einem hier nicht unter. Bloß Kroppzeug, kleine Fische.

Einmal zeigte Onkel Mitja dem Mädchen die Stelle, wo er, als er Wasser für Fischsuppe schöpfte, auf einen Wolf gestoßen war. Er hatte den Kopf gehoben, und sein Blick war direkt auf das riesige wachsame Tier gefallen, das am anderen Ufer des nicht sehr breiten schnellen Stromes stand. Wölfe gab es hier nicht, und dieser war offenbar von weit her gekommen und offenbar zu einem bestimmten Zweck. Nun betrachtete er unverwandt und konzentriert Onkel Mitja. Der Onkel wusste, dass man auf keinen Fall seine Angst zeigen, den Blick abwenden, sich umdrehen und weglaufen durfte. Ganz langsam, ohne sich aufzurichten, in halbgebückter Haltung wich

Onkel Mitja zurück. Der Wolf beobachtete ihn wachsam, ohne Anstalten zu machen, ihm zu folgen. Doch er ging auch nicht weg.

Das Ganze hat, wie wir sehen, ein glückliches Ende genommen.

Gemeinsam besuchten sie im Frühling die Wüste, die zu einem endlosen Teppich bunter Blumen erblüht war. Onkel Mitja, in ausgebeulten grauen Hosen, ausgebesserten Schuhen, einem Hemd mit ungleich aufgerollten Ärmeln – der rechte, der Arbeitsärmel war höher aufgekrempelt –, die Tjubetejka auf dem Kopf, baute geschäftig die Staffelei auf und begann, die Schönheit ringsum auf die Leinwand zu übertragen. Er malte ausschließlich realistisch. Seinem entfernten Verwandten, dem erwähnten degradierten Klassiker der usbekischen bildenden Kunst, war er wegen dessen deutlicher Tendenz zum Formalismus nicht gerade gewogen. Er bekundete sein Missfallen und beteiligte sich anscheinend sogar irgendwie an der Scherbengericht-Kampagne gegen ihn. Seine strengen Ansichten über Kunst impfte Onkel Mitja auch dem Mädchen ein, das sich mit seiner Staffelei neben ihn gehockt hatte. Sie machte ihre Sache gar nicht schlecht.

Onkel Mitja war Mitglied der örtlichen Künstlervereinigung, und zwar ein hochgeehrtes. So fuhr er zum Beispiel, erfüllt vom Bewusstsein der eigenen Bedeutung und Verantwortung, auf Inspektionsreisen die Kreisverbände ab. Zu diesem Zweck besuchte er unter anderem Fergana.

Auch ich kam übrigens dahin, zu ebendiesem Künstlervereinigungsverband. Aufgrund meiner Hauptstädtischkeit (nicht nur Taschkent, sondern Moskau!) wurde ich auf die Sitzung des Kunstrates eingeladen, freilich ohne Stimmrecht. Als Beobachter.

Herein trat ein vom Leben gebeutelter, mit dem ewigen Ferganer Staub und seinen eigenen Schuppen bestreuter äußerst malerischer Maler. Trug in die, sagen wir, Kommission ein farbiges Porträt des großen Karl Marx von gehörigen Ausmaßen, abgemalt allerdings von einer winzigen, nahezu unkenntlichen, verschwommenen Schwarz-Weiß-Fotografie aus der Regionalzeitung. Alle starrten auf das Foto, konnten jedoch nicht das Geringste erkennen. Betrachteten das Gemälde – es stellte sie zufrieden. Was nun die Augen des Führers des Weltproletariats betrifft, die das dem Kreativgericht präsentierte Kunstwerk aufwies, so loderten sie in unauslöschlichem, gleißendem Sattblau, ähnlich einem Paar unirdischer Gralsschalen.

»Und warum hat er blaue Augen?«, fragte ich dezent nach, indem ich mich meines Rederechts bediente.

»Was denn sonst!«, versetzte der Schöpfer. »Er ist doch Arier!«

Ich widersprach nicht.

Auch niemand sonst widersprach.

Doch viel öfter wanderten Onkel und Nichte mit ihren Staffeleien durch das damals noch fast menschenleere Tschimgan-Gebirge. Wanderten lange und ausdauernd. Ausdauer besaßen beide mehr als genug. Müde, aber zufrieden kamen sie erst am Abend heim. Tante Katja brummte:

»Schon wieder …«, und machte sich geschäftig daran, etwas Schlichtes aufzutischen. In ihrem ziemlich alten und baufälligen Heim hingen an den Wänden und standen in den Ecken massenhaft Rahmen, Keilrahmen und Pappen mit der völlig eingängigen Malerei aller drei Hausbesiedler.

Stellen Sie sich vor, auch ich war zwar nicht dort, bei ihnen, aber in einem sehr ähnlichen behaglichen südlichen Häuschen. Sah mir flüchtig die Bilder an. Saß in dem winzigen Garten unter lastend herabhängenden, fast den Kopf berührenden schweren Weintrauben. Daneben leuchteten rot Granatäpfel, die zum Ende des Sommers maximal Saft und Farbe angesammelt hatten. Ich schloss die Augen und saß lange regungslos, während ich Gedichtzeilen von vortrefflichen orientalischen Klassikern in brillanter russischer Übersetzung memorierte.

Ich kam auch in den Tschimgan, erklomm seine ziemlich steilen Pfade und stieg zu den kühlen Flüssen hinab, wo die mich umsorgenden Freunde absolut umwerfende Picknicks mit Schaschlik und den entsprechenden Getränken veranstalteten.

Eines Tages, nachdem ich mich von allen verabschiedet und alle Warnungen in den Wind geschlagen hatte, trat ich, meiner Gewohnheit und meinem Leichtsinn gemäß, zu Fuß einen mehrstündigen Rückweg an. Das war umso einfacher, als er abwärts führte, auf einem wenig anspruchsvollen Pfad den Berg hinunter. Leicht gekleidet, bei einer kühlen Brise, aber strahlendem Sonnenschein stieg ich ohne Eile ab ins Tal zur dort unten sichtbaren nächstgelegenen Siedlung. Während des ganzen Rückwegs beobachtete ich kleine Menschen und Hunde, die planlos durch die staubigen, fast leeren Straßen des Örtchens streiften.

Etwas außerhalb war das schlichte Gebäude des Busbahnhofs zu sehen, von wo aus ich nach Taschkent aufbrechen wollte. Das geschah auch, doch daneben gab es noch den ganz und gar katastrophalen Sonnenbrand, der mir die Körperseite versengt hatte, die, gerade so mit leichter Sommerkleidung bedeckt, während der zwei Stunden Abstieg permanent der gleißenden Sonne ausgesetzt gewesen war.

Die nächsten Tage wälzte ich mich im Fieber. Riesige Blasen bedeckten die verbrannte Haut, die ich ununterbrochen mit schlechtriechenden Salben und Hausmitteln aus der Region einschmierte. Es waren furchtbare Qualen. Doch letzten Endes half das Zeug. Es half. So sieht er aus, der Preis für Leichtsinn und das Unterschätzen örtlicher Gegebenheiten.

Na ja, das sind alte Erinnerungen.

Stopp – wovon spreche ich gerade? Ach ja, von meinen Leiden, die niemand zur Kenntnis genommen hat und die auch kaum interessant sind. Keine Ahnung, warum ich überhaupt davon angefangen habe.

Bisweilen, wenn sie von den gleichförmigen Gesprächen mit ihrer alten Mitreisenden ermüdet war, trat das Mädchen auf den Gang. Stand am Fenster, betrachtete noch die kleinsten Einzelheiten ihrer neuen Heimat. Hinten im Gang rauchten Männer in schlabbrigen und verwaschenen Trainingsanzügen, während sie laut plauderten. Es roch entsetzlich nach Tabak und etwas Säuerlichem. Von der Toilette zog ein Gestank nach Urin und Chlor herüber. Er biss geradezu in den Augen.

Eine Gruppe von Leuten in der gleichen dunklen Kleidung zog als ungeordnete Kolonne, indem sie sich durch die Stehenden, die sich ans Fenster pressten und schier daran kleben blieben, hindurchzwängte, in unbekannte Richtung. Stopp, wieso denn unbekannt? Sie ist durchaus bekannt – die Leute zogen ins Restaurant. Danach, befriedigt und nach akzeptabler Kost riechend, liefen sie, genauso stumm und ohne Notiz von jemandem zu nehmen, in die entgegengesetzte Richtung. Alle, die sie durchließen, blieben abermals fast an den dünnen Zwischenwänden des Waggons kleben.

Es wurde Abend. Das Licht ging an. Im selben Moment geriet alles Geschehen draußen mit dem Innenleben des Waggons durcheinander. Es kostete bestimmte optische Mühen, um die eine Schicht der Darstellung von der anderen zu trennen. Mal raste der goldene Kopf des Mädchens vor dem Hintergrund einer Ortschaft vorbei und verdeckte die dunkelnden Häuschen mit ihren eigenen winzig leuchtenden Fenstern. Mal hing das ganze Abteil mit der zum Gang geöffneten Tür hinter der Scheibe und brachte es fertig, nicht von den dicht vor den Fenstern stürmisch vorbeirasenden Strommasten in Stücke gerissen zu werden. Die durchhängenden Leitungen, die sich senkten und ungestüm wieder emporschnellten, waren ein bezaubernder Extra-Gegenstand der Nachführung.

Vorm Fenster war es nun vollkommen dunkel.

Aus dem Nachbarabteil trat eine jugendlich wirkende Frau und zog ihren langen, schweren, farbenfrohen Morgenrock fester um sich. Sah das Mädchen an, lächelte, zündete sich eine Zigarette an, blies einen Rauchfaden zur Seite. Den kleinen Finger abgespreizt, blinzelnd, richtete sie mal eine geschminkte Wimper, mal rieb sie sich ein zugekniffenes Auge, in das Rauch gekommen war.

»Bist du mit der Oma unterwegs?«, fragte sie freundlich und wies mit dem Kopf zum Abteil des Mädchens.

»Nein, allein.«

»Sieh mal an, wie ernst wir sind. Allein! Prima. Bist du Pionierin?«

»Ja«, und das war sie tatsächlich.

Kurz vor ihrer Abreise hatte sie sich, zur erwähnten Schule am sowjetischen Konsulat übergewechselt, allerlei fast fremdländische Weisheiten angeeignet, die sie bis dato in ihrem Emigrantendasein nicht gekannt hatte. Dort trat sie auch voller Stolz bei den Pionieren ein. Ihre Eltern hatten alledem gegenüber eine unbestimmte Haltung. Die Mutter betrachtete das Ganze, ihrer üblichen britischen Toleranz folgend, gelassen als eine Art spezielles Scoutwesen. Umso mehr, als es in der Nachbarschaft früher auch die erwähnte deutsche Hitlerjugendschule mit ähnlichen Pflichten und Freuden gegeben hatte. Die wurde natürlich kurz vor Kriegsende geschlossen.

Der Vater reagierte auf den großen Sieg, den Tod Stalins und die zu ihm dringenden Informationen über die Veränderungen in Russland wie viele in seiner Umgebung vorsichtig-wohlwollend. Trotz allem hatte er noch immer ziemlich übles Heimweh.

Und so kam es, dass das Konsulat schließlich die qualvolle Abreise des Mädchens provozierte.

Es gab indessen auch solche, und ebenfalls nicht wenige, die die erwähnten sowjetischen Aktivitäten mit gemischten Gefühlen betrachteten. War das nicht wieder eine Provokation? Man hatte die ersten Repatriierungszüge nach dem Krieg noch in Erinnerung, voll besetzt mit enthusiasmierten russländischen Patrioten der weißen Emigration, mit jungen Leuten und graubärtigen Alten (aber zum Glück ohne Mütter mit kleinen Kindern), die nach Überschreiten der Grenze einfach verschwanden. Keine Nachricht, kein Brief. Wie vom Erdboden verschluckt. Ach, was soll denn die Metapher vom Erdboden! Umstandslos und auf direktem Weg fuhren sie, vielmehr fuhr man sie in ebenjenen Zügen in den Gulag.

Doch die Zeiten hatten sich geändert, Stalin war tot, die neuen Führer machten den Eindruck, als wären sie echte Reformer und zudem humaner.

In der Schulbücherei las das Mädchen Gaidar. War über die Maßen gerührt und begeistert vom Vorbild des Jungchen, des Helden der herzergreifenden Erzählung »Das Märchen vom kleinen Kilbatschisch, seiner Treue und seiner Tapferkeit«. Verglich sich mit der Hauptfigur des Buchs *Die Straße des jüngsten Sohnes*. Wurde schier von Grauen gepackt über das Schicksal Gulja Koroljowas aus *Die vierte Höhe*. Umso mehr, als eine ihrer Freundinnen Gulja hieß. Wer war da noch – ach ja, Wassjok Trubatschow und seine Kameraden – drei Bände. *Rote Schulterstücke* und der Suworow-Absolvent Krinitschny. Tscherjomysch, *Sein großer Bruder* – den gab's auch. Ja, und natürlich Pawka Kortschagin und *Die junge Garde*. *Die Kinder aus Stoshary*, *Der Ritter des goldenen Sterns* und *Fern von Moskau*. Wer war von diesen Helden nicht begeistert? Ich weiß ja nicht, aber alle meine guten und weniger guten Freunde in unserer heroischen, vielmehr nach jeglichem Heroismus gierenden Kindheit waren es.

Die Schule nun war eine kuriose Mischung zweier ideologischer Systeme, des Gesetzes Gottes und kommunistischer Prinzipien. Insofern Lehrer ein rares Gut waren, unterrichteten dort zahlreiche Emigranten. Zu Unterrichtsbeginn wurde das *Vaterunser* aufgesagt, anschließend wurde die erste Strophe der sowjetischen Hymne gesungen. Kein Problem, das passte. Und fand zueinander. Tja, und im Grunde sind wir, in unserer schon gänzlich allerneuesten Zeit, Augenzeugen einer ebensolchen allseitigen Vermengung (dito mit *Vaterunser* und sowjetischer Hymne). Die denkwürdige sowjetisch-chinesische Schule in Tientsin zur Zeit der Kindheit des Mädchens war denn auch deren sonderbare prophetische Vorhersage. Ja, sonderbar hat sich das alles gefügt.

Es gibt da die Erinnerung, wie sie an einem Festtag mit einer Gerte über die Schulbühne schlenderte, bekleidet mit einem Sarafan, den die Mutter aus einem Vorhang mit riesigem Kohlblattmuster genäht hatte, und trällerte: »Ach, du meine bunte Kuh, wie hab' ich dich doch lieb!« Danach verkörperte sie im Kreise anderer Kinder, die die übrigen ethnisch mannigfaltigen Republiken der Sowjetunion vorstellten, die Russische Föderation.

Die Erwachsenen waren begeistert.

»Sammelst du Altmetall?«, fragte, nachdem sie eine Zeitlang schweigend Zigarettenrauch an die Decke geblasen hatte, in beinah strengem Ton die Frau, die ein Bein gegen die Abteilwand gestemmt und sich mit dem Rücken an das Waggonfenster gelehnt hatte. Das aus dem schweren aufklaffenden Morgenrock hervorlugende Bein präsentierte sich im erotischen Glanz eines glatten hell-fleischfarbenen Strumpfes aus Fil de Perse – Objekt des Stolzes und der Gier der Sowjetbürger jener Zeit. Die Frau wirkte noch durchaus jugendlich und attraktiv.

Das Mädchen wusste nicht, was Altmetall war.

»Und Makulatur?« Auch davon hatte das Mädchen noch nie gehört. Sonderbar.

Nein, trotz allem war der Schulunterricht nicht wirklich adäquat gewesen. Es hatte Versäumnisse und Lücken gegeben. Ja doch. Streng genommen hatten in ihrem früheren Kolonialdasein die realen Voraussetzungen gefehlt, um derartige Dinge – das Sammeln von Altmetall und Makulatur – in die Tat umzusetzen. Auch die anderen Besiedler der ausländischen Konzessionen hatten wohl kaum je davon gehört.

Wobei das Mädchen im letzten Jahr ihres Aufenthalts in China bei der dortigen öffentlich-siegreichen Volkskampagne »Kampf gegen die Fliegen« mitgemacht hatte. Ihnen, den winzigen und zudringlichen, war der totale Vernichtungskrieg erklärt worden. Die ganze Bevölkerung des Landes wurde zum letzten, entscheidenden kommunistischen Kampf gegen diese Krankheitserreger, ja gegen die Feinde der Menschheit mobilisiert. Vielmehr der Chinesen. Nein, doch der Menschheit.

Millionen Menschen, wie Schlafwandler geistesabwesend und gleichzeitig konzentriert, irrten mit hochgerecktem Kinn und ausgestrecktem Arm, in dem leise eine Fliegenklatsche zitterte, stundenlang stumm durch die Straßen von Dörfern und Städten.

Auch das Mädchen als extrem sozialaktives Wesen konnte sich dem nicht entziehen.

Ihr erstes Fliegendutzend brachte sie in einer Streichholzschachtel. Der Zähler sortierte sorgfältig die zerdrückten schwarzen Klümpchen. Sah das Mädchen über die Brille hinweg an und händigte ihr die erste Prämie aus – ein Keramikdöschen mit Deckelchen, damit die Fliegen nicht länger gequetscht und zerrieben würden und besser zu zählen wären. Die nächste war ebenjene heißbegehrte Fliegenklatsche. Danach folgte gar ein Trambahnfahrschein. Und das Letzte, was das Mädchen ergattern konnte, war ein kostenloser Kinobesuch. Danach reiste sie ab, ohne weitere Wohltaten erfahren zu haben.

Außerdem beteiligte sie sich, noch so eine Erinnerung, an der Vernichtung der für ein glückliches Sozialleben der chinesischen Bevölkerung so schädlichen Sperlinge. Man glaubte, sie verdürben einen großen Teil der ohnehin dürftigen Ernte. Wenn die chinesische Bevölkerung damals etwa eine Milliarde zählte (etwas mehr, etwas weniger), so waren es um einige Male mehr Spatzen. Der Vogel ist klein, doch er frisst am Tag 10 Körnchen. Und Milliarden fressen viele Milliarden Körnchen. In einem Jahr nun multiplizieren sich diese vielen Milliarden mit 365. Und ein Schaltjahr hat noch einen Tag mehr. Und dann noch die gefräßigen Jungen – wieder Milliarden Körner. Kurz – es ist entsetzlich! Ein entsetzlicher Verlust.

Die ganze Bevölkerung, unser Mädchen eingeschlossen, irrte schlaflos und ihren läppischen Alltagssorgen entrückt umher und produzierte einen pausenlosen ohrenbetäubenden Lärm. Das Mädchen trommelte ebenfalls hingebungsvoll mit einem Löffel auf den glänzenden Topf, den der Koch ihr mit einem Lächeln geliehen hatte. Die abgezehrten Sperlinge hielten das nicht aus, und ihre kümmerlichen Körper plumpsten auf den Boden. Manchmal verschätzten sie sich und fielen den erbarmungslosen Verfolgern direkt auf den Kopf. War das Schicksal ebendieser Verfolger zur Zeit der rohen japanischen Verfolgungen, vor denen es kein Entkommen gab, nicht im Grunde dasselbe? Und später, während der zahllosen ideologischen Säuberungskampagnen unter der Leitung des Vorsitzenden Mao? Eine rhetorische Frage.

Danach fraßen genauso viele Milliarden weitaus bösartigerer Insekten, unvertilgt von den Milliarden tragisch umgekommener Spatzen, eine nicht geringere Menge jener Körner, Beeren und Früchte. Aber wer zählt schon!

Und dann wurden noch Ratten gefangen, ihre Schwänze abgehackt und in einem Umschlag auf die Zählstation gebracht. Doch Ratten fing das Mädchen nicht, hatte sie doch gegen jede Art von Nagetieren eine geradezu körperliche Abneigung.

Was von alledem konnte die streng fragende Frau wissen?

Sie starrte das Mädchen an, ihre ins Auge fallende Kleidung, die nicht von hier, ja in gewisser Hinsicht nicht am Platze war, ihr spezifisches Verhalten, ihre etwas abweichende Aussprache, nein, kein Akzent, eher eine ungewöhnliche Intonation. Und wurde von Misstrauen erfüllt. Wovon auch sonst? In jenen Zeiten ging es eben nicht anders.

Diese Seltsamkeit und diese Uneinbezogenheit ins Dasein, und das bei ziemlich guter Informiertheit inklusive angelesenem Wissen darüber, blieb dem Mädchen während seines ganzen weiteren Lebens in der Sowjetunion eigen. Auch an der Universität. Man wollte sie sogar ausschließen, ganz einfach rauswerfen wegen ebendieser Unähnlichkeit. Und daran ist nichts merkwürdig. Besonders, wie erwähnt, für die Besiedler jener Zeiten und Orte.

Das Mädchen: stopp, wieso Mädchen? Zu jenem Zeitpunkt schon durchaus eine junge Frau, stand sie vor der strengen Komsomolversammlung, frühlingshaft bekleidet mit leichter weißer Bluse und Minirock, der ihre langen schlanken Beine entblößte. Ja eben, lang. Und schlank. Eine junge Frau! Frühling, die Blütezeit der Gefühle und des jungen Organismus.

Zum Glück war die soziale Kampagne gegen Miniröcke damals schon zu Ende gegangen, und eine neue hatte begonnen – gegen von Frauen getragene Hosen und Hosenanzüge dito, die in Bälde ebenfalls prächtig auf dem harten und heiklen Sowjetboden gedeihen würden. Entsprechend würde auch die jetzige Kampagne glücklich zu Ende gehen.

Na ja – für die einen glücklich, für die anderen nicht, war sie doch begleitet von Komsomolausschlüssen, Hochschulverweisen, Arbeitsplatzkündigungen, sogar von Verbannungen jenseits des 100-Kilometer-Rings um die Hauptstadt, auf dass deren disziplinierte werktätige Bevölkerung nicht verdorben und verwirrt würde. Nicht zu reden von weiteren Trümpfen wohlbekannter ideologischer Kampagnen. Bis hin zu kaputtgemachtem Leben. Und doch würde auch diese Kampagne zu Ende gehen. Und eine neue beginnen.

Also, die feurigen Komsomolzen, selber gewandet in ebenjene, vor kurzem noch für sie und ihre geistigen Führer untragbaren (und jetzt tragbaren) Miniröcke und engen Hosen, schauten auf das Mädchen und spürten, dass da trotz allem etwas nicht stimmte. Während sie um Formulierungen, ja auch nur eine Bezeichnung für diese deutlich spürbare Unähnlichkeit rangen, gingen sie in sich, sammelten sich, konzentrierten sich und verabschiedeten dann schließlich doch eine Resolution. Dort gaben sie der hartnäckigen Hoffnung, ja Überzeugung Ausdruck, dass »die Komsomolzin Soundso über sich hinauswächst«. Trotz allem war die Ideologie, die die Komsomolzen speiste, eine optimistische. Und offenbar wuchs das Mädchen über allerlei hinaus. Oder sie wuchsen ihrerseits über dies und das hinaus. Kurz, mit der Zeit wuchs das ganze Land über alles Mögliche hinaus und in etwas Unklares hinein, wo es bis heute glücklich oder glücklos vor sich hin lebt.

Vielleicht bin ich ihr in ebenjenen Rock und Bluse zu ebenjener Zeit in den Fluren ebenjener Universität begegnet, an der wir beide studierten. Oder ich habe sogar, auf jener denkwürdigen Versammlung, enthusiasmiert den Arm gehoben und dafür gestimmt, dass »die Komsomolzin über sich hinauswächst«. Wer weiß? Wir sind alle nicht gefeit vor der kalten verkrümmenden Last konkreter historischer Zeit.

Ja, das wirkt ziemlich albern und nahezu exotisch. Besonders von unserer Gegenwart aus gesehen, da alles und jeder ringsum sich verändert hat und quasi in jeder potenziellen, kurzum, in jedweder Hinsicht über sich selbst hinausgewachsen ist. Es ist also genau das passiert, wovon in der denkwürdigen Frühjahrsresolution der denkwürdigen Komsomolversammlung die Rede war. Folglich haben sich die Hoffnungen also doch erfüllt, wenn auch nicht in der erwarteten Hinsicht und Richtung. Aber das ist ja bei Hoffnungen immer so.

Die Frau richtete sich auf und betrachtete noch einmal argwöhnisch die seltsame Kleidung des Mädchens. Die fühlte sich unbehaglich und ging in ihr Abteil zurück.

Eine Kolonne bildend, zog die kleine Gesellschaft, in entsprechender Exkursionskleidung, lange den schmalen, steil bergauf führenden Pfad hinan, der sich um bewaldete Hänge herum zum Kloster der Ausfliegenden Katzen wand. Der Vater ging nebenher und hielt den Esel. Das Mädchen, stolz auf dem treuen Tiere thronend, schaute sich um und blickte, zur nicht geringen Sorge der Mutter, ohne die leiseste Angst und leicht zur Seite geneigt, direkt in den zu ihren Füßen klaffenden furchterregenden Abgrund. Die Mutter schloss die Augen, sagte jedoch nichts. Der Vater sicherte das Mädchen ab. Beschlossen wurde die Prozession von einigen Dienern, die die schlichte Ausrüstung und den Proviant für ein Picknick trugen.

Als sie umherblickte, bemerkte das Mädchen in der Ferne, auf bläulichen, hoch aufragenden Gipfeln, etliche alte, halbverfallene Gebäude. Oder war das eine Laune der spöttisch lachenden Natur? Wobei, was hatte die schon zu lachen? Von diesen halbschemenhaften Anlagen stiegen von Zeit zu Zeit, merkwürdigen auseinanderflatternden Leintüchern ähnlich, unversehens graue Vögel auf. Nach kurzem Flug verschwanden sie wieder, wie in einem schmalen Flaschenhals, in dem Turm, der über der niedrigen, sich den ganzen Hang entlangziehenden, ziemlich chaotischen Ansammlung schwer zu unterscheidender Mauern, Häuser und Vorsprünge aufragte.

Oder eher noch packte eine harte Hand das ganze, wie zu einer einzigen Leinwand zusammengepappte Konzil der Gefiederten und zog es zurück zu sich in die Tiefe. Ja, hinter alledem ließen sich eindeutig Verständigkeit und Vorbedacht erkennen. Ungefährlich war das nicht.

Auf einmal erklang ein kaum vernehmliches Geräusch, wie das feine Sirren ferner Wespen. Der Vater zeigte mit der Hand, wo weit weg, auf der anderen Seite des Abgrunds, der schmale weiße diamantene Strahl eines herabstürzenden Wasserfalls zu erspähen war. Es schien, als flögen von dort sogar winzige Spritzer, als sprühte Wasser bis hierher. Doch das schien nur so. Der Vater drehte sich zum Mädchen um, und beide lächelten.

Beim Gehen sahen sie sich wachsam um. An einer Stelle musste man besonders vorsichtig sein. Es hieß, in grauer Vorzeit sei hier unter wüstem Krachen, den Schreien entsetzter Menschen, dem Röcheln wildgewordener Tiere und gefolgt von herabdonnernden Steinlawinen eine ganze Prozession des hiesigen Mandarins aus der Dynastie Sun mit allen Siebensachen, Pferden und mitreisenden Dienern in die Tiefe gestürzt. Vielmehr vom hiesigen bösen Berggeist dorthin gezogen worden.

Seitdem war der Mandarin, womöglich im Bunde mit dem Geist, erpicht darauf, jeden Vorübergehenden zu packen und mit sich in die Tiefe zu ziehen, auf dass er seine damalige Schande und Erniedrigung wenigstens etwas ausgliche. Alle waren auf der Hut und blickten sich um. Der Esel straffte sich, er witterte deutlich den Atem einer Bedrohung, die ihn von unten erreichte, und zuckte mit den Ohren. Das Mädchen zog sogar die Füße hoch, sie spürte auf der Haut die ungewöhnliche Kühle einer jenseitigen Präsenz, die ihr ganz nahe gerückt war.

Doch alles verlief gut und ohne unerfreuliche Exzesse.

Endlich erreichten sie Pi Lau – den großen rituellen Torbogen aus Stein, übersät mit Hieroglyphen und Darstellungen rätselhafter, von Wind und Regen halbzersetzter Wesen. Das Mädchen sah genau hin und erkannte sie. »Was ist das?«, bestürmten sie die Erwachsenen, doch sie schwieg.

Hinter dem Torbogen war es nur noch ein kleines Stück. Sie kamen zum Kloster, das normalerweise absolut menschenleer war und sich nur einmal im Jahr mit Besuchern und Pilgern füllte – zum Fest der Erhabenen Ersten Katze.

Die Erste Katze traf (niemand wusste, woher) in uralten Zeiten ein, als es auf dem ganzen, zur Hälfte menschenleeren Territorium des noch ungeteilten China keine festumrissenen Götter und keine fixierten Religionen gab. Man kann also davon ausgehen, dass es noch vor den Chinesen geschah. Jedenfalls bevor sie sich ihrer selbst als Nation bewusst wurden. Wenn nicht gar überhaupt vor dem Vorhandensein jedweder vernünftigen Hinweise auf das Siedeln oder die Präsenz vernunftbegabter Menschen. Doch das kann niemand beurteilen. Und sie selbst sagt es ja nicht. Warum sollte sie?

Sie gründete in den abgelegenen Bergen ihre abgeschiedene Einsiedelei, die sie später in ein Kloster umwandelte, wobei sie nicht im Geringsten versuchte, ihren Einfluss auf die arme, langsam anwachsende, anfangs tatsächlich überaus spärliche Bevölkerung des damaligen Landes auszuweiten, und sich auf keinen Kampf gegen die allmählich eintreffenden und zahlen- und kräftemäßig zulegenden neuen Götter und Gottheiten einließ. Warum auch?

Jahr für Jahr füllte sich das Kloster mit ihrer Nachkommenschaft – strengen länglichen schweigsamen Steinkatzen, die die ganze Fassade und alle Innenwände des Klosters bedeckten und in Außen- wie Innenraum ein eigentümliches, tiefes Hochreliefdekor bildeten. In der Sonne punktete es mit Lichtblitzen auf den Wölbungen und tiefen dunklen Schlünden in den Vertiefungen. Innerhalb der Klosterräume dagegen gab es nichts als verschwommene Überläufe matter Hell-Dunkel-Effekte, garniert mit einzelnen, überraschend klar umrissenen, plastisch hervortretenden ausdrucksstarken Details von Gesichtern und Körpern.

Nur einmal im Jahr, zu Frühlingsbeginn, wenn es scharf nach erblühten Kirschbäumen roch und erst wenige Ströme erwärmter Luft zögernd zwischen den kalten Säulen derselben hindurchglitten, flogen die Katzen hinaus in die weite Welt. Daher auch der Name – Kloster der Ausfliegenden Katzen.

Einsam zurückbleibend, folgte die Mutter-Gründerin und Beschützerin mit ihren vier aufblitzenden Augenpaaren, die gleichmäßig rund um den spitz zulaufenden Schädel verteilt waren, aufmerksam den von den Klosterwänden verschwindenden schweigenden Novizinnen. Manchmal setzten sich die Augen in Bewegung und begannen wie rasend zu rotieren, was von weitem aussah wie ein blitzender, zitternder Ring himmelblauen Leuchtens, der den ganzen Kopf umfasste. Es war, als besäße er eine schmetternde, schneidende Kraft über viele Kilometer hinweg, die ihren Nachkommen hinterherflog und ihnen zusätzliche Energie einflößte. Dann kehrte alles zur üblichen Routineverfassung mit den vier reg- und zwinkerlosen Augenpaaren auf den vier Kopfseiten zurück.

Die Katzen flogen aus und tauchten praktisch überall auf, in den entlegensten Winkeln des Landes.

Es ist bekannt, dass die Hunde an diesen Tagen nicht bellten, sich stattdessen unters Bett verkrochen, wo nur ihre feuchtglänzenden, beweglichen Ledernasen hervorlugten. Die Vögel flogen nicht. Selbst die Goldfische und Riesenkarpfen in den dunklen Teichen des Kaiserpalastes zogen sich auf den Grund zurück und reagierten nicht auf die beharrlichen Glöckchensignale und monotonen Stimmen der Füttermönche. Die Wasseroberfläche blieb glatt und unaufgestört. Die Mönche, die in den grünen unbewegten Wassern keine Antwort hörten oder vielmehr sahen, verschwanden bis zum nächsten Tag in ihren Zellen. Auch sie wussten und begriffen alles ganz genau, aber sie hatten nicht die Absicht oder eher nicht das Recht, die tägliche, für dieses Mal ergebnislose Routine zu unterbrechen.

Nunmehr mit der Weichheit und der schmeichelnden Rundung lebendiger Formen ausgestattet, landeten die Katzen auf den leicht aufgebogenen Enden der Dachneigung reicher Behausungen und auf den flachen Bedachungen der Heimstätten armer Bürger und Bauern. Herabgehüpft, schritten sie mit selbstsicherem Schaukelgang als Verführerinnen in die Häuser der unschuldigen Untertanen des großen Kaisers. Als Rivalen oder besser Rivalinnen kamen dabei allenfalls die Fuchsgeister in Frage. Doch die Katzen erschienen nur einmal im Jahr, und deshalb war ihre Bestrickungsenergie unermesslich stärker.

Ein elektrisches und magnetisches Feld von schier ungeheurer Kraft umhüllte die von ihnen ausgewählten Häuser, verzerrte auf irrsinnige Weise ihren Innenraum und schuf dabei Bilder ungeahnter Konfiguration, Exotik und Intensität. Was wurde den armen Bewohnern dort nicht alles vorgegaukelt! Welche paradiesischen Bilder und unirdischen Reize eines jäh entfalteten Verheißungsmilieus! Von außen sah man ein gewisses hellblaues, schillerndes Leuchten, das durch die Ritzen der bebenden und wankenden Behausung drang.

Niemand konnte den heimtückischen Besuchern widerstehen. Aber was geschah dort eigentlich? Was für Folgen hatte das alles? Keiner konnte es gescheit erklären. Alles war im Nu wieder aus dem Gedächtnis verschwunden.

Bisweilen gab es einen Zusammenstoß zwischen den Katzen und den kaiserlichen weißen Flugtigern. Doch sie gehörten unterschiedlichen, wenn man so will, luftmagischen Abteilungen an. Ihre Kräfte und Praktiken überschnitten sich kaum. Wenn sie sich zufällig doch einmal von Angesicht zu Angesicht begegneten, innerhalb eines begrenzten Luftraums aufeinanderstießen, dann wurden viele zu Zeugen eines fürchterlichen Kampfes. Freilich eines unsichtbaren, lediglich fühlbaren. Vor allem von Menschen, die über eine erhöhte Astralsensibilität verfügten. Die Tiger behaupteten sich durch unbezwingliche rohe Kraft, die Katzen dagegen durch Überzahl, Ingrimm und Wendigkeit. Wo ihr Blut den Boden benetzte, schwollen große glänzende Steine von außergewöhnlichem Wert, die allerdings nur selten und mit Mühe aufzufinden waren. Die Steine besaßen gewaltige Schutz- und Heilkräfte, gegen die selbst die stärksten und tückischsten Berg- und Wassermassengeister nicht ankamen.

Mehrmals bekam ich zu hören, dass in der Folgezeit einige dieser Steine, auf unbekanntem Wege eingedrungen, auch in Russland gefunden wurden. Einmal zeigte man mir sogar heimlich etwas Derartiges, Klobiges, Kantiges, sorgfältig in einen schmutzigen Lappen Gewickeltes. Und wirklich, der die Kostbarkeit Haltende riss immer wieder abwechselnd eine seiner stark zitternden Hände von dem sie gleichsam versengenden Gegenstand. Der fing, wie es aussah, tatsächlich an zu glühen und im Halbdämmer des niedrigen Raumes ein leises Purpurlicht zu verströmen. Und erlosch wieder. Wenigstens kam es mir so vor.

Dann eilten die Katzen zu sich zurück. Doch jedes Jahr wurden es zwei, drei weniger. Zuspätkommer wurden nicht eingelassen, waren für immer aus den trauten Mauern verbannt. Das Kloster verödete allmählich, denn der Reproduktionsprozess war schon lange beendet. Die Wände, an denen anfangs sprechende Lücken oder Kahlstellen klafften, nahmen mit der Zeit den langweiligen, platten, ausdruckslosen Charakter schlichter Festungsmauern an. Entweder hatte die Mutter-Gebärerin ihre Kräfte eingebüßt, oder ihr vom Karma festgelegter Zyklus von Dienst und Reinkarnation war zu Ende gegangen.

Dafür tauchten in zahlreichen Siedlungen Chinas sonderbare Wesen mit tief unter den Brauen verborgenen blitzenden Augen auf. Man sagte ihnen nach, zwei zusätzliche Augenpaare zu haben, an beiden Seiten des Kopfes direkt über den Ohren, verdeckt von dichtem herabhängendem Fell. Was ihre invasive Kraft betrifft, so waren sie bereits degeneriert, besaßen aber noch die schlichte Fähigkeit, im Spektrum von Infrarot- und Ultraviolettstrahlung zu sehen und die menschliche Aura zu erkennen, wenn auch beschränkt auf die drei äußeren Schichten. Ansonsten unterschieden sie sich nicht besonders von den damaligen Siedlungsbewohnern. Vernahmen bloß bei Nacht glasklar kaum hörbares Geraschel, sprangen aus dem Bett und erspähten in der Dunkelheit auch noch das kleinste Detail ihrer häuslichen Gebrauchsgegenstände. Vielleicht sogar zu ihrem Nutzen.

Im Frühjahr nun, wenn es scharf nach den erblühten Kirschbäumen roch, zog es sie unwiderstehlich in die Berge, zum Kloster der Ausfliegenden Katzen. Sie verließen ihr Zuhause und strebten ihrem wohlbekannten Ziel entgegen. Kamen fast gleichzeitig an, füllten den Klosterhof mit Lärm und Fröhlichkeit und kompensierten so, freilich für äußerst kurze Zeit, die schmerzlich fühlbare Misere der fehlenden steinernen Dauerbesiedler.

Gegen Mittag erreichten das Mädchen, ihre Eltern und ihre Begleiter nach ziemlich langer Wanderung endlich das Kloster. Machten Halt. Sahen sich um. Stopp – wozu sich umsehen? Von ihren zahlreichen Ausflügen waren sie mit diesen Orten vertraut.

Sie packten die Sachen aus, machten eine Pause. Ließen alles in der Obhut der Diener und schlenderten über die hangabwärts verteilten, glatt ausgelegten steinernen Hofplätze. In den Ritzen zwischen den gleichmäßigen quadratischen Pflastersteinen spross Gras, ein Bild beginnender leichter Verwilderung.

Sie traten in die kühlen und hallenden Innenräume. Der Klang der eigenen Schritte folgte ihnen auf den Fersen, unentwegt. Man fühlte sich irgendwie sogar unbehaglich.

Einmal hatten sie im Tempel ein seltsames Schauspiel erlebt – den Tanz schwarzer Magierinnen aus einem alten Schamanenstamm, der im Umland beheimatet war. Hinter dem nächsten von hier aus sichtbaren Hochpass. Sie lebten zurückgezogen und ließen sich nur zu ihren eigenen Gedenktagen und geheimnisvollen Festen in dem verlassenen Tempel blicken.

Die jungen Magierinnen, angetan mit schweren dunklen langen Gewändern, die übersät waren mit Darstellungen großer, im Licht aufblitzender Spinnen, schritten langsam in den Tempelraum, als wären sie aus dem Nichts gekommen. Auf ihren Köpfen waren riesige wogende Vorrichtungen aus Stoff und spitzen Trockenpflanzen befestigt. Hinten strebten auf kuriose Weise die Nachbildungen schwarzer Schwänze empor, die, wenn sie einander beim Tanz umflochten, schauerliche Luftwirbel erzeugten. Die Spinnen auf den Gewändern schienen sich zu regen und von einer Tänzerin auf die andere überzuspringen. Einige lösten sich gänzlich von der wallenden Stoffoberfläche und verschwanden in den dunklen Tiefen des Tempels.

Das Mädchen schmiegte sich an ihren Vater.

An den Fuß- und den schmalen Handgelenken der Tänzerinnen klingelten im Takt und einzeln zahlreiche Glöckchen. Alle fuhren zusammen, als tiefe rasselnde Trommelschläge das Gebimmel durchbrachen. Man sah sich um – Trommler waren nirgendwo zu sehen.

Ohne in ihrem unaufhörlichen Kreisen innezuhalten und bereits in einer Art Trance, begannen die schwarzen Magierinnen mit einem Mal, in einer nur ihren Stammesangehörigen verständlichen Sprache auszurufen: »Ksja! Ksja!«, was bedeutete: »Das Schwein! Das Schwein!«

Daraufhin trugen finstere Gehilfen ein wild brüllendes und am ganzen gewaltigen Leib zuckendes, schwarzes haariges Wesen herbei. Sie konnten es nur mit Mühe festhalten. Aus einem Nebentrakt trat ein Mann mit einem riesengroßen Metalltablett, auf dem ein lebendiger Fisch unentwegt zappelte und sich wand. Er prallte klatschend auf das Metall, und es schien, als würde er mit tiefer zischender Stimme etwas Drohendes sagen.

Das schwarze haarige Wesen, mit Mühe an den vier Pfoten gehalten und noch zusätzlich um den Rumpf gepackt, wurde auf den Fisch gelegt, den man dadurch aufs Tablett presste.

Plötzlich stand einer da, von Kopf bis Fuß unter einem schwarzen, wogenden Überwurf verborgen, und hielt einen schmalen, grell aufblitzenden Dolch von ungeheurer Länge über dem Kopf. Mit einer blitzschnellen Bewegung durchbohrte er das Tier. Das zuckte nur noch kurz. Der Fisch war schlicht nicht zu sehen. Der aus dem Körper gezogene Dolch war nichtsdestotrotz absolut sauber und kühl.

Das Mädchen wurde weggebracht.

In der Regel hielten sie ein lauschiges Picknick außerhalb der Klostermauern ab. Der Esel weidete friedlich abseits, wedelte mit den Ohren und versetzte so den Strohhut in Bewegung. Der schob sich langsam, aber unaufhaltsam die bebenden aufgestellten Ohren hoch. Alle verfolgten schmunzelnd diesen unumkehrbaren Prozess.

Das Mädchen schlenderte abseits umher und horchte die ganze Zeit. Ihr kam es vor, als vernähme sie tief unten im Steinboden ein heimliches Gespräch. Sie drehte sich zu ihrem Esel um, der in der Nähe stand. Auch er spitzte andauernd die Ohren und erstarrte von Zeit zu Zeit. Das Mädchen nickte ihm verständnisvoll zu. Er schüttelte heftig den Kopf, und der Hut fiel auf die Erde. Der Esel machte sich erneut daran, das spärliche trockene Gras zu rupfen, das schütter den undurchdringlichen, kilometerweit in die Tiefe reichenden Steinmonolith bedeckte.

Die Erwachsenen wiederum schauten ununterbrochen nach oben, als erwarteten sie einen Luftangriff. Doch vermutlich beobachteten sie einfach die sich ballenden Wolken. Dass man bloß nicht vom Regen überrascht würde. Oder noch schlimmer – von einem Gewitter, das in dieser Gegend höchst gefährlich sein konnte.

Die ganze Gesellschaft brach eilig auf. Von neuem wurde der Strohhut über die langen gefügigen Eselsohren gezogen. Das Mädchen auf den Rücken des bevollmächtigten Tiers gesetzt. Und man hastete bergab, um vor dem Dunkelwerden daheim zu sein.

Das war man dann auch.

Beim Eintritt in die Umzäunung des Hauses flammten in der Ferne schon Blitze auf und ertönten verschwommene Regungen des Donners.

* * *

In Swerdlowsk, wo der Zug nach Süden abbog, nach Taschkent, stieg die fürsorgliche alte Reisegefährtin aus. Nachdem sie geschäftig ihre wenigen Bündel zusammengesucht, sich in ein Plüsch-Cape gehampelt und das graue Wolltuch um den Kopf gebunden hatte, drehte sie sich, bevor sie das Abteil verließ, fast böse zu dem Mädchen um:

»Guck an, was sie alles rausgelegt hat ...« Und wirklich, das Mädchen hatte arglos Ührchen, Ohrringe und Ring aus Gold direkt auf der freien Tischfläche vor sich angeordnet. »Hier kommen Leute her, die sind anders wie ich. Denen musst du auf die Finger gucken. Die klauen, was sie können. Räum's weg«, das war schon fast ein Befehl. »Alles Diebe hier. Was fängst du bloß ohne mich an?« Scufzte und fügte mit einem Zittern in der Stimme hinzu: »Mein Töchterchen!« Drehte sich um, überprüfte noch einmal ihre Gepäckstücke, beugte sich zum Mädchen hinunter und gab ihr einen Kuss.

»Auf Wiedersehen«, sagte das Mädchen höflich.

»Na klar, sicher, auf Wiedersehen«, brummte die andere und zwängte sich mit ihren Bündeln mühsam durch die schmale Abteiltür in den Gang.

Der Zug hielt nicht lange. Vorm Fenster war kurz ihre bepackte Gestalt zu sehen, die den Bahnsteig entlanghastete. Keiner holte sie ab. Wer sollte das auch tun? Zu ihrer fernen Siedlung mit dem leeren kalten Heim hatte sie noch endlos weit zu fahren.

Das Mädchen blieb allein. Nicht für lange.

Vorm Fenster eilten flache Landschaften vorbei. Nach einiger Zeit konnte der Blick des Mädchens der einschläfernden Vorfenstermonotonie nicht mehr folgen. Ja, die langen Tage der Reise und der nahezu totale Austausch aller bekannten lebenspraktischen, visuellen und taktilen Gewohnheiten und Orientierungen ermüdete enorm. Es war buchstäblich ein Übergang von einer Welt zur anderen.

Wieder stellte sie sich den staubigen Taschkenter Bahnsteig vor, die grelle Sonne und die fast bis zu weißlicher Transparenz ausgeleuchteten Gesichter und Gestalten der lächelnden Tante Katja und Onkel Mitja, die sie natürlich nie zuvor gesehen hatte. Fotos von ihnen fehlten im chinesischen Familienarchiv. Woher sollten sie auch kommen?

Daher stellte sich das Mädchen alles nach den zahlreichen Erinnerungen des Vaters vor, die mit der Zeit von zusätzlichen staunenswerten, rührenden und faszinierenden Einzelheiten überwachsen worden waren. Familie, Eltern, Verwandte, das Vaterhaus, wo er aufwuchs und wohin er aus der strengstaatlichen Hauptstadt in die Ferien fuhr – all das stand ihr als leuchtende Konkretisierungen idyllischer turgenjewsch-tolstoischer Phantome vor Augen.

Auch ich habe dieses Haus gesehen. Vielmehr den Palast. Genau, so hieß es ja auch später – Palast der Pioniere. Ich näherte mich dem alten schmiedeeisernen Zaun und betrachtete, mit dem Gesicht ganz dicht vor den kalten schwarzen Metallstäben, das in der Tiefe des großen Gartens gelegene wunderliche, geräumige dreistöckige Gebäude.

Ich malte mir aus, wie zu einer bestimmten Morgenstunde eine große Kutsche für den Generalgouverneur vorfährt. Vielmehr, der neuen Zeit und dem entsprechenden Status gemäß, eine lange schwarze Luxuslimousine mit getönten Scheiben – ein ziemlich finsterer Anblick.

Der Gouverneur kommt aus dem Haus, in die gleißende Sonne blinzelnd, gewandet in eine modernisierte Generalsparadeuniform mit einer kleinen Anzahl dennoch erhaltener diverser Achselbänder, bloßer Bänder, Schulterriemen, Degen und sonstigem, wie man heute sagt, Klimbim. Er zupft unentwegt an seinen weißen Atlashandschuhen, die einfach nicht fest und glatt auf seinen bäuerlich großen Pranken sitzen wollen.

Manchmal sieht das Mädchen vom Fenster ihres Schlafzimmers aus, wie der Großvater, die Hände auf dem Rücken, durch den Garten wandert. Seine Begleiter – Offiziere, Priester, Mullahs oder Zivilisten – raunen ihm, sich dezent herunterbeugend, etwas ins Ohr und treten wieder zurück. Ohne sich zu ihnen umzuwenden, schreitet er, ein klein wenig gebückt, aber unwiderstehlich majestätisch, leicht die Füße nachziehend, schweigend weiter über die breite, sandbestreute Gartenallee. In der Ferne ist die schwarze Silhouette des unablässig und geduldig wartenden Automobils zu erkennen. Es steht hinter einem schmiedeeisernen Riesentor mit Schnörkeln aller Art, die auf ihre zugespitzteste Vollendung hinauslaufen.

Das Gesicht des Großvaters konnte das Mädchen nicht erkennen.

Sie erwacht in einem riesengroßen hellen Raum im ersten Stock. Im Kinderzimmer. Blinzelt wegen der Sonnenflecken und -reflexe des gedämpften Außenlichts, das durch die zugezogenen Vorhänge dringt. Auch die zarte Farbgebung im Zimmer mildert unnötige Helle ab. Die zahlreichen Tierdarstellungen bewegen sich, wie es scheint, mit Leichtigkeit auf der Wand hin und her. Lösen sich ab, landen auf dem Kinderbettchen und starten erneut in ihre eigenen durchsichtigen Daseinsräume.

Die Mullgardine bauscht sich zart unter den leichten Stößen der Zugluft.

Und schon kommen die Njanja und das Stubenmädchen ins Zimmer gelaufen. Aber sicher, natürlich, sie sind russisch, und wir alle können sie verstehen.

»Ei, unser Sönnchen ist aufgewacht!«, rufen sie ehrlich und ungeheuchelt aus. Sie hängen aufrichtig an ihr. »Wie haben die kleine Gnädige geschlafen?«

Unter ihrem Schwatzen platzt oder vielmehr eilt voller Elan die junge und unglaublich beschwingte Mutter ins Zimmer. Die Dienerinnen treten bescheiden zur Seite. Die Mutter läuft mit raschelnden gefältelten Röcken zu dem Mädchen, beugt sich über sie und hüllt sie in eine unfassbar bezaubernde Mischung von Engelsdüften und himmlischer Schwerelosigkeit. Auf ihrer zarten Brust schillern verschwommen geheimnisvolle Perlen und blitzen geschliffene Juwelen auf. Das Mädchen langt nach dem kostbaren Schmuck. Die Mutter fängt die Hand ab und küsst die Innenfläche. Legt die eigene weiche Hand zärtlich auf die gewölbte Stirn des Mädchens:

»Kein Fieber?« Blick zur Njanja. Kuss. »Also, mein Kind, sei schön brav.«

Das Mädchen erstarrt, will etwas sagen, aber die Mutter steht schon in der fernen Tür, dreht sich lächelnd zu ihr um, hebt zum Abschied den Arm, der weiß ist und gebogen wie ein Schwanenhals. Sie eilt zu einem Wohltätigkeitskonzert oder zur Hauptversammlung irgendeiner Fördergesellschaft. Derer gibt es zahllose.

So strahlend und geschmückt sah das Mädchen sie auch abends, wenn sie durch die weit auseinanderstehenden Geländerstreben des Innenbalkons im oberen Stockwerk schaute. Im weißen Abendkleid, das im hellen Licht glänzte, stand sie da, umringt von Gästen – Damen und Offizieren. Abseits prunkte der Großvater in voller Uniform. Den Vater konnte sie wie immer nicht finden. Vermutlich war er im Garten.

Manchmal, auf großen Festlichkeiten und Bällen, wurde dem Mädchen die Rolle eines Boten anvertraut. Sie füllte sie mit Schwung aus, trug Briefchen von geziert und hochmütig lächelnden Offizieren zu kichernden Fräulein. Ihr gefiel diese Aufgabe.

Die Mutter sah bisweilen zärtlich zu ihr hin. Das Mädchen, mit seiner ernsten Aufgabe beschäftigt, konnte sich ebenfalls eines Lächelns nicht erwehren.

Es versteht sich von selbst, dass keine einzige Wohltätigkeitsveranstaltung ohne Mutter und Großmutter auskommen kann. Ach ja, Tante Katja ist natürlich auch mit von der Partie, jugendlich, fröhlich. Es heißt, sie sei außergewöhnlich geistvoll. Immerhin eine Künstlerin. Mit Talent. Schreibt Gedichte. Wird sogar in Petersburg gedruckt. In irgendwelchen progressiven literarisch-künstlerischen Zeitschriften, zusammen mit der Plejade der modernsten und aktuellsten Autoren. Reist mit ihren Ausstellungen durch ganz Europa. Bringt allerlei Geschenke mit. Die gefallen dem Mädchen. Wenn sie groß ist, wird sie auch verschiedene Länder bereisen.

Und Onkel Mitja? Der findet leider, leider, keinen Platz in diesem farbigen Bild adligen Lebens. Wie übrigens auch die echte englische Mutter nicht.

Armer, armer Onkel Mitja! Halt, stopp – wieso arm?

Der tatsächliche Gang der Geschichte, jedenfalls in unseren sowjetischen Breiten, hat ihm doch (wie vielen anderen seinesgleichen auch) die beneidenswerte Rolle eines Hegemons in seiner allmählichen Heranbildung und Erscheinung vorm Angesicht der restlichen Welt verschafft. Also geht es ganz gerecht zu. Ruhe sanft, lieber Onkel Mitja! Zur Zeit unseres Erzählens schläfst du, wie fast alle Figuren hier, schon den ewigen Schlaf. Liebevolles Gedenken sei dir bewahrt!

Doch in dieser kurzen Episode kommst du nicht vor. Weder jetzt noch gleich. Entschuldige. Und ruhe sanft. Wir machen dann mal weiter.

Also.

Großmutter geht heute nicht auf die Wohltätigkeitsveranstaltung. Sie ist alt und fühlt sich immer häufiger nicht gut. Bleibt allein zu Hause. Auch jetzt ist ihr nicht nach Feierlichkeiten. Sie hat sich in ihr unteres Nebengemach im Palastflügel zurückgezogen. Die Fenster sind weit offen, die Vorhänge zugezogen. Sie hat Atemprobleme und Migräne. Später, gegen Mittag, wird sich das alles legen.

Dann tritt das Mädchen leise ins Zimmer, legt sich auf den großen weichen Bauch und lauscht seinen inneren Unterhaltungen, Brummtönen und Streitereien. Großmutter wogt einmal leicht, weil sie kurz auflacht, und streichelt ihr übers Köpfchen. Das Mädchen springt auf und spurtet in den Garten. Aber das passiert später.

Jetzt ermahnt die Mutter, fast schon zur Tür hinaus, aus dem langen, tiefdunkelblau gestrichenen Korridor

mit den ovalen Miniaturporträts fast aller Angehörigen
ihrer unendlichen Sippe an den Wänden, die Njanjas:

»Dass sie sich nur nicht erhitzt!«

Die drücken, sich tief verbeugend, die gestärkten, ab-
stehenden Schürzen an den Leib, gucken mit verrenk-
tem Kopf aus dem Zimmer in den Korridor und rufen
ihr nach:

»Ja, Gnädige.« Und sie eilt endgültig davon.

Das Mädchen wartet kurz ab. Dann blickt sie Njanja und
Stubenmädchen listig an. Jetzt ist uneingeschränkt sie die
Herrin im Hause.

Ja, natürlich ist da noch der Vater. Aber wer beachtet
den schon. Seit dem Morgen dienstfrei, in Zivilkleidung,
einem leichten weißen Rohseidenanzug, sitzt er im hintersten Winkel des Gartens auf einer Holzbank und sieht
den jüngsten Roman des Herrn Nabokow durch. Das
Buch gefällt ihm. Es ist fortschrittlich. Er lächelt. Stellt
sich vor, wie er abends in der Versammlung, zum nicht
geringen Horror der Damen, lässig, als verstünde es sich
von selbst, diesem herausragenden russischen Verfas-
ser ein großes Lob ausspricht und höchst schockierende
Episoden des betreffenden Werks fast auswendig zitiert.
»Man muss mit der Zeit gehen!«

Wieder lächelt er. Zieht an der Zigarette. Bläst einen
exakten Rauchring und blickt nach oben, verfolgt dessen
Weg durch das Laub in die dunklen verborgenen Tiefen
der Krone.

Der Himmel ist blendend hell, doch zwischen den
zahlreichen, dicht zusammengeschobenen Blättern

kaum zu sehen. Alles ist übergossen von einhüllendem, unter die Lider sickerndem und sich dort auflösendem Licht. Er richtet seinen Blick auf den großen grünlichen Teich mit den schwimmenden Seerosen und den riesigen, vor unerträglicher Hitze gähnenden Karpfen, deren breite weißliche Rücken durch die transparente, hier und da aufblitzende Wasseroberfläche hindurch zu erkennen sind. Bleibt lange starr so sitzen.

Ja. Ja.

Das Mädchen tritt auf die Vortreppe, taucht in demselben Lichtdunst ein, der den Vater, die Njanja, den in einem Gartenwinkel den Zaun reparierenden Soldaten einhüllt. Aus irgendwelchen Gründen sieht sie sich in der Erinnerung vollkommen allein, als hätte es weder den Bruder noch die Schwestern gegeben. Seltsam, aber so ist es. Doch womöglich gab es in ihrem neuen ausgedachten Dasein wirklich keine Geschwister. Niemanden außer ihr. Durchaus möglich. Sogar sehr wahrscheinlich.

Das Mädchen blickt sich um. Durch das Laub ist jemand Riesiges zu erkennen, von all den kleinen Lücken in eine Vielzahl glitzernder Splitter zerweht. Oder sind das lauter aufblitzende Augen? Die Einheimischen wissen, dass man besser nicht zu genau hinschaut. Du guckst und guckst, und dann kannst du dich nicht mehr losreißen. Es geht nicht mehr. So bleibst du mit eingefrorenem Gesicht auf der Vortreppe sitzen, diesem flimmernden Dings zugewandt.

Später dann, bei Nacht, im Schutze einer ebenso blendenden Finsternis, kriecht es, jenes Etwas, geräuschvoll das Laub teilend hervor, kommt näher, umströmt dich mit heißem, leicht nach Bittermandel riechendem Atem und zieht dich in seinen undifferenzierten, ansaugenden Raum. Entsetzlich!

Die wenigen usbekischen Gärtner, über den ganzen Garten verteilt, neigen im Baumschatten komplizenhaft lächelnd den Kopf mit dem dunklen Gesicht, blicken finster drein, senken den Blick und bleiben starr und unterwürfig stehen. In ihren Händen blitzen die langen scharfen Gärtnermesser auf. Wer weiß, was sie im Sinn haben?

Wirklich, wer weiß das schon.

* * *

Nun füllten sich der Zug und das Abteil des Mädchens ständig mit neuen und fast augenblicklich wechselnden Reisegefährten. Kaum hatte das Mädchen sie kennengelernt, sich ihre Gesichter eingeprägt, als sie schon an unbekannten Haltepunkten und Bahnsteigen ausstiegen und in Räumen verschwanden, die sie und sich auflösten.

»Tschüss!«

»Auf Wiedersehen.«

Das Mädchen ließ ihre Goldgegenstände nicht mehr auf dem Tischchen liegen. Sie gewöhnte sich allmählich an das neue Leben und die neuen Sitten. Vorübergehende warfen einen raschen Blick auf sie. Etwas ließ sie stutzen. Schon an ihr vorbeigelaufen, drehten sie sich um und vergewisserten sich – ja, etwas ganz Ungewohntes.

Vorm Fenster eilten flache eintönige Steppengebiete

vorbei, eine gelbliche halbtrockene Grasdecke mit zahlreichen Huckeln – den Bauen der zahllosen Ziesel. Die Tierchen, auf die Hinterbeine erhoben, zögerten, zauderten, um dann beim Herannahen des donnernden Eisenungetüms in ihre Deckung zu stürzen. Trotz allem waren Züge in jener Gegend noch selten. Und von neuem hervorzulugen. Das Dröhnen verklang. Routiniert setzte sich der aufgewirbelte Staub in seinen Ritzen und Mulden. Bis zum nächsten Morgen konnte man in Ruhe leben.

Reiter führten in jener Gegend ihre Pferde sorgsam am Zügel, auf dass sie sich nicht die Beine brächen, wenn sie mit dem Huf in die zahllosen Löcher gerieten. Und überhaupt, wer weiß schon, wessen greuliche, bekrallte Raubtiertatze plötzlich hochgeschossen kommt und das arme schnaubende Tier stracks mit sich fortschleppt. Womöglich sind es auch eine Menge dürrer Knochenhände zugleich, die blitzartig aus den zahllosen Erdlöchern in die durchsichtige Luft fahren und eine nicht gerade kleine Karawane taumelnder und todmüder Reisender auf einmal unter die Erde ziehen. Wo werden sie wohl wieder zu sich kommen? Werden sie das überhaupt?

Hin und wieder gab es vereinzelte hausbebaute Inselchen menschlichen Siedelns, die, wie es schien, von der ganzen übrigen Welt durch undurchdringliche, trostlose Ewigkeit abgetrennt waren. Manchmal huschten auch ausgedehntere besiedelte Räume vorüber. Sogar nicht sehr große Städtchen, umgrenzt von einer ununterbrochenen blinden Wand aus irdenen Hofmauern.

Aber auch das – einfach nur trostlos!
Und wieder – endloser, öder, gilbender Raum.

* * *

Von einer solchen nicht enden wollenden Mauerlinie war bei ihnen in China auch das großräumige Gebiet der ausländischen Konzessionen umgeben. Darauf konnte man ums ganze Territorium herumlaufen. Und das Mädchen hat das tatsächlich mehrmals getan. Ein behändes Kind. Mit drei Jahren brachte ihr der Vater bei, mit dem Luftgewehr zu schießen. Er stellte sie auf ein Bänkchen, hängte ein Stück Seife an einem Seil auf, und sie jagte unfehlbar Metallbolzen hinein. Die Bolzen wurden rausgeklaubt, die Seife immer ein Stück weiter weggehängt, doch das Mädchen traf nach wie vor jedes Mal.

Neben ihnen, auf derselben Seite der Mauer, wohnte eine deutsche Emigrantenfamilie, die von Kopings. Manchmal flogen die Bolzen auch auf ihre Seite, allerdings schon am Ende ihrer Flugbahn und ohne feststellbaren Schaden oder Nachteil für die Nachbarn. Die merkten nicht einmal etwas. Vater und Tochter wechselten einen Blick und setzten ihr Tun fort.

Doch die Kopings blieben vor allem deshalb in Erinnerung, weil mit ihrer Tochter, der gleichaltrigen, dicken und starrköpfigen Kitty, permanent hartnäckige Kämpfe um ein aufziehbares Blechkrokodil stattfanden, das aus irgendwelchen Gründen dauernd von der anderen, der »Koping-Seite« in den Garten flog. Entsprechend betrachtete das Mädchen es schon als ihres. Kitty aber kam anmarschiert und packte es mit unglaublicher Kraft. Doch dank ihrer oben erwähnten sportlichen Gewandtheit siegte immer das Mädchen. Die Eltern erschienen, trennten die Rivalinnen, schickten das Krokodil zurück auf die »Koping-Seite«. Dann fing alles von vorne an.

Jenseits der Mauer stand die seit langem verödete Villa des erwähnten Erzbischofs Viktor, den, wie alle versicherten und sicher waren, bösartige und ungreifbare Tschekisten, die auf chinesisches Territorium vorgedrungen waren, ermordet hatten. Und wirklich, der graubärtige massige alte Mann war nackt in seinem Garten gefunden worden, auf dem Rücken liegend, die weit aufgerissenen Augen gen Himmel gerichtet. Im Haus war nichts geraubt worden. Wer außer den Tschekisten konnte etwas derart Verwerfliches begangen haben? Niemand. Das ist doch klar wie der helle Tag.

Auf dem Hinterhof wiederum, der von Portulak – weich und süßlich – bewachsen war, kletterte das Mädchen mit dem Bruder auf die Mauer, nahm ihn fest bei der Hand und machte sich, behände balancierend, auf den langen Weg. Das endgültige Ziel war stets ein geheimnisvoller weit entfernter Ort, den die beiden auf einer der ersten Mauerwanderungen entdeckt hatten. Das heißt, nein, die Ehre der Entdeckung gebührt voll und ganz dem Mädchen. Einige Zeit später weihte sie den Bruder ein.

In einem Teil der Konzession, wo alles hinter dichtem Buschwerk versteckt war, offenbarte sich den Kindern ein kleines Haus, in dessen erstem Stock man, weil er genau auf der Höhe der Mauerkante lag, außergewöhnlich schöne junge Chinesinnen in bunten Seidenkitteln beobachten konnte. Was im Erdgeschoss passierte, kriegten die Kinder bis zum Schluss nicht raus.

Die jungen Frauen wanderten melancholisch durch die kleinen Kämmerchen, in die der erste Stock des rätselhaften Hauses aufgeteilt war, als hätte man ihn akkurat in Stücke geschnitten. Hinten stand in jeder Kammer ein großes Bett, das fast den ganzen nicht gerade großzügigen Wohnraum einnahm und ebenfalls mit etwas sehr Buntem und Blumigem bezogen war. An den Wänden hingen offenbar Darstellungen von Männern und Frauen in klassischer altchinesischer Manier. Sie genauer zu betrachten war aus der Entfernung, in der das Mädchen sich befand, nicht möglich.

Wenn sie die Kinder erblickten, erhoben sich die Schönen vom Bett, traten langsam ans Fenster, lächelten sie lange und traurig an. Manchmal tauchten in den Nachbarzimmern zarte, anmutige chinesische Jünglinge mit blassen geschminkten Gesichtern auf. Sie traten ebenfalls ans Fenster und fixierten die Kinder mit fast blicklosen Augen. Erstarrten. Dann, als hätten sie sie erst jetzt entdeckt, lächelten sie und traten ins Zimmer zurück, nachdem sie den blasslila Vorhang vors schmale Fenster gezogen hatten. Die jungen Frauen wiederum hielten den Kindern Äpfel und Bonbons hin.

Dem Mädchen kamen sie wie wunderschöne Prinzen und Prinzessinnen vor, die irgendein böser und unerbittlicher Wille zu trauriger Einsamkeit verurteilt hatte. Sie taten ihr fürchterlich leid.

Neben dem Haus weideten in einem kleinen Pferch zarte Damhirsche. Aller Wahrscheinlichkeit nach waren das verhexte Kinder (wer auch sonst?!), die gewisse schreckliche Monster in schutzlose Geschöpfe verwandelt hatten. Die Hausprinzessinnen stiegen aus dem ersten Stock zu ihnen hinab, fütterten und streichelten sie, wobei sie vielsagend zu den Kindern hochsahen. Den langen, durchsichtigen, bebenden Ohren der Damhirsche zugeneigt, wisperten sie geheime Zaubersprüche, die jenen mit der Zeit die menschliche Gestalt zurückgeben würden. Freilich hat das Mädchen die endgültige Zurückverwandlung eines Tieres in ein Kind nie mit angesehen. Vermutlich geschah das im Schutze der Nacht. Tatsächlich schien die Zahl der Damhirsche von Mal zu Mal kleiner zu werden.

Das Mädchen und ihr Bruder warfen einen erschrockenen Blick auf die unglücklichen verhexten Kinder und warfen ihnen die unverzehrten Apfelreste hin. Wer weiß, was das für Äpfel waren! Obwohl die Nähe der wunderschönen Prinzessinnen sie beide vor einem fremden bösen Willen zu schützen schien.

Hin und wieder lief ein echtes Kind durch den hinteren Teil des Gartens oder des Zimmers. Bruder und Schwester wechselten einen Blick. Ihre Hoffnungen bezüglich der unglücklichen Damhirsche bestätigten sich.

Die jungen Frauen sandten den Kindern einen Abschiedsblick zu und zogen die Vorhänge vor.

Erst später begriff das Mädchen, dass das ein öffentliches Haus gewesen sein dürfte. Im Klartext – ein gewöhnliches Bordell. Nichts Überraschendes. In der öden Zeit tagsüber langweilten sich die Besiedler und lagen auf der faulen Haut. Sie freuten sich über den unerwarteten Besuch – das Mädchen und ihren Bruder. Und das im Hintergrund vorbeilaufende Kleine – das war schlicht ein von einem Kunden gezeugtes Kind, das in diesem traurigen Hause wohnte oder von der Njanja gebracht worden war, um seinen Pechvogel von Mutter zu besuchen. Auch das nichts Überraschendes.

Eines Tages wanderte das Mädchen viel weiter als bis zum Prinzessinnenpalast und kam zu einem Friedhof mit verlassenen oder auch zerstörten Häusern oder auch Höhlen rundherum. Im ganzen vom Auge erfassten Raum wimmelte es von rätselhaften Wesen. Das Mädchen sprang von der Mauer und versteckte sich hinter den Zweigen hoher Bäume. Die Wesen erwiesen sich als gewisse Abbilder von Menschgestalten, die in kuriosen Dingen kramten, von denen eine Riesenanzahl überall herumlag.

Wahrscheinlich waren das die ruhelosen Seelen aller möglichen Übeltäter und Betrüger, die zu Lebzeiten einem unrechten Gewerbe nachgegangen waren. Der Koch hatte von ihnen erzählt. Hier plagten sie sich nun, weit weg von menschlichen Behausungen.

Der Koch brachte allerlei Obst- und Fleischabfälle aus der Küche an solche gefährlichen Orte. Nach einiger Zeit waren sie verschwunden. Verständlich.

Das Mädchen stand eine Zeitlang da, ohne sich sehen zu lassen, dann ging sie leise fort.

Manchmal fiel im Garten Schnee. Das Mädchen raste unglaublich aufgeregt vom ersten Stock nach unten, mehrere Stufen überspringend. Mit hohen, fast hasenähnlichen Sprüngen markierte sie einen Weg um die Apfelsinenbäume herum und weiter, weiter, tief in den Garten hinein. Die Njanja hastete linkisch hinter ihr her und verdarb die Spuren. Das Mädchen wurde böse. Die andere zog sich auf die Veranda zurück und folgte dem Mädchen mit schuldbewussten und besorgten Blicken. Besonders unruhig wurde sie, wenn ihr Schützling hinter dem Haus verschwand. Doch alles endete gut, nämlich mit allseitiger Beruhigung. Das Mädchen kam mit roten Wangen und schwer atmend zurück und schmiegte sich, am ganzen Körper leicht zitternd, an die Njanja, die sie zärtlich umarmte.

Wenn ein tropischer Platzregen über der Stadt hereinbrach, stürzte das Mädchen genauso ungestüm auf den Hof hinaus, wo sie mit erhobenen Armen unter den schweren gelblichen Güssen daherjagte und kapriolte.

Das Wasser wurde in großen Schüsseln aufgefangen, später wusch man sich damit die Haare. Sie wurden verblüffend weich und seidig.

Die beiden schweigsamen alten Zwillingsschwestern, jene Emigrantinnen und Katzenliebhaberinnen, von denen man nicht wusste, wo und wovon sie lebten, und die samstags die offene Tafel im Haus des Mädchens besuchten, rühmten dieses Wasser über die Maßen und brüsteten sich ihres für ihr Alter auffallend fülligen Haares. Ihr Haar war wirklich sehr dicht. Vermutlich handelte es sich wahr und wahrhaftig um wundertätiges Wasser.

Der Zug näherte sich unterdessen eilig und unweigerlich dem fernen herrlichen Taschkent.

Es ist einfach herrlich! Jedenfalls war es das, als ich es in jener fernen Zeit besuchte. Alles blühte! Noch war die Hitze gnädig. Ich wanderte durch die Stadt.

Auch den Pionierpalast besuchte ich, die ehemalige Residenz des Großvaters des Mädchens. Dabei begleitete mich ein absolut erstaunlicher Bewohner der Stadt, Jewgeni Alexandrowitsch, den es, ebenfalls ein Spross des riesigen Verwandtschaftsclans, auf unbekannten Wegen in diese heiße Gegend verschlagen hatte, nachdem er seinerzeit im kalten und feuchten Petersburg die heute unbekannte Redekunst erlernt hatte.

Das geschah mit einer ganz schlichten Methode. Eine hocherregte Menge junger Männer drängte sich um einen langen Holztisch in dem ansonsten leeren und verstaubten Hörsaal einer frischgegründeten progressiven Lehranstalt. Nach etwa halbstündigem quälendem Abwarten musste einer von ihnen, auf den der blitzartig vorstoßende Zeigefinger des Kursleiters wies, augenblicklich damit beginnen, eine flammende Rede über ein bestimmtes Thema zu halten. Über welches, schrie ebenfalls der Dozent heraus, ein klein gewachsener, magerer, schwer hustender, zerzauster intellektueller Anarchist, mit dessen Tötung die neueste Staatsmacht im Verzug war. Unter der vorigen hatte er fast sein ganzes Leben teils in sibirischer Verbannung, teils in entspannter Emigration im Ausland verbracht. Der Reihe nach sprang jeder auf, schrie, fuchtelte mit den Händen. Der Anarchist rümpfte die Nase. Es war unterhaltsam und witzig gewesen. Heute jedoch verbuchte das Gedächtnis dieses gänzlich ungeeignete Verfahren einfach als leichte Erinnerung an Jugend, Hauptstadt, verlorene Familie und allerlei romantische Abenteuer.

Jewgeni Alexandrowitsch wohnte praktischerweise in der Nähe des Palastes, im Untergeschoss eines nicht sehr großen steinernen Vorregimegebäudes. Sein Zimmer fiel durch ein ungewöhnlich asketisches Design auf. Alle Möbelstücke (oder Quasimöbel), also Bett, Tisch, Stühle, bestanden aus Büchern. Nur aus Büchern und nichts als Büchern. Selbst die Fenster waren als Schutz vor den trotz allem beträchtlichen Taschkenter Winterfrösten mit Stößen von uralten Folianten vermauert. Beleuchtet wurde der Raum nur von einer nackten schwachen 30-Watt-Glühbirne, die an einer dito nackten Schnur von der Decke hing, und zwar zu tief. Ich stieß ständig mit dem Kopf an, aber der routinierte Jewgeni Alexandrowitsch wich ihr geschickt aus, wenn er sich flink auf den schmalen freien Pfaden zwischen den überall verteilten Büchern fortbewegte. In russländischen Intelligenzlerhaushalten habe ich derartige Bücherberge öfters angetroffen.

Ja, Bücher waren damals schlicht und einfach unersetzlich.

Wir gingen zusammen zum Palast. Traten ein. Betrachteten stumm die wunderlich geschnittenen Innenräume – wer weiß wohin führende endlose Marmortreppen, in tiefe Fluchten entschwindende sanft beleuchtete Zimmer, unerwartet niedrig herablaufende Kassettendecken. Im Halbdunkel schimmerten riesige ganz gebliebene Kronleuchter. Etwa aus der Zeit des Generalgouverneurs? Wohl kaum. In den menschenleeren Hinter- und Nebenzimmern der zahlreichen Räume konnte man, wie es schien, noch die schweren Faltengewänder hiesiger geheimer Schönheiten, die sich vor fremden Blicken verbargen, sachte rascheln hören.

Es war Frühsommer. Es herrschte Leere. Die Pioniere waren für die ganzen Ferien zum Baumwollpflücken oder -häufeln auf die nahegelegenen Sowchosfelder ausgeschwärmt. So war es Sitte in den ruhmreichen Tagen der sowjetischen Baumwollpflanzrekorde.

Wir traten aus dem Gebäude. Standen auf der breiten Vortreppe aus Marmor. Sahen uns um. Strichen uns leicht über die Stirn, auf der wir einen leichten Schweißfilm entdeckten.

Im Garten neigten ebenjene usbekischen Gärtner, mit einem scheelen Blick auf die vielen durch das lautlose Laub schauenden Augen der geheimnisvollen Besiedler sowie ihr bedrohliches Tuscheln, den Kopf und senkten rätselhaft lächelnd den starren Blick, als hätten sie uns nicht bemerkt. Hatten sie aber! Und sie wussten ganz genau, wer sich zwischen den verstreuten Zweigen barg oder versteckte. Aber sie schwiegen. Richtig so! Ob sie lange scharfe Messer in den Händen hielten, weiß ich nicht mehr. Aber das spielt auch keine Rolle.

Solchen Leuten mit genau solch einem ausweichenden Blick bin ich öfter begegnet, doch andernorts. In Margelan. Im drückenden Lärm und Dunst einer stickigen verrauchten Tschaichana für Opiumesser saßen sie stundenlang bis zum Morgen, starrten die wunderlichen Muster an, die die von allen Seiten aufsteigenden bläulichen Schwaden des Opferrauchs bildeten, und erkannten in ihnen die Züge ersehnter Wesen. Welcher, ist klar.

Nicht das kleinste Kräuseln des Erkennens oder Erstaunens überlief ihre erstarrten, gleichsam erfrorenen Gesichter. Schlichter Gesichtsstillstand. In gehöriger Entfernung, fast einen halben Meter von sich weg, betasteten sie mit gekrümmten gelblichen Fingern ihre aus den Höhlen getretenen glasigen Augen. Ihr binokularer und zur Rundsicht erweiterter Sehsinn erkannte in der Nähe wie in den fernen verborgenen Winkeln des Etablissements die unverfälschten Spuren geheimnisvoller Besiedlungen und Besiedler. Die reagierten auf das unerwünschte Aufgefundenwerden mit noch ärgerem Rückzug, ja mit fast vollständigem Verschwinden. Doch der in außergewöhnlicher Scharfsicht unmäßig erweiterte Sehsinn der Besucher erkannte und fand sie auch dort. Offenbar aufgrund eines gedehnten Atemzugs, des Schwappens von schwarzschimmernder Leere. Ja, man erkannte sie. Ließ sie nicht los.

Und das die ganze Zeit. Bis in alle Ewigkeit.

Die meisten Besucher dieses eigentümlichen Etablissements jedoch lagen auf Pritschen, die Knie ans Kinn gezogen, die Augen geschlossen, und reagierten nicht auf das, was um sie herum geschah. Nur wer ihre vertrockneten, fast am Schädelknochen angetrockneten Gesichter aufmerksam musterte, konnte die unablässigen Regungen der riesigen Augäpfel unter den trockenen runzligen Lidern wahrnehmen. Und die heiseren Laute des schweren stockenden Atems erhaschen.

Der stärkste Diw der Region hatte sich unsichtbar, mit gespreizten Flügeln und Füßen, direkt unter der Bohlendecke über das ganze Etablissement hinweg platt ausgebreitet. Er erschaute jene, die sich unten befanden, alle auf einmal. Besah sie sich genau. Doch auch sie wussten von ihm und gaben nur vor, nichts zu wissen. Bisweilen tropfte etwas Dunkles, Zähflüssiges und Ätzendes auf die entblößte Körperoberfläche der empfindungslosen Besucher. Landete es auf den Leinenmatten oder den hölzernen Hängepritschen, schmorte es sie komplett durch. Neulinge oder zufällig hereingeschneite Leute fuhren zusammen, sprangen hoch, schrien auf, während sie sich die verbrannte Stelle rieben. Verstört schauten sie nach oben, konnten aber außer den Schwaden jenes alles verhüllenden bleifarbenen Rauches nichts entdecken. Niemand nahm von ihnen Notiz.

Und im erwartbar-unerwartetsten Moment krachte der Diw zu Boden und bedeckte alle auf einmal mit einer spinnwebartigen wabernden zähen Masse. Und alle sanken in Schlaf. Und alles versank.

* * *

Ins Abteil drang frischer Frühlingswind. Durch den Waggon zog der süße Duft nach Obst, ihr so vertraut aus dem erst kürzlich vergangenen und nun schon so fernen, entfernten, enteilten, verschwundenen chinesischen Leben und Weben … Manchmal stockte dem Mädchen der Atem.

Vor den staubbedeckten trüben Fensterscheiben eilten grüne Gärten, Baumwollfelder, weiße Ortschaften vorbei. Das war Usbekistan. Vielleicht sogar das Ferganatal? Fuhr der Zug durch jene segensreichen Gefilde, deren Probleme und Sorgen heute komplett von unseren russländischen Problemen und Sorgen abgetrennt sind? Was dort jetzt los ist – ich weiß es nicht. Damals gab es überall und allerorten die Sowjetmacht und die eine ruhmreiche Sowjetunion.

Die war dem Mädchen ein Begriff, wenn auch nicht in allen Einzelheiten, die sich ihr erst viel später eröffneten. Dabei sind doch gerade sie, diese geringfügigen Einzelheiten, das Wichtigste. Und so war ihre ganze arbeitsintensive Reise eine beachtliche erste Lektion in Sachen Erkennen, Beherrschen und Manipulieren aller möglichen habituellen Winzigkeiten, Feinheiten, Listigkeiten und Täuschereien, die den Kernpunkt einer jeden Siedlungsart ausmachen. Und zwar in weit höherem Maße als die großen Ideen und Ideologien, die man aus diversen klugen Darlegungen und wissenschaftlichen Schriften herauslesen kann.

Zur gleichen Zeit schwitzten auf dem Bahnsteig in Erwartung ihres baldigen Erscheinens schon länger als eine Stunde Tante Katja, die Brille mit der schmalen Fassung und den megadicken Gläsern auf der Nase, weshalb sie ein bisschen von einer Schildkröte aus den chinesischen Kaiserpalästen hatte, und, klar, Onkel Mitja, der auf schlichte und natürliche Weise den meisten Leuten seiner damaligen natürlichen Umgebung ähnelte. Der sympathische Typ enthusiasmierter Sowjetmensch.

Später besuchte sie mit Onkel Mitja das blühende Ferganatal. Sie machten auch Halt im staubigen Margelan – einer kleinen niedriggebauten Ortschaft in der Nähe des bezaubernden Fergana, in dem übrigens ebenfalls Mitglieder des über ganz Mittelasien verstreuten weitverzweigten Verwandtschaftsclans lebten.

Ich war später in Moskau mit einigen von ihnen bekannt. Von dem Mädchen und ihrem chinesischen Dasein hatten sie, versteht sich, keine Ahnung. Ich glaube, der Vater ahnte seinerseits nichts von ihrer Existenz. In Moskau nun gewöhnten sich die Fergana-Bewohner ausgezeichnet ein, wobei sie ein südliches, offenes, etwas agitiertes Verhalten und eine grenzenlose Gastfreundschaft beibehielten.

Ein junges Fergana-Paar, das am Moskauer Konservatorium studierte und, schon kurz vorm Abschluss, an der Zentralen Musikschule unterrichtete, wohnte direkt im Klassenzimmer. Der ihnen zum Wohnen zur Verfügung gestellte Teil des Unterrichtsareals war lediglich durch einen lakenartigen schmutziggrauen Vorhang abgetrennt.

Wenn die Eltern ihre Schüler unterrichteten, lag ihr kleiner Sohn hinter dieser schütteren, fast schwerelosen Trennwand im Bettchen, lauschte den Tönen und beschaute den Vorhang. Und sah plötzlich, wie dort

Gesichtszüge hervortraten. Irgendwelche verschwommenen Physiognomien. Sie grimassierten und flogen hin und her. Je länger der Kleine sie beschaute, desto klarer und plastischer wurden ihre Umrisse. Einige lösten sich sachte vom Stoff und näherten sich im Halbdunkel dem Bettchen, berührten fast sein glattes zartes Gesicht. Wie herangewehte kühle Zugluft verspürte das Kind diese verstörenden Halbberührungen. Zuckte zusammen und drehte sich jäh zu einer anderen um, die von links geschwebt kam. Dann drehte es sich nach rechts. Dann erstarrte es.

Durch das kuriose, fast menschenleere Schweigen hinter dem Vorhang in Sorge versetzt, lächelte die Mutter der konzentrierten Schülerin entschuldigend zu und entfernte sich für einen Moment. Sie ging zu ihrem Sohn. Er sah sie stumm mit weit aufgerissenen Augen an. Die Mutter musterte ihn. Nachdem sie seine Stirn befühlt, ihn fest zugedeckt und sich davon überzeugt hatte, dass ihm nichts, aber auch gar nichts geschehen konnte, ging sie zum Unterricht zurück.

Der Kleine aber wiederholte im Stillen für sich alle musikalischen Werke, die die Schüler, zwar durchaus begabt und aus dem ganzen Land rekrutiert, doch gleichzeitig, wie sagt man, ein wenig, hm, langsam, nicht sofort meisterten. Immerhin waren es Kinder. Aus Problemfamilien. Und dergleichen. Es sind ja nicht alle Genies! Man kann doch nicht zu jedem sagen: Sei ein Genie! Man muss es auch nicht.

Die Lehrerin sprach ihnen sanft Mut zu und seufzte leise, wenn sie die Tür hinter ihnen schloss.

Der Sohn aber schuf bereits eigene musikalische Werke. Mutter und Vater waren bass erstaunt. Wer ihn sonst noch kannte, ebenfalls: Ein Ausnahmekind! Was sagt man da, selbst wenn es das eigene Kind ist.

Ich begegnete ihm später als erwachsenem, hochprofessionellem Musiker, was sein Talent und seine Ungezwungenheit indes nicht schmälerte. So alt wie das Mädchen, lehrte er bereits an jenem berühmten Konservatorium, an dem seine Eltern und er studiert hatten.

Übrigens habe ich auch andere Ausnahmekinder gesehen – die reinsten Naturwunder!

Als ich einmal vor langer Zeit die Familie eines alten Bekannten meines Vaters in Petersburg besuchte, erblickte ich ein winziges Menschenwesen in einem ebenfalls winzigen Bettchen. Die Händchen ums Gitter geklammert, mit einem blassblauen ausgewaschenen Strampelanzug bekleidet, der wahrscheinlich schon in der fünften oder sechsten Generation weitervererbt worden war, erhob es sich zu meinem Eintritt langsam und irgendwie sogar feierlich. Eine Zeitlang sahen wir einander ernsthaft an.

Sein Vater, ungeheuer musikbesessen, ging auf der Stelle daran, die Ausnahmebegabung seines Sprösslings zu bezeugen. Er legte eine vielgespielte, vom häufigen Gebrauch bereits knisternde und schrecklich knarzende Schallplatte auf und sah mich listig und prüfend an. Ich schwieg blöde, da ich weder das Werk noch seinen Komponisten nennen konnte. Ja, so war das. Ich verhehle es nicht.

»Aha«, rief der sein Kind vergötternde Vater triumphierend aus und wandte sich an selbiges: »Genetschka, was ist das?«

Das Baby, gerade erst mit der menschlichen Sprache vertraut geworden, artikulierte mit verschliffenen Konsonanten wenn nicht gerade deutlich, so doch durchaus verständlich die Namen von Werk und Komponist. Ich glaube, es war Mussorgskis *Morgendämmerung über dem Moskaufluss*.

Und gleich darauf brach das Kleine in haltloses Weinen aus. Was meinte es im Schoß der scheint's ganz unschuldigen Klangfolge zu erlauschen? Oder wessen sich zu erinnern? Ich war in diesen Dingen völlig unbewandert.

Dem Sohn der Fergana-Verwandten des Mädchens erwies die Regierung ihre gebührende Wertschätzung, indem sie ihm ein beachtliches Sonderstipendium zusprach. Und der Familie eine eigene Wohnung. Alles regelte sich auf die allerbeste Weise.

Sehr viel später, als das Mädchen schon die Aufnahmeprüfung der erwähnten Moskauer Universität geschafft hatte, wohnte sie für kurze Zeit bei ihnen in genau dieser Wohnung, Ecke Lenin- und Lomonossow-Prospekt.

Ich besuchte, zufällig bekannt mit dem begabten Jüngling, seinerzeit ebenfalls die fröhliche gastfreundliche Musikerfamilie. Man führte Scharaden auf, platzte vor Lachen über spezielle Musikerwitze. Ich lächelte.

Ich wohnte damals nicht weit weg, im Wohnheim in dem berühmten Universitätshochhaus. Natürlich im Männersektor C. Später zog das Mädchen in den Frauensektor B ein. Die Vermischung der Geschlechter auf demselben Territorium war strikt untersagt. Wobei sie sich, logisch, ebendort, auf jenem untersagten Territorium, auf die natürlichste Weise und mit den natürlichsten Folgen vollzog.

Die Zimmerfenster gingen auf einen geschlossenen, vielstöckigen steinernen Schacht hinaus, der geradewegs betörte, in seinen Bann zog. Ein guter Freund von mir, im selben Studienjahr wie ich, saß bei offenem Fenster in seinem Zimmer auf dem Fensterbrett, mit den Beinen nach draußen. Im nicht gerade niedrigen elften Stock. Saß einfach da, in vollständigster Einsamkeit und Entrückung. Ob ihn nun etwas nach unten zog, ob eine rätselhafte überwältigende Leichtigkeit seinen ganzen jugendlichen, noch reinen Organismus befiel – jedenfalls rutschte er an den Rand des Fensterbretts und stürzte hinab.

* * *

Solchen Leuten bin ich in ebenjenem Margelan begegnet.

Es gibt da diese Erinnerung, wie mein Freund und ich unter dem riesigen südlichen asiatischen Sternenhimmel in einem Freiluftkino saßen, wo zufällig ein bekannter amerikanischer Blockbuster jener Zeit gegeben wurde, *Sindbads siebente Reise*. Schwerelos hing das Raunen der Menge in der Luft und erfüllte den beachtlichen Raum des fast antiken Amphitheaters. Die Holzauflagen der Sitze knarrten.

Wir schauten uns wachsam um. Trotz allem ein fremder Ort.

Die durchsichtige und minimal abgekühlte Luft ließ

uns, wenn ein Windhauch vom fernen Gebirge sie bewegte, in der herannahenden Finsternis bisweilen zusammenschaudern. Die harten Filmstimmen zergingen in der stillen friedlichen halbländlichen Abendatmosphäre des winzigen Städtchens. Vielmehr der Ortschaft. Der Siedlung städtischen Typs.

Wir verfolgten die schlichten Irrungen und Wirrungen des Films.

Als nun auf der weißen Leinwand, in die der Wind mitunter schiefe faltige Wogen blies, stümperhaft in Hollywood zusammengeschusterte Trickfiguren erschienen, riesengroße, sich ruckartig fortbewegende Monster, hörten wir hinter uns:

»Oh, Diwe! Diwe!« Das verstand man gut.

Lang- und graubärtige Greise mit geöffneten zahnlosen Mündern stießen ihre dürren knorrigen Finger über meine Schulter, die sie dabei fast zerschrammten, in Richtung der bebenden Leinwand.

Mein Gott, sie waren überwältigt von den Trickwundern der amerikanischen Stümper! Von dem ganzen Hollywood-Krempel. Dabei erinnerten sie sich noch in eigener Person an die Zeit, als Semjon Budjonnys ruhmreiche Reiter mit den Leichen ihrer nahen und entfernten Verwandten die Brunnenschächte zuschütteten. Die schneidigen roten Kämpfer kamen nicht dazu, die Blutschlieren unangetrocknet von ihren Säbeln zu wischen. Und wozu auch, wenn nach einem Tag, ach was, nach einem halben Tag, ach was, nach einer halben Stunde wieder neue auftauchen würden? Fährt man mit dem Zeigefinger unter der Nase her, bedeutet das in dieser Gegend bis auf den heutigen Tag nicht etwa, dass man verräterisch ausgetretenes leichtes Erkältungsnass abwischt – o nein. Damit ist der fuchsfarbene Budjonny-Schnurrbart gemeint, dessen sich der rote Armeeführer rühmen konnte, während er wie beschrieben heroisch-ausrottend tätig war. Und nicht nur hier.

Eine solche Geste gilt als beleidigend und kann traurige Folgen nach sich ziehen. Wie mehrfache eigene Anschauung beweist!

»Diwe! Diwe!« Das verstand ich auf Usbekisch ausgezeichnet.

Der Film war zu Ende. Die Greise erhoben sich, wechselten ein paar Worte, die ich schon nicht mehr verstehen konnte, und trotteten in dieselbe Richtung. Die Freunde und ich begleiteten sie bis zum Eingang einer überfüllten Tschaichana, wo sie sich gewohnheitsmäßig auf den Pritschen niederließen und ihre Nachtwache begannen. Ja, es war eine Tschaichana für Opiumesser.

In den Morgenstunden schwankten die entspannten Tschaichana-Besucher durch die schmalen engen Gänge zwischen den warmen, während der kurzen Nacht nicht abgekühlten Lehmwänden, die sie mit sachten Tastbewegungen berührten, und steuerten jeder für sich unsicher ihr Heim an, das voller Frauen, Kinder und weiterer naher und entfernter Verwandter steckte.

Sie trotteten daher, unerkannt von den Hunden und den beim ersten wärmenden Sonnenstrahl herausgekrochenen dürren Skorpionen. Die gekerbten Geschöpfe strafften sich, kniffen ihre kurzsichtigen Punktaugen zusammen und zuckten geschwind mit ihren zahlreichen harten Tasthaaren. Womöglich waren auch schreckerregende schwarze Karakurte und langgestreckte Tarantulas zugegen. Womöglich. Doch die Vorübergehenden ließen sich seltsamerweise mit keiner der üblichen Wahrnehmungsmethoden erfassen. Die Geschöpfe warteten ein wenig und entspannten sich dann. Mit einem langen zerstreuten Blick begleiteten sie die in den Tiefen des Lehmbaulabyrinths Dahintrottenden.

Die Wanderer erreichten ihr Heim. Klopften. Von ihren Frauen immerhin erkannt, schritten sie unsicher durch die nur einen Spalt geöffnete Tür. Traten ins Haus. Wurden von den Frauen gewohnheitsmäßig zu ihren flachen Liegen in den hintersten Winkeln der kühlen Heimstätten geleitet. Na ja, das kennt man.

* * *

Im stickigen Waggon verfolgte das Mädchen, von den zahlreichen Mitreisenden ans Fenster gedrückt, zerstreut die draußen vorbeieilende eintönige Landschaft. Die Passagiere betrachteten sie mit Verwunderung und einem gewissen Misstrauen. Bisweilen sprachen sie sie an. Sie antwortete freundlich.

Manchmal tauchte ein einsamer Esel vorm Fenster auf. Mit den Ohren wedelnd, beugte er sich zum spärlichen harten Gras hinunter. Und raste im selben Moment in die Ferne. Das Mädchen dachte an ihren Liebling und schluckte Tränen hinunter. Wie ging es ihm? Wo war er jetzt?

Beim Passieren einer kleinen Ortschaft fiel ihr eine Gruppe Kinder fast in ihrem Alter auf, deren Oberhaupt ein hochgewachsener, munterer, jugendlich wirkender Mann war. Er schwang eine kleine rote Flagge. Die Kinder folgten ihm.

Der Zug flog vorüber. Das Mädchen drückte ihr Gesicht an der Scheibe platt, um den weiteren Weg des rätselhaften Pulks zu verfolgen. Sie sah, wie die Kinder und ihr Oberhaupt gleichsam jäh vor einem unbekannten unsichtbaren Hindernis stockten. Und auf einmal verschwanden. Weg waren. Einbrachen. In die Tiefe entwichen. In eine merkwürdige unterirdische Kluft. Einen geheimnisvollen Gang.

Dort, der Geometrie und dem Maßstab des engen ausgedehnten Tiefenraums gemäß, dehnten sie sich ihrerseits entlang der dominierenden Horizontalachse aus und nahmen langgestreckte Proportionen an. Und beschleunigten rasant auf ein ungeheures, über Tage unmögliches Tempo.

Das Mädchen versuchte, ihren Weg unter der huckligen Erdoberfläche gedanklich zu verfolgen. Doch sie, die Unsichtbaren, Unereilbaren, entwichen rasend schnell in die Ferne, überholten den Zug und kamen auf dem Bahnsteig ebenjenes Taschkenter Bahnhofs wieder ans Tageslicht. Schlüpften aus dem Tunnel ins Freie, klopften sich ab, richteten ihre Kleidung und stellten sich von neuem in einer langen akkuraten Kolonne auf.

Tante Katja und Onkel Mitja fassten diese zwielichtigen Zweierreihen scharf ins Auge, um womöglich ihre unbekannte Nichte zu erspähen. Doch nein. Mit dem Führer an der Spitze verließen die Kinder den sich leerenden Bahnsteig.

Tante Katja und Onkel Mitja blieben mutterseelenallein zurück.

Ach ja, eine ähnliche Geschichte hat sich, wie mir einfällt, in den alten Tagen meiner Kindheit abgespielt. Ich war nicht dabei, aber man hat sie mir erzählt. Brühwarm! Und ich glaube sie.

Auf dem Bahnsteig einer Moskauer Vorortstation, ich glaube, es war »Kosmos« (so eine gibt oder gab es), wartete ein ähnliches Grüppchen hiesiger Pioniere in ähnlichen weißen Hemden und roten Halstüchern zusammen mit einer kräftigen, sozusagen korpulenten, strengen und von ihrer Würde durchdrungenen Höheren Pionierleiterin auf die ratternde und ramponierte Bahn. Und da, am hellerlichten zentralrussischen Tag, zeigte sich statt der ersehnten Vorortbahn, die sie zu einem Ausflug in die herrliche, majestätische Hauptstadt der damaligen sozialistischen Heimat bringen sollte, plötzlich die unerhört hohe, starke, düstere und schwarze, in unseren Breiten und Stellen extrem seltene, jede Vorstellung sprengende Säule eines todbringenden Tornados. Je nun – aber so war es!

Ohne ein einziges Bäumchen ringsum anzutasten, kroch sie langsam über den Bahnsteig und nahm den einsam dastehenden Pioniertrupp mit. Nur und ausschließlich ihn. Als wäre er eigens dafür bestimmt gewesen. Vorherbestimmt.

Und trug sie alle mit sich fort. Wohin? Wer weiß! Leider, leider wurden sie nicht gefunden.

Später allerdings, so heißt es, traf man die Verlorenen bereits erwachsen und verändert (nicht zum Besseren, wie gleichfalls erwähnt wurde) an anderen Orten und unter anderem Namen wieder an. Aber wer hat sie angetroffen? Und wer hätte sie überhaupt wiedererkannt? Und sie hätten ja auf eine Anrufung auch gar nicht reagiert. Klar wie Kloßbrühe – wie hätte man nach einer solchen Zeitspanne die ehemaligen Kinder und die unerhört gealterte ehemals jugendliche Pionierleiterin in ihrer erwachsenen Erscheinung erkennen und identifizieren können?

Also hat man sie denn auch nicht identifiziert.

Weiter, immer weiter! Alles stürmte vorwärts, näherte sich rasend schnell Taschkent, der – es war einmal und wird einmal – zusammenfantasierten und der wirklichen Stadt.

Jetzt war man schon ganz nah.

Flog an einigen kleineren Flüssen und Weihern vorbei, wo das Mädchen demnächst mit dem geschickten Onkel Mitja zusammen angeln gehen würde. Die Fische in den raschen, eisigen und durchsichtigen Flüsschen würden zwar ebenfalls kalt und glänzend, aber, nicht zu vergleichen mit den gewaltigen Karpfen in den dunklen Kaiserteichen, spärlich und klein sein.

Freilich, große rätselhafte Exemplare kamen einem manchmal auch hier unter. Es kostete nicht nur viel Mühe, sie aus den Wassertiefen ans Licht der Welt zu holen, sondern auch, sie, kaum herausgezogen, wieder zurück ins Wasser zu befördern, als wären sie nie gewesen. Nie vorgefallen. Sie wehrten sich. Was sie an diesen Orten und Breiten eigentlich wollten, ist schwer vorstellbar. Wobei man auf dergleichen praktisch allerorten stößt. Fast überall birgt unser schwaches Umfeld derartige Fehltritte.

Wenn das Mädchen mit beträchtlicher Mühe einen gewaltigen Flussbesiedler losgeworden war, sah sie sich rasch um, doch niemand hatte etwas mitbekommen. Das heißt, wer einzig in der Nähe war und etwas hätte mitbekommen können, war Onkel Mitja. Doch er hatte sich just in diesem Moment ein Stückchen entfernt und den Vorfall nicht bemerkt. Oder tat so. Das Mädchen sah ihn forschend an und wollte ihn schon rufen. Doch sie stockte und überlegte es sich anders.

Nach kurzer Zeit drehte Onkel Mitja sich zu ihr um und schmunzelte rätselhaft.

Ihr fiel eine weit zurückliegende Geschichte ein, die sie stark beeindruckt hatte. Vor einem oder anderthalb Jahren war sie, schon ziemlich erwachsen, durch die Straßen Tientsins spaziert. Vor ihr ging ein schwarzhaariges kleines Mädchen. Den Kopf zu einem an die Brust gedrückten Bündel geneigt, flüsterte sie:

»Mein Schätzchen! Mein Liebes!«

Natürlich auf Chinesisch, doch das Mädchen verstand sie. Damals verstand sie alles.

Das Mädchen blickte ihr über die Schulter und sah in den Armen der Kleinen, in eine durchnässte zerknautschte Zeitung gewickelt, einen nicht sehr großen Fisch, der sich, schwächer werdend, matt wand oder eher leise zuckte. Sein grotesk aufgesperrtes Maul schnappte krampfhaft nach der dünnen unzureichenden Luft.

Erinnerungen an solche aufgesperrten, schreckerregenden knochigen Fischmäuler hatte sie auch im Zusammenhang mit den beleuchteten Riesenaquarien in Restaurants. Das dicke matte grünliche Glas verlieh den Fischwesen unerhörte, nahezu drachenartige fantastische Dimensionen. Reglos mit den nichtblinzelnden runden Augen starrend, rissen sie ihre bleichen durchsichtigen Mäuler auf, als wollten sie das angststarre Mädchen verschlingen. Sie schrak zurück. Es schien, als wäre ein finsterer Fischplausch zu hören. Worüber? Ist doch klar.

Na ja, das dauerte nur einen Augenblick. Das Mädchen schüttelte ihren rötlichen Kopf und rannte den Eltern in den reservierten separaten Raum nach, an dessen Tür auf einem zierlichen vergoldeten Schildchen ein exquisiter Name stand: »Reise über die Türkiswogen des Himmelsflusses«. Wunderschön! Oder: »Blühende …« Keine Ahnung, was da blühen sollte. Aber auch das – wunderschön!

Die Erwachsenen nun wiesen ohne jede Befangenheit mit dem Finger auf irgendeinen grünlichen nichtsahnenden Aquariumsbewohner. Wobei nein, nein, natürlich ahnte er etwas! Und wie er etwas ahnte! Ja, er ahnte nicht nur, sondern wusste alles ganz genau, bis ins kleinste Detail. Und maß bloß mit kaltem und berechnendem Blick das armselige Objekt seiner künftigen Rache. Welcher – wer weiß das schon? Er.

Kurze Zeit später wurde das Wassertier am Tisch der kreuzfidelen Gesellschaft serviert, bereits zerlegt, ja in zahlreiche auseinanderfallende Scheiben zerschnitten. Und dieses schreckliche und unbezwingliche, eigentlich schon gänzlich und unwiederbringlich in nicht wieder zusammensetzbare Stückchen zerteilte und endgültig gebändigte, dieses unvorstellbare Geschöpf also schnellte mit einem Mal in die Höhe, bäumte sich mit seinem ganzen in zahlreiche Stücke zertrennten Fleisch auf und stürzte sich auf einen der unglückseligen Esser. Auf denjenigen, welchen. Die Rache war vollbracht!

Aber so etwas geschah nun doch relativ selten. Dem Mädchen zum Beispiel war es nicht beschieden, derartige tragische Folgen leichtsinniger übeltäterisch-kulinarischer Ansprüche und Handlungen mitanzusehen.

Und dann fiel ihr noch der Marzipanfisch ein, der wie der Prellstein am Hoftor am Fuße des runden und dicken geweihten Osterkuchens lagerte. Daneben präsentierte sich die mit einer Holzform zu einem exakten Dreieck ausgerichtete weiße Masse des Osterquarks, emporragend nach dem Bilde einer ägyptischen Pyramide. Oben auf dem Kuchen stand in Weiß: X. B., Christus ist auferstanden. Auch die Buchstaben unterlagen dem Verzehr. Sie waren, wie der Marzipanfisch und die Spitze der schneeweißen süßen Pyramide, nach einem unklar von wem eingeführten Familienbrauch für das Mädchen bestimmt. Die Schwestern, ein wenig neidisch, beobachteten sie nachsichtig lächelnd – sie waren ja die älteren. Ach, das Los der Älteren! Ich kenne es selbst.

O ja, das Los der Älteren!

Apropos, direkt vor der Abreise ging sie an einem strahlend sonnigen Tag mit ihrer Mutter durch das chinesische Geschäftsviertel. Da kam aus einem Ladeneingang, nach allen Seiten blickend und tief gebückt, ein kleines Mädchen auf sie zugerannt, die sehr an jene andere mit dem Fisch erinnerte. Umso mehr, als sie ein ebensolches kleines, in bunte Lappen gewickeltes Bündel trug, das sie der Mutter hinhielt. Die Mutter öffnete eilig und gewohnheitsmäßig ihr weißes, mit winzigen Perlen besticktes Täschchen. Nahm einen Geldschein heraus und wollte ihn der kleinen Chinesin geben. Die schüttelte wild den Kopf und hielt ihr das Bündel noch dringlicher hin. Die Mutter erstarrte für einen Moment, dann, fest die Hand ihrer Tochter gefasst, entfernte sie sich in großer Eile.

»Was wollte sie?«, fragte das Mädchen.

»Sie wollte uns ihr Kind geben.«

»Warum?« Das Mädchen hätte nichts gegen ein chinesisches Brüderchen oder Schwesterchen gehabt.

»In China wünscht man sich Söhne, damit die Familie weiter fortbesteht, Mädchen hält man für eine Last, sie gehen ohnehin weg und nehmen einen fremden Namen an«, erklärte die Mutter, ohne das Mädchen anzusehen.

»Und warum haben wir es nicht genommen?«

»Allen kannst du nicht helfen.«

Und jetzt fühlte sich das Mädchen mit einem Mal wie das bejammernswerte chinesische Baby, das dem Erstbesten vergeblich angeboten wurde. Warum? Hatte sie sich denn nicht selbst zu jenem riskanten Unternehmen erkühnt? Aber sie war doch so jung! Fast noch ein Kind.

Am Ende dieser so langen Reise, schon fast gewöhnt an alles, das bis dato unbekannt und unvorstellbar gewesen war, fühlte sie sich plötzlich schrecklich erschöpft und innerlich leer. Sie hatte nicht einmal mehr die Kraft zu weinen.

Gott sei Dank, es würde nicht mehr lange dauern. Nur noch ein kleines bisschen.

* * *

Der Zug kroch langsam zum bleigrau-staubbedeckten niedrigen Bahnsteig. Die müden, verschlafenen, stark aufgewühlten Passagiere drängten sich dicht an dicht im engen Waggongang. Klar – sie waren schlagkaputt. Hatten es eilig. Standen unter Stress. Doch einige strahlten durchaus Heiterkeit und Gelassenheit aus. Wenige. Aber es gab sie.

Durch die trüben, verdreckten Fensterscheiben war nichts zu sehen. Man wischte mit den Ellbogen, drückte sich die Gesichter platt. Nein – nichts zu erkennen.

Im Nu war der Bahnsteig voller Menschen.

Mit der Hilfe netter Leute bugsierte das Mädchen ihre vielen und ziemlich absurden Siebensachen durch die enge Tür zum Ausstiegskabuff. Schaffte sie die Stufen hinunter. Gruppierte sie auf dem Bahnsteig um sich herum. Stand da, sah um sich, blinzelte in der grellen, allgegenwärtigen Sonne des heißen Taschkent. Ihre im Güterwagen transportierten Kisten sollten später ausgeladen und an ihren Bestimmungsort gebracht werden. Doch darum machte sie sich keine Sorgen. Wieder kann man da nur sagen – ein Kind eben!

Als sich alle verlaufen hatten, sah sie fast am entgegengesetzten Ende des langen Bahnsteigs die einsamen kleinen Gestalten von Tante Katja mit Hausschuhen an den bloßen Füßen und Onkel Mitja in kurzärmligem kariertem Hemd. Das Mädchen lächelte auf.

Linkisch, als wären sie verunsichert oder gar verwirrt, setzten sich die beiden in Bewegung und gingen auf sie zu.

DAS GANZE FLIRRENDE
PHANTOM DES LEBENS.

Dmitri Prigows »fremde Erzählung«
von Kindheit und Krieg

Was für ein poetischer Text! Das Mädchen, die feinsin-
nige, aufmerksame und eigenwillige Protagonistin von
Dmitri Prigows »Katja chinesisch«, bezaubert in fe-
derleichten Szenen und Bildern voller Farbigkeit und
Schönheit. Dabei vergisst man leicht, dass der Ursprung
der Erzählung in den allerersten Sätzen der Krieg ist.

Es war 1944 oder 1945. Genau, 1945. ... Es ist Krieg.
Irgendwo weit weg ist Krieg.

Schon die Jahreszahl lenkt die Vorstellung: Man denkt
sofort an den Zweiten Weltkrieg »mit all den jedermann
erinnerlichen unglaublichen, schwer vorstellbaren Grausamkeiten und Gewalttaten sowie purem, kaltem kalkuliertem menschlichem Irrsinn«. Die Menschen erinnern
sich, aber können (und wollen) nicht glauben, was geschehen ist: Sie verdrängen. Denn einerseits sind die Dinge eben »üblicherweise« so, Aggression und Destruktion
gehören unteilbar zum Menschen. Und andererseits liegt
jedes Mal etwas »Besonderes«, etwas »Außerordentliches« vor: Was den einzelnen Menschen tötet, das indi-
viduelle Leben zerstört, ist eben unvorstellbar, ist immer
jenseits jeder Ordnung.

Prigows winzige Anthropologie der Gewalt eröffnet den Text nicht zufällig. Wie ein roter Faden durchzieht die Erwähnung von Brutalität und gewaltsamen Toden das zart gezeichnete Erleben des kleinen Mädchens: die abgeschnittenen Zungen alter Chinesen, die zerfleischten Körper in einem Freilichtmuseum, der von einer Handgranate zerrissene japanische Soldat, die Leichen in den usbekischen Brunnen, die Erschießung von Deserteuren, die Bombardierung Moskaus ... Die Russische Revolution, der Bürgerkrieg, der Zweite Weltkrieg, der Japanisch-Chinesische Krieg, der Boxeraufstand, der Opiumkrieg, der chinesische Bürgerkrieg, staatliche Repressionen in der UdSSR und in China: Die bunten, exotischen, fantastischen Erlebnisse des Kindes sind auf verschiedene Weise eng verschränkt und verflochten mit den Verheerungen der Geschichte vor allem in der ersten Hälfte des 20. Jahrhunderts.

Katja chinesisch ist eine Muse der Erinnerung, eine moderne Mneme, denn sie besitzt ein übernatürlich scharfes Gedächtnis, kann sich sogar an Dinge erinnern, die vor ihrer Geburt passiert sind, merkt sich sinnliche Eindrücke und kleinste Details des Alltagslebens, die normalerweise dem Gedächtnis entrinnen. Sie übernimmt von ihrem Vater dessen sehnsüchtige Erinnerungen an das verklärte heimatliche Russland, scheint ganz allein Trägerin oder Medium der russisch-englisch-chinesischen Zwischenkultur zu sein, die sich in ihrer Familie und deren Umgebung in der ausländischen Konzession in Tientsin gebildet hat. Solche exterritorialen Viertel gab es in mehreren chinesischen Städten, in denen Briten, Franzosen, Deutsche, Italiener oder US-Amerikaner unter Sondergesetzen Handel trieben und ihren Geschäften nachgingen. Formell wurden die meisten schon Mitte des 20. Jahrhunderts aufgelöst; nach Mao Zedongs Sieg im Bürgerkrieg und der Ausrufung der Volksrepublik China 1949 emigrierten die noch verbliebenen Ausländer oder wurden vertrieben, und die flüchtige kulturelle Diversität, die das Mädchen in seiner Erinnerung birgt, gehörte alsbald der Vergangenheit an.

Dass sie Entschwundenes aufhebt, dazu passt ihr elfenhaftes Wesen, ihre bisweilen überzeitlich und -räumlich wirkende, schwebende Modellhaftigkeit – unterstrichen dadurch, dass sie nie bei ihrem Namen Katja genannt wird, sondern nur »das Mädchen« heißt. Sie gleicht dem Kindheitsideal der deutschen Frühromantik, eines Novalis oder eines Friedrich Schlegel – mit ihrer unmittelbaren Verbindung zur Vergangenheit, ihrer übersinnlichen Wahrnehmung, ja ihrem geradezu universalem Verständnis für alle und alles.

Dieses Verständnis ermöglicht Magie. Das Mädchen erspürt nicht nur die Beseeltheit von Gegenständen und Orten, unter ihrem poetischen Blick (das Sehen ist ein ganz großes Leitmotiv des Textes) verwandeln sich die Dinge: Die Pfeife des Vaters bläst die Backen auf, aus den Löchern des Golfplatzes schießen kleine Hände, um den Ball zu packen, von der Tapete lösen sich gemalte Figuren und fliegen umher. Sprachmagie lässt aus einem Namen (»Heruntergelassene Ärmel«) ein kleines Universum entstehen. In vielen fantastischen Szenen, als

Erinnerungen deklariert, aber als unmittelbares Erleben geschildert, scheint das Mädchen gleichzeitig Schöpferin und Opfer (ihrer Ängste und Verzückungen) zu sein.

Doch die Erzählinstanz des Textes ist eben nicht das Mädchen, sondern ein Ich-Erzähler. Wie in Prigows anderen großen Prosatexten handelt es sich um das Alter Ego des Autors, eine gleichnamige Kunstfigur. Dmitri Prigow, 1940 in Moskau geboren und 2007 viel zu früh an einem Herzinfarkt verstorben, war buchstäblich ein Universalkünstler – er schuf graphische Arbeiten und serielle Objekte, verfasste Tausende von Gedichten, darunter die Alphabet- und die Milizionärszyklen, nahm Videos auf, inszenierte Musikdramen, führte Happenings und Performances im öffentlichen Raum durch (so klebte er in den 1980er Jahren Zettel mit Aufrufen »An die Bürger« an Mauern und Laternenpfähle, weshalb er für kurze Zeit in die Psychiatrie verbracht wurde). Vor der Perestroika dekonstruierte er in seinen Werken den herrschenden Diskurs der sowjetischen Ideologie, vor allem mit den Mitteln serieller Kunst und Lyrik. Dann wandte er sich unterschiedlichen anderen Diskursen zu (neue Ökonomie, Werbung, Medien), darunter auch solchen des Alltagslebens (Tätigkeiten im Haushalt, Liebesbeziehungen, Sowjetnostalgie alter Menschen), und begründete damit eine »neue Aufrichtigkeit« oder Subjektivität. Letztere kam vor allem in seiner großen Prosa zum Tragen, die um die Jahrtausendwende entstand, dem autobiografischen Text »Lebt in Moskau!« (2000), dem Reisebericht »Moskau–Japan und zurück« (2001) und dem umfangreichen Roman *Renat i drakon* (Renat und der Drache, 2005). In allen Texten spricht scheinbar Dmitri Prigow, doch hinter dieser Rolle verbirgt sich ein komplexes Spiel mit Subjektivität und literarischer Fiktion.

Die Erfahrungen der kleinen »Katja chinesisch« dürften ihren Ausgangspunkt in der Kindheit von Prigows Frau Nadeschda Burowa haben, die tatsächlich, als Tochter einer englischen Mutter und eines russischen Vaters, in Tientsin aufgewachsen ist (und nicht, wie es beharrlich heißt, in Harbin). Von einem biografischen Text kann aber natürlich, und nicht nur wegen der vielen magischen Elemente, keineswegs die Rede sein. Trotz des – hochironischen! – dokumentarischen Gestus:

Ich beschreibe, was ich gehört habe. Was mir unmittelbare Zeugen jener konkreten Ereignisse an jenen konkreten Orten berichtet haben … Ich mag nicht ohne Not etwas erfinden und erdichten.

Ortstermine, Augenzeugen, der Erzähler als Forscher – dabei war Dmitri Prigow kein einziges Mal in China. Der Biograf ist nur eine weitere Erzähler-Maske. Was in der »fremden Erzählung« authentisch sein mag, wie reale sich mit fantastischen Elementen mischen, bleibt offen und ist auch nicht entscheidend. Erinnerung wird zwar unermüdlich als Quelle des Textes beschworen, aber dadurch, dass der Erzähler die Erlebnisse und Emotionen des Mädchens stets unmittelbar wiedergibt, als hätte er einen direkten Einblick in das Innenleben des Kindes (gehabt), wird klar, dass die Grundlage des Textes eben nicht konkretes Erinnern ist, sondern der kreative Akt des Erzählens. Das Mädchen ist – trotz der chinesischen Kindheit von Prigows Frau – wie der Sprecher eine durch und durch fiktive Figur. Wir haben es mit mehrfach gestaffelten perspektivischen Distanzböden zu tun.

Denn der Ich-Erzähler unterminiert demonstrativ seine selbsterklärten dokumentarischen Absichten und stellt mit großer Lust am Spiel und mit zahlreichen rhetorischen Mitteln seine eigene Unzuverlässigkeit aus. Beharrliches, textkonstitutives Abschweifen, das Ansprechen der Leserschaft (»Je nun, nehmen wir auch das zur Kenntnis«), rhetorische Fragen (»Worauf war man da eigentlich stolz?«), Rückfragen (»Und, haben sie [die Öde] überwunden?«), Kommentare (»Sie verstehen schon«), Selbstkorrekturen (»Wobei nein, nein!«) und Eingeständnisse (»Und ich weiß es, ehrlich gesagt, auch nicht«) machen den Text zu einem einzigen langen Sprechakt. Dadurch, dass die Leser dem Erzähler scheinbar bei der Verfertigung des Textes folgen, dass jede Position des Sprecher-Ichs im nächsten Moment wieder zurückgenommen oder verändert werden könnte, wird alles Gesagte potentiell relativiert. Fassbarkeit, Eindeutigkeit und Stringenz werden ständig vorgeführt und unterlaufen.

Prigow meidet Homogenität auch sprachlich. In seinem Mix von unterschiedlichen Stilebenen und Satzstrukturen fallen einige Begriffe auf, die, Merkzeichen ähnlich, als seltenere Variante das sehr viel häufigere Synonym fast ganz verdrängen, so »irrsinnig« statt »verrückt« oder »Besiedler« statt »Bewohner« (Letzteres ein Hinweis auf die Zeitweiligkeit allen Wohnens, auf Flucht und Emigration als bestimmende Lebensformen). Kaum noch gebräuchliche, patinabesetzte Wörter werden in eine umgangsrussische Umgebung gesetzt (was die Übersetzung teils mit veraltenden Grammatikformen wie »verglömme« oder »im Hause« wiedergibt); ebenfalls selten (und ähnlich hervorgehoben) sind derbe Flüche. Im Kontext seines eleganten rhetorischen Redehabitus präsentiert Prigow in einer Art lexikalischem Erinnerungsakt rare oder extreme Begriffe wie funkelnde Kostbarkeiten.

Zwischen den blitzschnellen Perspektivwechseln, den listigen Kehrtwenden und dem Geschlängel oder Zickzack der progressiven Digression entstehen häufig auch vertikale Fallhöhen. »Katja chinesisch« ist, wie alle Texte Prigows, voller Brechungen, Komik und Witz. So, wenn auf der ersten Seite dieses umfangreichen Prosatextes gesagt wird: »Es wissen doch ohnehin alle alles.«

Ein wichtiger Prigow'scher Begriff ist in diesem Zusammenhang das Flirren oder Flimmern (мерцание). Vereinfacht ausgedrückt, handelt es sich dabei um ein zu nahes Heranrücken an die Rolle subjektiven Schreibens einerseits und das Schaffen von Distanz, von Verfremdung andererseits – beides miteinander erzeugt ein Oszillieren, eine schillernde Unbestimmtheit (auch in Bezug auf die Sprecherrolle). An Motiven gibt es im Text etliche flimmernde, funkelnde oder aufblitzende, bisweilen blendende Gegenstände (die Metall, Stein oder Stoff verflüssigen und jeweils eine Raumzeittiefe aufreißen), aber interessanter ist das Schimmern des Textgewebes selbst. Oft lassen sich Stellen nicht eindeutig lesen, bleiben in der Schwebe. (»Man hatte den Eindruck, dass … gar kein Gesicht da war. Aber ein Lächeln. Es schien zu lächeln.«) Oder kleine Widersprüche tun sich auf, etwa wenn der Geist von Wohlergehen und Gedeihen einige Sätze weiter Geist von Anstand und Zufriedenheit heißt oder wenn die alten Kaiserkarpfen mit ihren Futtermönchen, die eigentlich in Tokio leben, dann doch auch wieder, von den Ausfliegenden Katzen verschreckt, in China zu verorten sind. Es sind Risse in der Textlogik, die sich zu sachlichen Fehlern ausweiten können: Sampune sind keine fischfangenden Vögel (korrekt wären Kormorane), sondern Boote, Tientsin liegt nicht Tausende, sondern nur etwa 150 Kilometer südlich von Peking und ist viel älter als der Opiumkrieg, der als Hintergrund für seine Entstehung angegeben wird. Und das chinesische nin hao bedeutet nicht »danke«, sondern ein höfliches »Guten Tag«. Von solchen Unstimmigkeiten gibt es etliche.

Prigow hatte »Katja chinesisch« zwar erst kurz vor seinem Tod abgeschlossen, und der Text war nicht mehr lektoriert worden. Im Manuskript (das mir der Autor noch zugeschickt hatte) und in der Druckfassung finden sich Tippfehler und Verwechslungen, die ich stillschweigend bzw. nach Rücksprache mit Dmitri Prigows Witwe korrigiert habe. Die anderen »Fehler« jedoch scheinen mir zur betonten Unzuverlässigkeit des Erzählers, zum irritierenden Spiel mit Masken, Rollen, Fakten und Realien und damit zur Poetik des Textes zu gehören, und deshalb habe ich sie in die Übersetzung mit hineingenommen.

Der Ich-Erzähler berichtet neben der Kindheit des Mädchens und der Geschichte ihrer Familie auch seine eigenen kindlichen Erfahrungen aus der sowjetischen Nachkriegszeit. Er bezieht sie motivisch oder assoziativ auf die Erinnerungen des Mädchens, wobei die Parallelen oft erstaunlich anmuten, so, wenn das lärmende Neujahrsfest in Tientsin den Erzähler an einen Luftangriff auf Moskau erinnert. Oder wenn die vielen wundersamen, zu jeder Stunde schlagenden Uhren im Haus in Tientsin dem Gluckern der Heizungsrohre in der Wohnung im Moskauer Viertel Beljajewo zugesellt werden, das quasi den Winter einläutet. (Was für kontrastierende Bilder von Zeitmessung, -ökonomie, -verlauf!) Indem sich ganz Unterschiedliches, weit Entferntes ineinander spiegelt, werden feste Perspektiven aufgelöst, Grenzen verflüssigt und neue Blickwinkel eröffnet. Kurioses rückt ganz nahe, Vertrautes kippt oder stülpt sich um. Dass prinzipiell alles mit allem zu vergleichen ist, zeigt auch der extrem häufige Gebrauch von »derartig« oder »dergleichen« im Text. Die Unterscheidung Fremdes – Eigenes lässt sich nicht mehr aufrechterhalten. Diese Durchlässigkeit gehört zu den Konstituenten, die die große Leichtigkeit des Textes ausmachen.

Übergänge, Verwandlungen und ihr Medium, die Transparenz, prägen die Erzählung auf jeder Ebene. Durchsichtig und damit von zwei Seiten zugänglich sind Vorhänge, Insektenflügel, Schatten, Frauenaugen, Damhirschohren, Fischmäuler und neugeborene Mäuschen, zarte Porzellanschalen, gedämpfter Rettich und aufstiebender Pulverschnee und immer wieder Luft und Wasser. Und Glas, darunter die Fensterscheiben im Zug von Peking nach Taschkent, die die Fahrt zu einer ständigen Blick-Bewegung von innen nach außen und umgekehrt machen.

Die Zugreise des Mädchens punktiert und orientiert den Text zwischen den assoziativen Erinnerungssprüngen von Mädchen und Ich-Erzähler. Es ist ein Auszug aus dem Paradies: Das Mädchen verlässt den magischen Ort ihrer Kindheit und fährt in die ehemalige Heimat des geliebten Vaters, um geradewegs im Höllenszenario der »Entseuchungsanstalt« zu landen. Die kargen Landschaften, die grauen Orte und Bahnsteige und die saufenden Mitreisenden sind für das Mädchen furchterregend, manchmal faszinierend, auf jeden Fall fremd und unverständlich, ja regelrecht exotisch: Vor dem Hintergrund der wundersamen väterlichen Erinnerungen entrollt sich eine Fremdheit, die sich das Mädchen mit ihren Blicken, Deutungen, ja den Geistern ihrer Kindheit vertraut zu machen sucht, etwa wenn das Wesen, das die Menschen am Strand des Gelben Meeres an den Fußknöcheln festhält und zu sich in die Unterwelt ziehen möchte, im Schnee vorm Zugfenster erneut in Erscheinung tritt. Bisweilen wirft das spiegelnde Fensterglas die Projektionen des Mädchens auch verdoppelt und verändert zurück.

Eine Ausnahmerolle nimmt die Abteilnachbarin des Mädchens ein. Sie hat als einzige Figur eine eigene Stimme, ist fast im ganzen Text unterwegs und bleibt von dem magischen Zugriff der Fantasie des Mädchens unberührt. Im sowjetischen Narrativ ist diese Figur mit ihrem Mutterwitz – ungebildet, trotz lebenslangen Schuftens bitterarm – alltäglich, für das Mädchen dagegen ist sie ein Rätsel, exotischer und unbegreiflicher als jeder chinesische Dämon. Diese Perspektive verleiht der Figur überscharfe Konturen und qua Kontrast eine überwältigende Authentizität.

Mark Lipowetzki, einer der wichtigsten Prigow-Forscher, weist zu Recht darauf hin, dass das Mädchen nicht nur die Erinnerung repräsentiert, sondern fast ebenso sehr das Vergessen. Immer wieder verliert sie tatsächlich oder beinahe, absichtlich oder gegen ihren Willen das Bewusstsein. Auch die Szene, in der sie endlos lange im Fluss versinkt, thematisiert den Ichverlust. Ebenso hält die Erstarrung, die das Mädchen (und andere Figuren) mit fast inflationärer Häufigkeit überfällt, den Fluss des Erlebens und Erinnerns auf, zitiert Stillstand und Tod. Dass das Mädchen so viele Erinnerungen wie möglich bewahren will, ist auch ein Protest gegen den Tod: Ganz zu Beginn der Erzählung gelobt sie, zeit ihres Lebens an den früh verstorbenen Onkel Nikolai zu denken, weil die Erwachsenen ja auch sterben und sich dann niemand mehr an ihn erinnern würde.

Mit Vergessen und Selbstverlust drohen ebenfalls die chinesischen Dämonen, die in Menschen fahren, sie in Ungeheuer verwandeln oder in winzige Tierchen, ihnen vor allem aber Gedächtnis und Persönlichkeit rauben. Diese Menschen, die nicht mehr wissen, wer sie sind, gleichen den Bewohnern der Armenviertel, nachdem sie der Polizei in die Hände gefallen sind:

... als könnte man den früheren Nachbarn oder Vater einer Großfamilie in dem verkrüppelten zurechtgestutzten menschlichen Körper wiedererkennen, der in eine Freiheit entlassen wurde, die er nicht mehr brauchte, und jedes Denkvermögen und die kleinste Erinnerung ... verloren hatte. Und zudem jede Möglichkeit, mithilfe des Stummels der abgeschnittenen Zunge was auch immer klar und verständlich zu berichten.

Auch viele der von bösen Geistern Heimgesuchten können nur noch lallen oder brüllen. Hier fließt Fantastisches und Historisches in der Erzählung zusammen: Die Dämonen, die ihre Opfer so schrecklich zurichten, erzählen von Menschen – grausam, sadistisch, voller Vernichtungswillen. Mit ihrem meisterhaften Gedächtnis, ihrer Erinnerungsfülle stemmt das Mädchen sich gegen die Auslöschung von Identität durch Qualen und Leid. Dazu ermächtigt sie neben der Magie ihre außergewöhnliche Empathie, ihre »allirdische Einfühlung«, eine sprichwörtliche wie buchstäbliche Dünnhäutigkeit. Kurz bevor der Zug im Taschkenter Bahnhof einfährt – der Endpunkt ihrer Reise, den das Mädchen vorher zahllose Male antizipiert hat –, erinnert sie sich daran, wie ihrer Mutter vor der Abreise ein neugeborenes chinesisches Mädchen angeboten wurde – eine Urszene des Verlustes von Sicherheit, Herkunft, Zuwendung, Platz im Leben. Diese Erinnerung raubt ihr die letzten Kräfte: Das Mädchen ist jetzt zu Tode erschöpft und »innerlich leer«.

Wieder zum Leben erweckt und bereit für neue Erinnerungen wird sie dadurch, dass Tante Katja und Onkel Mitja, die so lange wie ein Film-Still auf dem Bahnsteig wartend verharrten, sich regen und auf sie zu gehen. Jetzt erfährt das Mädchen Empathie. Aus Tableau und Bild, aus der Erstarrung wird Bewegung: der Annäherung, des Mitgefühls.

Die Figur des Mädchens, überhöht und konkret, mit übermenschlichen Fähigkeiten begabt, aber auch garstige Schwester und Quälgeist von hilflosen Hausgenossen, goldköpfige Ikone und kleine Brillenschlange, Komsomolzin, Eselreiterin, Malerin, Anglerin, Kalligraphin und Trance-Künstlerin – sie ist die berührende Bewahrerin einer versunkenen Kultur und kindlicher Poesie, des »flirrenden Phantoms des Lebens«, vor allem aber der Geschichte des 20. Jahrhunderts, einer Geschichte menschlichen Leids, das Mitempfinden und Mitleid vor dem Vergessen retten. »In gewissen geheimen, verborgenen Gefäßen überirdischer Erinnerung und ewigen Lebens.« In Prigows Literatur.

Christiane Körner
Frankfurt am Main, Mai 2022

Dank der Übersetzerin

Meinen herzlichsten Dank möchte ich Ruth Keen und Wolfgang Baus aussprechen, die sich heroisch mit den chinesischen Begriffen in »Katja« auseinandergesetzt und kyrillischer Umschrift wie Prigow'schem Verwirrspiel klare Lösungen (in Hanyu Pinyin) abgerungen haben. Wo das nicht gelungen sein sollte, liegt es an Prigows Flirren oder an mir. Dass Begriff und Bedeutung bisweilen überhaupt nicht übereinstimmen, hat der Autor offensichtlich so gewollt.

Der Russisch-Gruppe in Berlin sei gedankt für Anregungen und Ansporn bei der Diskussion eines Übersetzungsauszuges von *Katja chinesisch*.

Für das großzügige »extensiv initiativ«-Stipendium im Rahmen des Programms Neustart Kultur (dessen Durchführung in den Händen des Deutschen Übersetzerfonds lag) möchte ich ebenfalls sehr herzlich danken.

Bibliothek Suhrkamp

Verzeichnis der letzten Nummern